AF398365

Marina Maass wurde 1996 in Niedersachsen geboren und lebt seitdem mit ihrer Familie und zwei Hunden in einem kleinen Dorf am Rande der Südheide. Ihre Liebe zum Lesen und Schreiben hat sie bereits im frühen Kindesalter entdeckt. Im Juli 2021 hat sie sich den Traum vom eigenen Roman erfüllt und im Selfpublishing ihr Debüt *A Gift of Fate* veröffentlicht. Im Dezember 2022 erschien der Auftaktband *Tonight it's Us* ihrer ersten Dilogie im Imprint Buntstein des Bookspotverlages.

MARINA MAASS

Flirting
IN THE
ENDZONE

Erstausgabe September 2024

Copyright © 2024 dp Verlag, ein Imprint der
dp DIGITAL PUBLISHERS GmbH
Made in Stuttgart with ♥
Alle Rechte vorbehalten

Flirting in the Endzone

ISBN 978-3-98998-130-0
E-Book-ISBN 978-3-98998-089-1
Hörbuch-ISBN 978-3-98998-582-7

Covergestaltung: Anne Gebhardt
Umschlaggestaltung: ARTC.ore Design
Unter Verwendung von Abbildungen von
stock.adobe.com: ©konradbak, ©satyrenko , ©Sergey Nivens ,
©bondarchik , ©Don Mroczkowski , ©Cavan Images
elements.envato.com: ©SeanPavone, ©themefire
Lektorat: Cara Kolb
Satz: dp DIGITAL PUBLISHERS GmbH
Druck und Bindung: Books on Demand GmbH, Norderstedt

Für den Subway-Mann meines Vertrauens, der das Wort »Feierabendpause« erfunden und in meinen Wortschatz integriert hat.

Dieser Roman enthält potentiell triggernde Inhalte.
Wenn du mehr erfahren willst, dann gehe ans Ende
des Romans (Achtung Spoiler!).

Kapitel 1

»Ich weiß nicht, ob ich das schaffe, Grams.« Unruhig tigere ich mit dem Handy am Ohr durch die kleine Nische, die das Wohnheim als Küche bezeichnet.

»Dir bleibt nichts anderes übrig. Diese fiese Grippe hat mich fest im Griff. Bis zum Wochenende bin ich nicht wieder fit.« Grandma hustet und unterstreicht damit ihre vorangegangenen Worte. Seufzend sinke ich auf einen der Stühle, die Maddie und ich beim letzten Flohmarkt ergattert haben.

»Ich bin gar nicht in die Materie eingearbeitet. Was ist, wenn mir jemand Fragen zum Anbau stellt? Oder zu den Besonderheiten der Beeren?« Meine Großmutter lacht, doch ich stimme nicht mit ein. Ganz im Gegenteil: Mir geht der Arsch richtig auf Grundeis.

»Du studierst Agrarwissenschaften, Ruby, und die Wacholderbeeren waren deine Idee. Falls dich jemand in ein Gespräch verwickelt, erklärst du, weshalb du es für einen guten Gedanken gehalten hast.« Zähneknirschend lehne ich mich auf dem Stuhl zurück. Vor drei Jahren habe ich Grandma vorgeschlagen, den sogenannten »Texas-Wacholder« auf unserer Ranch anzubauen. Es sollte eine Erweiterung zur Baumwolle sein und uns einen neuen Weg im Geschäftsleben ebnen. Um mir mehr Möglichkeiten zu bieten, die Farm zu vergrößern, sobald ich sie nach dem Studium übernommen habe. Nach Dads Tod hat Grandma den Laden allein mit unserem Vorarbeiter Billy und einigen Zeitarbeitern geschmissen. Da war es verständlich, alles beim Alten zu belassen und sich auf das Wesentliche zu konzentrieren. Aber jetzt ist es Zeit, in die Zukunft zu schauen. Neue Wege zu gehen und für mich zu ebnen. Dabei ist mir allerdings nie in den Sinn gekommen, mich jetzt schon mit der Vermarktung auseinandersetzen zu müssen! Noch läuft alles über Grandma und sie kennt sich hervorragend mit diesem Thema aus. Doch selbst ich muss zugeben, dass ihre Stimme am Telefon klingt, als hätte sie eine Packung Schleifpapier verschluckt.

»Hast du schon Pops Hausmittel ausprobiert? Das mit Zwiebeln, Zitrone und jeder Menge Honig?« Klinge ich so verzweifelt, wie ich mich fühle? Vermutlich ja, wenn ich Grandmas belustigtes Schmunzeln höre.

»Es hat alles nicht gewirkt. Ich verstehe, dass ich dich damit überrumple, aber ich würde nicht fragen, wenn es nicht wichtig wäre. Die Malones sind begeistert von unseren Früchten, sonst hätten sie nicht bei uns eingekauft. Da wäre es unhöflich, ihre Einladung abzusagen. Außerdem sind bei dieser Veranstaltung eine Menge Leute. Unter anderem potenzielle Kunden. Mach dir keine Sorgen, wie du auf andere wirkst. Mit deinem Charme wickelst du jeden dort mühelos um den Finger.«

Manchmal wünschte ich, Grams Zuversicht würde auf mich abfärben.

»Du schaffst das, Ruby. Ich lege mich jetzt wieder hin. Dieses Telefonat war anstrengender als gedacht. Wahrscheinlich versagt meine Stimme ohnehin jeden Moment. Mach's gut, Süße.«

Ein schwerer Stein liegt mir im Magen, als ich ihre Verabschiedung erwidere und auflege. Frustriert stöhne ich auf und sinke mit dem Kopf voran auf die Tischplatte. Wie soll ich einen Haufen möglicher Kunden beeindrucken? Ja, die Wacholdersträucher waren meine Idee, das heißt aber noch lange nicht, dass ich mich intensiv genug damit befasst habe, um angemessene Unterhaltungen darüber zu führen! Für mich stand früh fest, die Farm meiner Eltern zu übernehmen. Sie ist ein Lebenswerk. Wurde von meinen Vorfahren aus dem Nichts aufgebaut und ist seitdem im Besitz der Familie. Ich wüsste nicht einmal in der wievielten Generation, so lange ist das schon her. Seit ich denken kann, haben meine Großeltern und meine Eltern hart dafür gearbeitet, dass alles läuft. Dann ist Mom gestorben und das erste Standbein brach weg. Ein paar Jahre später Grandpa und zuletzt Dad. Schließlich sind Grandma und ich allein gewesen, und ich habe sie immer dafür bewundert, trotz der vielen Schicksalsschläge die ganze Arbeit zu bewältigen. Natürlich hatte sie Unterstützung, aber den Großteil wuppt sie selbst. Deshalb will ich ihr etwas zurückgeben. Initiative zeigen und mich für neue Möglichkeiten einsetzen, die unsere Farm voranbringen. Nur halt nicht so spontan und früh wie jetzt durch das Bankett.

»Hey! Du bist ja noch gar nicht umgezogen!« Maddie steht mit in die Hüfte gestemmten Händen vor mir.

»Ich habe echt keine Lust auf die Party«, murmle ich und hebe den Kopf wieder an. Schlagartig weicht das wütende Funkeln aus ihren Augen und macht Platz für etwas anderes. Sorge.

»Du willst nicht feiern gehen? Bist du krank?« Sie legt mir die Hand auf die Stirn, aber ich weiß, dass ich kein Fieber habe. Allerdings wäre es eine gute Ausrede, um die Veranstaltung kommenden Freitag in New Orleans abzusagen. Ob ich mich via Telefon bei Grams angesteckt haben könnte?

»Nein, ich will nur nicht zu Dexter und Ryan«, entgegne ich, während ich mich ihrer laienhaften Untersuchung entziehe. Sofort kehrt der aufgebrachte Ausdruck in ihre Augen zurück. Sie hebt den Zeigefinger und beugt sich ein Stück herunter.

»Heute ist es egal, ob wir Lust auf Party haben oder nicht. Es ist das erste Mal seit Wochen, dass Eliza freiwillig die Wohnung verlässt, um auszugehen, und wir werden dabei sein!« Noch während sie spricht, nagt das schlechte Gewissen an mir. Ich habe keine Sekunde an Eliza gedacht, sondern lediglich an mich selbst. Vorhin hat sie getextet, dass eine einstweilige Verfügung gegen ihren Ex-Freund Brandon erlassen wurde und er sich ihr deshalb nicht mehr nähern darf. Falls er es doch wagt, landet er bis zum Prozessbeginn wegen gefährlicher Körperverletzung im Knast. Ihre Mitbewohner Nate und Ethan haben vorgeschlagen, ihre neu erlangte Freiheit zu feiern und weil sie ihnen die gute Laune nicht verderben wollte, hat sie sich bereit erklärt, auf diese Party zu gehen. Gut, Dexter und Ryan wohnen in der Nachbarwohnung, aber es ist ein erster Schritt in die richtige Richtung.

»Du hast ja Recht.« Ich seufze und rapple mich auf. »Wir finden meine gute Laune sicherlich unterwegs.«

Maddie nickt zufrieden und scheucht mich in mein Schlafzimmer. Unsere Wohnung ist nicht groß, reicht für zwei Personen jedoch vollkommen aus. Der einzige Nachteil an meiner WG mit Maddie ist, dass wir zu viele Klamotten haben. Vor jeder Wand stehen zwei Kleiderständer. Wie Maddie es geschafft hat, bei sich noch einen Schminktisch unterzubringen, ist mir unerklärlich. Ich fand es schon schwierig, Platz für ein Schuhregal zu finden.

In Windeseile schlüpfe ich in zerschlissene Jeans, meine heiß geliebten braunen Cowboystiefel, die entsprechend abgenutzt sind und ein eng anliegendes, ebenfalls braunes Shirt. Jeansjacke dazu und fertig. Meine Hand zuckt in Richtung des Cowboyhutes, der neben der Tür an der Wand hängt. Damit wäre der Look perfekt, aber das wäre zu viel des Guten. Ich liebe den klassischen Country-Look zwar heiß und innig, erinnere mich jedoch daran, dass wir nicht in Texas, sondern in Louisiana sind. Nachdem ich meine langen, fast schwarzen Haare zu einem Pferdeschwanz zusammengebunden habe, suche ich mein Handy und die Schlüssel und mache mich gemeinsam mit Maddie auf den Weg.

Unterwegs betrachte ich ihre Outfitwahl. Ihr blondes Haar ist leicht gelockt, ihre Haut von der Sonne gebräunt, und sie trägt ein weißes Kleid im Boho-Stil mit teuer aussehenden Stiefeln, die ihr bis übers Knie reichen. Rein äußerlich sind wir komplett gegenteilig. Glücklicherweise ticken wir ansonsten sehr ähnlich.

»Ich liebe Silveroaks!« Maddie breitet die Arme aus und dreht sich einmal im Kreis. Ihre euphorische Liebesbekundung an unsere Kleinstadt bringt mich zum Lachen und ihr einige belustigte Blicke von anderen Studierenden ein, die ebenfalls draußen unterwegs sind. Denn obwohl es bereits neun Uhr abends ist, sind die Straßen noch voller Leben. Einige Bewohner sitzen auf den Veranden ihrer Häuser und genießen die letzten Sonnenstrahlen. Andere, überwiegend Studierende, haben es sich auf den Grünflächen gemütlich gemacht, die überall in der Stadt zu finden sind. Sie lachen, hören Musik und trinken. Vielleicht haben sie vor, ebenfalls eine Party zu besuchen oder sie haben einfach so beschlossen, sich zu treffen, um die letzten warmen Abende auszunutzen.

»Hast du zu Hause schon getrunken?«, frage ich mit hochgezogenen Augenbrauen. Maddie wirft mir einen schuldbewussten Blick zu, hebt die Hand und hält Daumen und Zeigefinger ganz nah aneinander.

»Nur zwei, drei kleine Schnäpse«, verrät sie. Ich schmunzle. Im Gegensatz zu mir ist sie nicht so trinkfest und soweit ich weiß, hat sie heute auch noch nicht sonderlich viel gegessen. Es wird also nicht lange dauern, bis sie betrunken ist. Womöglich findet der Abend doch ein schnelleres Ende als bisher angenommen.

»Worüber hast du mit deiner Grandma gesprochen? Ich habe nicht viel verstanden, aber du klangst nicht gerade begeistert.« Wir biegen um die nächste Ecke und bereits am Anfang der Straße schallt uns laut Musik entgegen, dabei ist das Haus noch mindestens fünfhundert Meter entfernt. Wie gut, dass in diesem Teil der Stadt überwiegend Studierende wohnen.

»Ich muss am Wochenende auf eine Party von den Leuten, die unsere Wacholderbeeren für ihre Gin-Produktion gekauft haben«, erkläre ich zerknirscht. Schon jetzt läuft mir ein eisiger Schauer über den Rücken, wenn ich nur daran denke. Dabei fällt es mir normalerweise nicht schwer, mit anderen Menschen ins Gespräch zu kommen. Ich weiß gar nicht, weshalb ich diesmal so große Probleme damit habe. Maddie nickt, allerdings bezweifle ich, dass sie versteht, wie ungern ich dorthin will. Für sie ist das Alltag. Ihr Dad produziert den besten Bourbon des Staates. Sie kennt solche Banketts und dessen Gepflogenheiten, weil sie damit aufgewachsen ist. Ich hingegen habe meine Kindheit zwischen Heuballen und auf Pferderücken verbracht. Vielleicht liegt es daran? Fühle ich mich dem nicht gewachsen, weil ich denke, dem Standard unserer Käufer nicht zu entsprechen?

»Wie heißt die Brennerei noch mal?«

Ich zucke mit den Schultern. »Den genauen Namen weiß ich nicht, aber die Besitzer heißen Malone.«

»Nicht dein Ernst?« Maddie bleibt stehen, und ich tue es ihr gleich. Nur wenige Meter entfernt ist die Party in vollem Gange.

»Was denn? Kennst du die etwa?«

Sie nickt lachend. »Nicht nur ich. Du auch – nämlich ihren Sohn.«

Stirnrunzelnd neige ich den Kopf zur Seite. »Ihren Sohn?« Uns überholen einige Kommilitoninnen und Kommilitonen.

»Na, Dex«, erklärt sie langsam, doch der Groschen will nicht fallen.

»Dex' Nachname ist Malone.« Mit großen Augen starre ich sie an. »Nicht wahr?« Mir klappt die Kinnlade herunter.

Maddie grinst. »Er ist der Erbe des *Williams.*«

Wir setzen unseren Weg fort, und ich schnappe mir Maddies Hand, um sie zwischen den Sportlern und Naturwissenschaftlern nicht zu verlieren. Inzwischen haben wir das Gebäude betreten und je näher wir dem dritten Stock kommen, desto dichter wird die Menge.

»Dann kennst du am Freitag immerhin schon eine Person.« Maddie wackelt vielsagend mit den Augenbrauen. Allerdings weiß ich nicht, ob ich darüber lachen oder weinen soll. Dexters und meine Beziehung ist … wie ein stilles Übereinkommen. Wir dulden uns, verbringen aber nicht zu viel Zeit miteinander. Zumindest ist das der Deal gewesen, den wir geschlossen haben, nachdem ich begonnen habe, an der *Silveroaks Park* zu studieren.

»Hallo!«

»Hey!«

»Na, wie geht's?« Überall werden wir von anderen Studierenden begrüßt.

»Du auch hier? Mega! Wir müssen uns nachher unbedingt unterhalten!« Es dauert eine gefühlte Ewigkeit, bis wir im Wohnzimmer ankommen und unsere Freunde entdecken. Sie haben die an die Wand geschobene Sitzgarnitur in Beschlag genommen. Eliza winkt, als sie uns sieht.

»Da seid ihr ja endlich! Ich dachte, ihr kommt vielleicht nicht.« Sie schiebt die Unterlippe vor und schmiegt sich näher an ihren Freund Connor, der beschützend den Arm um sie legt.

»Das würden wir uns doch nie entgehen lassen!« Maddie grinst und nimmt dankend das Bier entgegen, das Keith ihr reicht. Mir drückt er ebenfalls eins in die Hand, und ich proste ihm zu, bevor ich einen Schluck nehme.

»Wie fühlst du dich zwischen den vielen Menschen?« Mitfühlend sehe ich Eliza an. Es ist sicher nicht leicht für sie, hier zu sein. Aufgrund der vielen Gäste ist es leicht, den Überblick zu verlieren. Auch wenn Brandon sich ihr nicht nähern darf, ist es sicher nicht einfach, sich unbeschwert zwischen all den Leuten zu bewegen. So wie ich Eliza kenne und in den letzten Wochen erlebt habe, ist die Angst, er könne sich über die Anordnung hinwegsetzen und erneut hier auftauchen, ständig präsent.

»Etwas befremdlich«, entgegnet sie und zieht eine Grimasse. »Aber ich weiß, dass mir nichts passiert. Von daher ist es okay.« Ich nicke und falle auf den freien Platz neben Maddies Bruder Nate.

»Du siehst aus, als wäre dir eine riesige Laus über die Leber gelaufen. Das ist eine Party, Ruby. Da ist jeder gut drauf.« Er grinst mich an, woraufhin ich die Augen verdrehe.

»Ich muss am Wochenende für meine Grams als Vertreterin der Farm auf einer Veranstaltung einspringen, weil sie krank geworden ist.« Nate neigt den Kopf zur Seite. In seinen Augen blitzt Verständnis auf, während sich seine Lippen zu einem mitfühlenden Lächeln verziehen.

»Lass mich raten: Du könntest dir Besseres vorstellen?« Nickend trinke ich von meinem Bier.

»Sie unterschlägt ein wesentliches Detail.« Maddie beugt sich über Keith Schoß zu uns herüber. Warnend schüttle ich den Kopf, doch sie ignoriert die Anspielung wie immer geflissentlich. »Es geht um das Bankett, das Dex' Eltern jedes Jahr für ihre Kunden und Lieferanten ausrichten.« Ich schürze die Lippen. Maddie und ich müssen dringend noch einmal ein Gespräch über subtile Hinweise führen.

»Ach, da brauchst du dir keine Gedanken machen.« Nate wedelt lässig mit der Hand, als könnte er meine Bedenken damit einfach beiseite wischen. »Da wird lediglich gegessen, getrunken und über Gott und die Welt geplaudert. In den seltensten Fällen geht es ums Geschäft. Mach einen guten Eindruck, und der Rest ergibt sich von allein.« Auch wenn ich es ungern zugebe, aber Nates Worte schmälern meine Sorge tatsächlich ein wenig. Über belangloses Zeug reden und nett lächeln halte ich einen Abend durch.

In diesem Moment stoßen Polly und Flynn zu uns, weshalb sich die Aufmerksamkeit zunächst auf die beiden Neuankömmlinge konzentriert. Ich lasse den Blick derweil über die anderen Gäste schweifen. Es sind überwiegend Sportler und ihre Begleitungen. Vereinzelt haben sich Leute aus den Naturwissenschaften, der Medizin oder Schauspielerei hierher verirrt, doch sie bilden eine deutliche Minderheit. Das ist eines der Dinge, die ich an Silveroaks liebe. Die Uni ist klein und bietet trotzdem ein breit gefächertes Angebot an Kursen, weshalb außerhalb der Vorlesungen die unterschiedlichsten Menschen aufeinandertreffen. Da ist es nicht ungewöhnlich, dass plötzlich ein Jurastudent mit einem angehenden Theologen feiert oder Studierende der Geistes- und Sozialwissenschaften zukünftige Mediziner im Bier-Pong schlagen.

»Hey, habt ihr Bock auf *Truth or Dare extreme*?« Ethan schaut auffordernd in die Runde. Wir nicken, woraufhin er in der Küche verschwindet, um die Shots vorzubereiten. Normalerweise fällt mir diese Aufgabe zu, heute gebe ich sie allerdings gern ab. *Truth or Dare extreme* ist ein Spiel, was sich in der Einführungswoche etabliert hat, und seitdem fester Bestandteil einer jeden Party ist. Im Prinzip ist es das normale *Wahrheit oder Pflicht*, jedoch mit dem kleinen Zusatz, dass ein Ekel-Shot getrunken werden muss, wenn sich jemand weigert, die Frage zu beantworten oder die Pflicht zu erfüllen.

»So, Leute, auf geht's! Seht mal, wen ich unterwegs noch aufgegabelt habe.« Ethan stellt das Tablett mit den Shots auf dem Couchtisch ab, als ich den Blick hebe, um zu schauen, wen er mitgebracht hat. Den Frauenschwarm der *Silveroaks Park*, Footballgott, Gastgeber dieser Party und anscheinend der Sohn unserer Kunden: Dexter Malone.

Er lässt sich mir gegenüber auf einem Stuhl am anderen Ende des Couchtisches nieder. Unsere Blicke treffen sich, und ich schlage die Beine übereinander. Seine Lippen verziehen sich zu einem Grinsen. Mit der Hand fährt er über seinen unrasierten Kiefer. Automatisch folgen meine Augen der Bewegung. Dieser Drei-Tage-Bart steht ihm verboten gut. Trotzdem ziehe ich unbeeindruckt eine Augenbraue nach oben und lehne mich auf dem Sofa zurück, bevor ich meine Beine demonstrativ wieder öffne. Er soll bloß nicht denken, dass ich meine Libido in seiner Nähe nicht im Griff hätte.

»Wo hast du deine bessere Hälfte gelassen, Dex?« Connor sieht seinen Nachbarn neugierig an. Erst jetzt fällt mir auf, dass er ohne Bella gekommen ist. Normalerweise klebt die sportbegeisterte junge Frau dauerhaft an ihm. Wobei das eigentlich nicht der richtige Begriff ist, um sie zu beschreiben. Ihr geht es dabei vielmehr um die Sportler an sich und darum, möglichst viele ins Bett zu kriegen.

»Ganz schlechtes Thema«, wirft Ryan ein, der sich neben Dex auf der Sessellehne niedergelassen hat.

»Ärger im Paradies?«, fragt Nate interessiert. Ähnlich wie seine Schwester ist er gutem Klatsch und Tratsch nicht abgeneigt.

»Du hast ja keine Ahnung«, erwidert Ryan grinsend.

»Könnt ihr beiden nicht einfach mal die Schnauze halten?«, knurrt Dex und überrascht mich damit. Es ist kein Geheimnis, dass er und Bella eine On-off-Beziehung führen, wie sie im Buche steht. Bisher hatte ich allerdings immer den Eindruck, dass es lediglich eine lockere Sache ist, weil beide sich auch anderweitig umsehen. Aber sein Tonfall macht deutlich, dass ich mit meiner Vermutung anscheinend falschlag.

»Themenwechsel, bevor die Stimmung hier endgültig in den Keller sinkt.« Maddie wirft allen Beteiligten einen scharfen Blick zu. Trotz ihres angetrunkenen Zustandes weiß sie genau, wann sie eingreifen muss, um eine Situation zu entschärfen. »Weil es Elizas erster Abend außerhalb der Wohnung ist, darf sie anfangen«, bestimmt Maddie.

»Also gut.« Eliza reibt sich die Hände, während ihr Blick über die Mitspielenden schweift. »Ethan, Truth or Dare?«

»Ich bin heute mutig und wähle Wahrheit«, entgegnet
er, ohne nachzudenken. Meine Freundin tippt sich mit
dem Zeigefinger gegen das Kinn.

»Hattest du schon einmal einem Sextraum mit jemandem hier aus der Runde? Wenn ja, mit wem.« Ethan
läuft hochrot an und beantwortet damit den ersten Teil
der Frage. Seine Freunde grölen und auch meine
Mundwinkel zucken. Es scheint ihm allerdings peinlich zu sein, den Namen preiszugeben, denn er greift
schnell zu einem Shot und kippt ihn herunter. Nate
kringelt sich neben mir vor Lachen.

»Das werde ich noch aus ihm herauskitzeln«, gluckst
er.

»Ruby, Truth or Dare?« Ich überlege einen Moment
und entscheide mich für Pflicht. Heute bin ich nicht in
der Stimmung, meinen Freunden irgendwelche Wahr-
heiten zu offenbaren.

»Finde in neunzig Sekunden einen Sportler, der ein
Shirt mit seinem Namen oder seiner Nummer trägt.
Bring ihn dazu, das Oberteil mit dir zu tauschen.« La-
chend stehe ich auf.

»Nichts leichter als das.«

Ethan stellt den Timer auf seinem Handy, während
ich mich durch die Gäste schlängle. Dabei begegne ich
haufenweise Football- und Eishockeyspielern, doch
ausgerechnet heute scheinen alle ausnahmsweise mal
normale Kleidung zu tragen.

»Die Uhr tickt!«, ruft Ethan, und ich zeige ihm den
Mittelfinger. Hier muss mindestens ein Kerl sein, der
seine dämliche Rückennummer trägt! Ich bin keine
schlechte Verliererin, aber diese Aufgabe ist zu leicht,
um daran zu scheitern.

»Hey, Ruby!«

Ich drehe mich um und sehe, dass Dex aufgestanden ist. In einer fließenden Bewegung zieht er sich sein Shirt über den Kopf und wirft es mir zu. Verwirrt schaue ich erst ihn und dann den Stoff in meiner Hand an, auf dessen Rückseite in großen, weißen Buchstaben *Malone* steht.

»Schiebung«, protestiert Ethan lautstark.

Dex ignoriert seinen Einwand, wirft einen Blick auf Ethans Handy und richtet seine Augen anschließend auf mich. Die Herausforderung darin ist kaum zu übersehen. »Noch dreißig Sekunden.«

Ich erwidere seinen Blick ungerührt. Es ist ein stummes Kräftemessen. Ein kleiner Bruch unserer Vereinbarung, den wir uns von Zeit zu Zeit erlauben. Ein Moment, in dem wir uns zu lange anschauen. In den Außenstehende womöglich zu viel hineininterpretieren.

Ich knirsche mit den Zähnen. Einerseits will ich seine Hilfe nicht, andererseits würde ich sonst das Spiel verlieren. Also ziehe ich mein Oberteil aus und ignoriere die anerkennenden Pfiffe, die daraufhin ertönen. Stattdessen werfe ich Dexter mein Shirt zu und schlüpfe in seins, bevor Ethan verkündet, dass die Zeit abgelaufen sei.

»Das ist mir zu klein«, merkt Dex an und deutet auf mein braunes Oberteil. Ich zucke desinteressiert mit den Schultern und nehme meinen Platz neben Nate wieder ein.

»Polly, Truth or Dare?«, frage ich, um die Aufmerksamkeit zurück aufs Spiel zu lenken. Elizas und Maddies Blicke machen mich nervös. Ebenso wie Dex, der aussieht, als würde er mich gern zum Frühstück verspeisen. Da Bella nach wie vor nicht aufgetaucht ist, scheint seine Jagd für heute noch nicht beendet zu sein. Krampfhaft versuche ich zu ignorieren, wie gut sein Trikot duftet. Nach Karamell, einem Hauch Moschus und ... ihm.

»Truth«, antwortet Polly und holt mich damit in die Realität zurück.

»Was ist deine größte Angst, von der niemand etwas weiß?« Sie schaut kurz zu ihrem Freund Flynn, bevor sie traurig lächelt.

»Das jemand mir sehr Nahestehendes stirbt und mir damit den Boden unter den Füßen wegreißt.« Für einen Moment gerät meine Welt ins Wanken. Dieses Gefühl wünsche ich niemandem. Maddie verzieht das Gesicht und wirft einen mitfühlenden Blick in meine Richtung. Nate stupst mich mit der Schulter an und legt mir seine Hand aufs Knie. Diese Berührung hat etwas Tröstliches und mein Herz zieht sich schmerzlich zusammen. Ich sehe Eliza, die mich traurig anlächelt und weiß, dass sie an ihren Vater denkt und an die Erlebnisse, die sie durch seinen Tod nicht mit ihm erlebt hat.

»Maddie, Truth or Dare?« Polly sieht unsere Freundin an, die sich für Pflicht entscheidet und daraufhin ihren Suchverlauf bei Instagram zeigen muss. Da ich den allerdings kenne, ist das für mich nicht sonderlich spannend. Meine Gedanken kreisen immer noch um Pollys Antwort.

»Dex, Truth or Dare?« Ryan sieht seinen Mitbewohner an. In seinen Augen glitzert dabei ein spitzbübisches Funkeln.

»Dare«, entgegnet er und lehnt sich vor. Weil ich immer noch sein Trikot trage, ist er oberkörperfrei. Ich schlucke und betrachte das Muskelspiel seiner Arme.

»Such dir eine Begleitung für die Veranstaltung deiner Eltern am Wochenende, um Bella zu zeigen, dass du nicht auf sie angewiesen bist.« Mein Magen schlägt einen Salto. Das wäre die perfekte Gelegenheit, um nicht allein dort aufzutauchen. Andererseits ... will ich wirklich als Dex' Begleitung zu seinen Eltern gehen?

Seine Wangenmuskeln zucken. »Wie lange habe ich dafür Zeit?«

»Wenn die Party vorbei ist, musst du jemanden vorweisen.« Er nickt und lehnt sich auf dem Sessel zurück. Wenn ich seinen Gesichtsausdruck richtig interpretiere, denkt er gerade darüber nach, Ryan von der Lehne zu schubsen.

»Nate, Truth or Dare?« Dex starrt uns an. Ein Schatten huscht über sein Gesicht. Er sieht mich an, aber irgendwie auch nicht. Ich runzle die Stirn und merke, dass er Nates Hand fixiert, die noch immer auf meinem Knie liegt. Dexters Blick verdunkelt sich. Aber nicht auf diese sexy Weise, von der ich in Büchern gelesen habe. Jetzt sieht er eher aus, als wäre er bereit, Nate um ein Körperteil zu erleichtern.

»Truth«, entgegnet Nate, ohne sich von ihm einschüchtern zu lassen.

»Schon mal einen Kerl geküsst?« Er versteift sich neben mir. Seine Hand rutscht von meinem Knie und aus den Augenwinkeln bemerke ich sein Schlucken. Nates Lachen ertönt, doch es klingt nicht so locker und unbefangen wie sonst.

»Klar, wer nicht?« Er lehnt sich zurück und platziert seinen Arm hinter mir auf der Sofalehne. Ich sehe zu Maddie, die ahnungslos mit den Schultern zuckt. Auch ihr ist der übertrieben gleichgültige Ton ihres Bruders nicht entgangen. »Ruby, Truth or Dare?«, fragt Nate schnell. Wahrscheinlich, um vom Thema abzulenken.

»Wieso fragst du mich? Ich war eben erst dran!«, protestiere ich.

»Ist mir egal«, presst er zwischen zusammengebissenen Zähnen hervor. »Truth or Dare?«

Ich seufze. »Dare.« Ein ungutes Gefühl breitet sich in meiner Magengegend aus, als die Campbell-Geschwister einen Blick tauschen. Maddie nickt kaum merklich. Augenblicklich weiß ich, was die beiden vorhaben.

»Wag es nicht«, knurre ich, doch Nate öffnet bereits den Mund.

»Begleite Dex am Wochenende zu dem Bankett.«
Maddie grinst zufrieden.

»Ich bringe dich um«, murmle ich leise in Nates Richtung.

»Das ist eine grandiose Idee!« Ryan klatscht vergnügt in die Hände und erntet denselben bösen Blick von mir, den ich zuvor Maddie und Nate zugeworfen habe. Dex hingegen bleibt auffällig ruhig. Ich spüre, wie er mich ansieht und rutsche unruhig auf meinem Platz hin und her.

»Beziehen sich die Aufgaben nicht auf den Zeitraum der Party?« In irgendeinem Regelwerk ist so was sicher vermerkt.

»Hat niemand behauptet«, flötet Maddie und zwinkert mir zu, bevor sie mich ansieht. »Also?«

»Ich habe nichts dagegen.«

Mein Kopf zuckt in Dex' Richtung. Unsere Blicke treffen sich, und er hält mich gefangen. Mein Mund wird trocken. Meine Hände schwitzig und mein Herz schlägt schneller. Das meint er unmöglich ernst!

Maddie quietscht und klatscht sich mit ihrem Bruder ab. In mir herrscht helle Aufruhr.

Ich habe nichts dagegen. Der Satz spult sich immer wieder in meinem Kopf ab, während alle anderen gespannt auf meine Antwort warten. Eliza sieht mit gerunzelter Stirn zwischen uns hin und her. Nate nimmt den Arm hinter mir weg und rückt etwas ab, als hätte er die drohenden Vibes, die Dex aussendet, endlich gespürt.

»Du kannst immer noch den Shot trinken«, erinnert mich Eliza, die als Einzige zu merken scheint, wie zerrissen ich wegen dieser Entscheidung bin. Ich nicke, doch meine Hand bewegt sich nicht. Obwohl mein Kopf unablässig Signale sendet, nach diesem blöden Glas zu greifen.

»Da kein *Nein* kommt und Ruby nicht trinkt, interpretiere ich das als Zustimmung. Damit ist deine Aufgabe erfüllt, Dex.« Ryan erklärt die Runde für beendet und stellt Connor die nächste Auswahlfrage. Dabei wäre ich am Zug gewesen. Wie ferngesteuert stehe ich auf und merke, dass die Welt gar nicht stillsteht. Die Party um uns herum geht weiter, und alle sind bester Stimmung.

Mit schnellen Schritten verschwinde ich in der Küche, um mir ein Glas Wasser zu holen. Dabei realisiere ich, dass die letzten Minuten tatsächlich stattgefunden haben. Jetzt kann ich keine Ausrede mehr erfinden, um am kommenden Freitag zu Hause zu bleiben. Dank

Maddie und Nate ist diese Veranstaltung verpflichtend geworden. Denn in mir schlummert die böse Ahnung, dass die Folgen eines Fernbleibens und damit die Nichterfüllung der Aufgabe noch bitterer wären als der Abend selbst.

Kapitel 2

Ich bin schon während der Schulzeit gut in Biologie gewesen und da früh klar war, dass ich später die Farm der Familie übernehme, war es am naheliegendsten, Agrarwissenschaften zu studieren. Normalerweise finde ich meine Kurse auch extrem interessant, nur heute ziehen sie sich wie Kaugummi. Das liegt zum einen an meinem Kater und zum anderen an dem stark ausgeprägten Schlafmangel. Wir sind bei Dexter und Ryan völlig versackt und waren erst gegen vier Uhr zu Hause. So viel zu meiner Theorie, dass Maddie nicht lange durchhält.

»Du siehst echt beschissen aus. Hier, den brauchst du mehr als ich.« Myles Kensington schiebt mir grinsend seinen Kaffeebecher zu.

»Danke«, seufze ich und nehme einen Schluck.

»Lange Nacht gehabt?«, fragt er, während sein Blick nach vorn gleitet und er wenigstens so tut, als würde er unserem Professor zuhören.

»Sportlerparty«, erwidere ich und trinke einen weiteren Schluck Kaffee. Langsam habe ich das Gefühl, dass sich mein Körper aus seinem Tief befreit und wieder zum Leben erwacht.

»Meine Mitbewohnerin hat zu viel getrunken und bis ich sie im Bett hatte und sichergestellt hatte, dass sie nicht an ihrem Erbrochenen erstickt, war es fünf.« Ich massiere mir die Schläfen und versuche zeitgleich etwas von dem Buchstaben- und Zahlensalat auf dem Whiteboard zu verstehen. »Um acht hatte ich meine erste Vorlesung.«

Myles' Grinsen geht von einem Ohr zum anderen. Er nickt wissend und gönnt sich ebenfalls etwas von seinem Kaffee. Genau wie ich stammt er aus Texas und wird die Ranch seiner Familie übernehmen. Am Wochenende ist er häufig dort, um auszuhelfen. Die *Silveroaks Park* ist das nächstgelegene College und damit war seine Entscheidung, hier zu studieren, schnell getroffen. Wir sind aus demselben texanischen Holz geschnitzt und haben uns vom ersten Tag an perfekt verstanden.

»Hast du etwas von dem kapiert, was er da erzählt?«, wispere ich und lache, als Myles mir seinen leeren Notizzettel zeigt.

»Ich rate Ihnen, den Stoff von heute zu Hause intensiv zu wiederholen. Er dient als Grundlage für die weiteren Inhalte, die wir in den kommenden Wochen behandeln.« Unser Dozent sieht alle eingehend an, bleibt an Myles und mir jedoch hängen. »Das empfehle ich besonders den beiden Tratschtanten aus der letzten Reihe.«

Wie auf Knopfdruck drehen sich alle Studierenden aus den fünf Reihen vor uns um, um zu sehen, wen er meint. Myles wird direkt rot und senkt den Blick, aber mich stört die plötzliche Aufmerksamkeit nicht. Mir ist wenig peinlich. Ich weiß, dass ich den heutigen Unterrichtsstoff bis zur nächsten Vorlesung nachhole und irgendwie verstehe. Zur Not mithilfe von YouTube.

»Dann sehen wir uns beim nächsten Mal. Genießen Sie die restlichen Herbsttage.« Damit ist die Veranstaltung beendet und mein Unitag ebenfalls. Ich packe meine Unterlagen zusammen und verlasse gemeinsam mit Myles den kleinen Hörsaal.

»Ich ersehne nichts mehr als mein Bett und eine gute Serie«, seufze ich.

»Du hast es gut. Ich muss noch zwei Stunden Mister Anderson zuhören, wie wichtig BWL in der Landwirtschaft ist.« Er zieht eine Grimasse, die mich zum Lachen bringt.

»Ruby! Hallo!« Ich bleibe stehen und entdecke Maddie und Eliza wild winkend am anderen Ende des Ganges.

»Das war's dann wohl mit Netflix und Chill«, murmle ich und verabschiede mich von Myles. Er grinst und reiht sich in den Strom Studierende ein, während ich auf meine Freundinnen zugehe.

»Was macht ihr denn hier? Ich dachte, du hast andere Pläne.« Fragend sehe ich Maddie an. Zumindest hat sie heute Morgen davon gesprochen.

»Die haben sich geändert«, zwitschert sie und hakt sich bei mir unter.

»Wir entführen dich«, ergänzt Eliza gut gelaunt.

»Verratet ihr mir wohin?« Misstrauisch folge ich den beiden zum Parkplatz, wo Maddies Mini bereits auf uns wartet.

»Da du eine Verabredung für das Bankett hast, besorgen wir dir das passende Outfit!« Maddie strahlt und auch Eliza sieht begeistert aus.

»Ja, danke dafür.« Meine Stimme trieft vor Ironie. Weil sie gestern kaum noch zurechnungsfähig war, bin ich nicht dazu gekommen, sie für dieses Komplott mit ihrem Bruder anzuschnauzen. Aber ich habe es keinesfalls vergessen. Nate wird sich deswegen auch noch etwas anhören.

»Gern geschehen! Und jetzt gehen wir shoppen!« Durch einen Knopfdruck öffnet Maddie ihren Wagen, doch ich mache keine Anstalten einzusteigen.

»Ich finde bestimmt etwas Passendes in meinem Kleiderschrank. Oder in deinem. Wir müssen dafür nicht einkaufen.« Mein Portemonnaie lässt ohnehin nicht zu, dass ich Geld für ein teures Kleid ausgebe. Die Aussicht auf einen Nachmittag auf dem Sofa ist da deutlich verlockender als ein Trip nach Covington. Maddie schüttelt bestimmend den Kopf.

»Ich kenne deine Garderobe. Die besteht überwiegend aus Jeans und Cowboystiefeln. Wir fahren shoppen, keine Widerrede.« Weil ich weiß, dass Widerstand zwecklos ist, sinke ich seufzend auf den Rücksitz. Vielleicht finde ich ein Schnäppchen, das mir gefällt und wenn nicht, habe ich immer noch die Möglichkeit auf meine eigenen Sachen zurückzugreifen.

Bevor wir Richtung Covington aufbrechen, halten wir kurz bei *Polly's Pastries*, um Kaffee zu holen. Das ist Maddies Art, sich bei mir zu entschuldigen. Ich weiß, dass Nate die treibende Kraft in dieser Sache war. Nachdem ich den ersten Schluck meines Pumpkin Spice Latte genommen habe, ist die Aktion schon fast vergessen.

»Polly hat erzählt, dass es einen neuen supersüßen Secondhandladen in Covington geben soll. Ein echter Geheimtipp für Designerstücke aus zweiter Hand!« Maddie klingt ganz aufgeregt. »Da schauen wir definitiv vorbei!«

Eliza nickt und auch mir gefällt die Vorstellung, dort etwas herumzustöbern. Durch das zusätzliche Koffein ist meine Müdigkeit beinahe verschwunden. Vielleicht wird dieser Nachmittag doch nicht so anstrengend, wie zuerst angenommen.

Die Fahrt in die nächstgrößere Stadt dauert etwa eine halbe Stunde und dank Maddies Handy finden wir den Laden unserer Wahl auf Anhieb. Das *Dreams of Vintage* zieht sich über zwei Ebenen und bietet so viel Kleidung, Taschen und Schuhe, dass selbst Maddie einen Moment die Worte fehlen. Glücklicherweise ist neben der Treppe eine Tafel angebracht, die zur Orientierung dient.

Im Erdgeschoss sind Taschen, Schuhe, Schmuck, andere Accessoires und die Männerabteilung, während im oberen Stockwerk ausschließlich Damenmode ist. Also steigen wir die Stufen nach oben und werden von einem Meer aus Farben begrüßt.

»Hallo Ladys! Womit kann ich euch etwas Gutes tun?« Ein junger Mann kommt auf uns zu. Er trägt Anzughose und Sakko im Oversized-Look. Seine Ohren sind mit Piercings übersäht, und ein goldener Ring funkelt in seinem linken Nasenflügel. Allein durch sein Äußeres und sein entspanntes, zuvorkommendes Auftreten ist er mir direkt sympathisch.

»Ich suche ein Kleid für eine Art Geschäftsessen. Es sollte selbstbewusst wirken, aber nicht zu aufreizend sein.«

»Schlicht und elegant, trotzdem auffällig genug, um nicht in der Masse unter zu gehen«, ergänzt Maddie und erntet dafür einen bösen Blick.

»Say no more. Dreh dich mal.« Der Verkäufer macht eine auffordernde Handbewegung, woraufhin ich langsam um meine eigene Achse rotiere. Währenddessen legt er seine Finger ans Kinn und beobachtet mich genau.

»Großartige Haare, fantastischer Teint, traumhafte Beine und göttliche Kurven. Süße, wir finden dein perfektes Kleid auf jeden Fall! Ich bin übrigens Marcus.«

»Ruby«, antworte ich eilig, bevor er sich meine Hand schnappt und mich mit sich zieht. Hilfesuchend werfe ich einen Blick über die Schulter zu meinen Freundinnen, die jetzt aus ihrer Starre erwachen und sich beeilen, uns zu folgen. Marcus legt ein enorm schnelles Tempo vor und das auf Schuhen, mit denen ich schon nach drei Metern gestolpert wäre. Schnurstracks gehen wir durch die Reihen mit den Kleidern. Dabei hält er immer wieder an, zieht eins vom Ständer, betrachtet es mit zur Seite geneigtem Kopf und schmeißt es sich dann entweder über den Arm oder hängt es zurück. Innerhalb kürzester Zeit sind sieben Kleider in der engeren Wahl, von denen ich nicht eins ausgesucht habe.

»Leider sind die Umkleiden hier oben alle besetzt, aber die von den Männern sind meistens frei.« Marcus rauscht ins Erdgeschoss, und ich habe erneut Probleme mit ihm Schritt zu halten. Er hängt die Kleider in die Kabine und grinst mich an.

»Wenn du etwas brauchst, schrei einfach.« Und genauso plötzlich, wie er aufgetaucht ist, ist er auch wieder verschwunden.

»Ich glaube, ich hatte grad eine Halluzination.« Eliza sinkt auf einen der Ledersessel vor der Kabine.

»Was für ein Typ«, murmelt Maddie und fällt auf den zweiten Sessel. Beide schauen mich erwartungsvoll an. »Dann zeig mal, was er dir da rausgesucht hat.«

Ich betrachte die verschiedenen Kleider auf den Bügeln. Schwarz, Rot, zweimal Grün, Blau, Lila und ein Gelbes haben ihren Weg in meine Kabine gefunden. Letzteres ist mir viel zu grell, weshalb ich das von vornherein beiseite hänge und mit einem der Grünen beginne. Es ist mir etwas zu lang, aber mit passenden Schuhen sollte es gehen. Der Stoff wird im Nacken von zwei Goldkettchen zusammengehalten und fällt ansonsten in leichten Plisseefalten zu Boden. Ich schiebe den Vorhang beiseite und präsentiere es meinen Freundinnen.

»Sehr hübsch«, kommentiert Eliza. Sie lächelt zwar und reckt den Daumen nach oben, doch die Begeisterung erreicht ihre Augen nicht.

»Das bist nicht du«, meint Maddie, weshalb ich direkt in das zweite grüne Kleid schlüpfe. Oben liegt es eng an meinem Körper an. Der Rock ist ausgestellt und geht bis zu den Knien. Auch diesmal bekomme ich ein »Nein« von beiden und muss mir eingestehen, dass ich es ebenfalls nicht mag. Das Blaue ist wieder bodenlang und hat Ärmel, was mir gut gefällt. Immerhin haben wir Oktober, da kühlt es abends merklich ab. Vorn ist es schlicht und hochgeschlossen, trumpft aber mit einem tief ausgeschnittenen Rücken auf.

»Das sieht gut aus.« Eliza setzt sich aufrechter hin, und Maddie nickt zustimmend, während sie den Daumen nach oben streckt.

»Finde ich auch! Das kommt definitiv in die engere Auswahl«, beschließe ich, nachdem ich gesehen habe, dass der Preis unterhalb meines Limits liegt. »Oder ist es zu overdressed für den Anlass?«

Maddie schüttelt den Kopf. »Die Herren tragen Smoking und ihre Ehefrauen elegante Kostüme oder Kleider. Zumindest haben das meine Eltern mal erwähnt. Damit wirst du dich wunderbar einfügen.« Sie lächelt mir ermutigend zu. Zufrieden gehe ich zurück in die Kabine und ziehe das lilafarbene Kleid an. Es schmiegt sich wie eine zweite Haut an meinen Körper und reicht bis knapp übers Knie. Der Ausschnitt ist sehr offenherzig. Ich müsste meine Brüste mit Tape fixieren, damit es vernünftig aussieht.

»Abgelehnt. Du siehst aus wie jemand, der es unbedingt nötig hat, flachgelegt zu werden.« Maddie schüttelt den Kopf, und ich spüre, wie meine Mundwinkel zucken.

»So drastisch hätte ich es jetzt nicht ausgedrückt, aber es ist sehr gewagt für eine geschäftliche Veranstaltung.« Eliza ist weitaus diplomatischer, und ich sehe ein, dass es für einen Clubbesuch geeigneter ist.

»Wir gehen noch mal nach oben und schauen, ob uns noch was anderes anlacht«, ruft Maddie, als ich den Vorhang schon wieder zugezogen habe.

»Okay, ich ziehe währenddessen das Letzte an!« Es dauert einen Augenblick, bis ich mich aus dem lilafarbenen Stoff geschält habe und schließlich vorsichtig in das schwarze Kleid steige. Die Ärmel reichen mir bis zu den Handgelenken. Es schmiegt sich eng an meine Kurven, lässt allerdings an geeigneten Stellen genug Luft, um nicht zu aufreizend zu wirken. Der Saum endet knapp oberhalb meines Knies. Der runde Ausschnitt deutet mein Dekolleté an, verhindert jedoch tiefere Einblicke. Ich sehe die schwarzen Cowboystiefel an, die ich heute ohnehin getragen habe. Sofort schlüpfe ich hinein. Lediglich ein schmaler Streifen nackter Haut um meine Knie ist zu sehen. Ein Blick in den Spiegel reicht, um zu wissen, dass ich mein Kleid gefunden habe.

Ich trete aus der Kabine. Maddie und Eliza sind noch nicht wieder da. Also betrachte ich mich ausgiebig in dem bodentiefen Spiegel. Meine Haare fasse ich kurzzeitig zu einem Pferdeschwanz zusammen, der mir locker über die Schulter fällt. Aus den Augenwinkeln bemerke ich etwas Dunkles an einem der Kleiderständer und entdecke bei genauerem Hinsehen einen Cowboyhut.

»Wie passend«, murmle ich leise, bevor ich ihn abnehme und aufsetze. Er passt perfekt. Es ist vielleicht nicht das eleganteste Outfit und damit würde ich sicherlich aus der Menge hervorstechen, aber ich fühle mich wohler als in jedem anderen Kleid, das ich heute anhatte. Dieses hier schreit meinen Namen.

»Pippa, du weißt, dass wir viel Geld besitzen, oder? Da müssen wir nicht in einem Secondhandladen einkaufen.«

Ich halte inne. Diese Stimme kenne ich.

»Das ist nicht irgendein Secondhandladen. Das ist *der* Geheimtipp in Covington. Hier finden wir ein gutes Hemd für dich.« Die antwortende Frau klingt beleidigt. Ihr scheint es nicht zu gefallen, dass ihr Gesprächspartner ihren Geschmack infrage stellt. Ich wirble auf dem Absatz herum und stolpere dabei fast über meine eigenen Füße. In letzter Sekunde finde ich mein Gleichgewicht wieder und bin froh, nicht hingefallen zu sein.

Mit offenem Mund starre ich Dexter an, der mich wiederum mit großen Augen ansieht.

»Was machst du hier?«

»Ich?«

»Na, wonach siehts denn aus?« Für einen Außenstehenden muss es wie eine inszenierte Unterhaltung aussehen. Jedes einzelne Wort kommt uns unisono über die Lippen. Meine Brust hebt und senkt sich schnell. Dexters Augen zucken von meinem Gesicht zu meinem Ausschnitt. Ich schnipse mit den Fingern und funkle ihn warnend an. Warum kauft er ausgerechnet hier ein? Wie er es eben treffend zusammengefasst hat – seine Familie ist stinkreich.

»Das ist ein sehr hübsches Kleid.« Seine Begleitung nickt anerkennend und knufft ihm in die Schulter. »Ich habe doch gesagt, die haben schöne Sachen.«

»Kleider sind nicht so mein Stil, Pippa«, entgegnet er trocken, löst den Blick dabei allerdings nicht von mir. Eine Gänsehaut breitet sich auf meinen Armen aus, als er mich langsam von oben bis unten mustert.

»Ist das für Freitag?« Ich nicke, weil mich meine Stimme im Stich lässt. Männer machen mich normalerweise nicht sprachlos, aber Dexter lässt mich allein dadurch, dass er mich ansieht, jedes jemals gelernte Wort vergessen. Aus den Augenwinkeln bemerke ich, wie Pippa penetrant am Ärmel seines T-Shirts zupft. Es ist eine derart kindliche Geste, die mich dazu bringt, sie genauer in Augenschein zu nehmen. Sie ist wesentlich jünger als wir. Spontan würde ich sie auf dreizehn schätzen. Vielleicht vierzehn. Ihre Gesichtszüge ähneln denen von Dex. Sie hat dasselbe dunkelblonde Haar und die gleichen matschgrünen Augen.

Sie hört nicht auf, bis er ihr seine Aufmerksamkeit schenkt. Zurück bleibt nur ein Kribbeln, das sich von meinem Bauch aus durch den ganzen Körper ausbreitet. Überrascht atme ich aus. Seit wann reagiere ich denn so heftig auf seine Anwesenheit?

»Gehst du mit ihr zu Moms und Dads Essen?« Dex bejaht ihre Frage, woraufhin sie erst mich und anschließend ihn nachdenklich ansieht. Sie tippt sich mit dem Zeigefinger gegen das Kinn und legt den Kopf zur Seite.

»Wenn sie dieses Kleid trägt, brauchst du ein schwarzes Hemd.« Ohne auf seine Antwort zu warten, verschwindet sie zwischen den Kleiderständern. Dex kratzt sich verlegen am Kopf.

»Das ist meine Schwester«, erklärt er und lässt seinen Blick suchend durch den Raum gleiten. Erst als er sie entdeckt, sacken seine Schultern nach unten.

»Sie scheint ein gutes Gespür für Mode zu haben.« Er nickt lächelnd.

»Ja, in dieser Hinsicht ist sie sehr begabt.« Mein Herz platzt beinahe vor Rührung, wenn ich ihn so über seine Schwester sprechen höre. Auf Partys lässt er meistens den Footballstar raushängen, was viele Studentinnen beeindruckt. Aber mich nicht. Mir gefällt der Blick hinter seine toughe Fassade. Unruhig trete ich von einem Fuß auf den anderen. Jetzt, wo wir allein sind, kann ich endlich etwas richtigstellen, was gestern nicht mehr möglich war.

»Du weißt, dass wir da nicht zusammen hinmüssen, oder? Immerhin war das nur die Aufgabe eines dämlichen Trinkspiels.«

Dex wendet den Blick von Pippa ab und sieht stattdessen mich an. Seine Stirn liegt in Falten, während er langsam auf mich zukommt.

»Spielschulden sind Ehrenschulden«, erwidert er und schaut mich dabei ernst an. Ich lege den Kopf in den Nacken, um seinen Blick zu erwidern. Mit knapp ein Meter neunzig überragt er mich eindeutig.

»Schon, aber ich will dich zu nichts zwingen. Immerhin sind die Gastgeber deine Eltern.« Seine Hand legt sich an meinen unteren Rücken, womit er mich zu sich zieht. Ich schlucke und erwische mich bei dem Wunsch, dass er um meinetwillen mitkommt und nicht, um eine Aufgabe zu erfüllen. Er schiebt mir den Hut in den Nacken. Seine Lippen streifen mein Ohr.

»Was, wenn ich es will?« Sein leises, raues Flüstern jagt mir einen Schauer über den Rücken. Der Stoff des Kleides ist so dünn, dass ich das Gefühl habe, seine Hand läge direkt auf meiner nackten Haut und brennt sich darin ein.

»Dann frage ich mich, wieso das so ist«, raune ich und ziehe den Kopf zurück. Wir sehen uns an. Sein warmer Atem trifft mein Gesicht und sein nach Karamell duftendes Parfum hüllt mich ein, wie gestern, als ich sein Shirt auf der Party getragen habe. Dieser Augenblick zwischen Kleiderständern und Regalen voll funkelndem Designerschmuck hätte noch eine Ewigkeit andauern können. Der Gedanke daran erschreckt mich und trotzdem unternehme ich nichts, um den Moment zu beenden.

»Wir haben noch ein Kleid!« Maddies Stimme zerreißt die aufgeladene Stille und lässt uns auseinanderfahren.

»Ich hole dich Freitag um fünf ab.« Dex wirkt genauso verwirrt, wie ich mich fühle. Ich antworte mit einem schnellen Nicken, bevor er sich umdreht und dorthin verschwindet, wo seine Schwester ist. Mein Herz galoppiert in meiner Brust, weshalb ich mich mit geschlossenen Augen gegen den Spiegel lehne und das kühle Glas in meinem Rücken genieße. Seine Worte hallen noch immer in meinen Ohren wider, und seine Hände haben unsichtbare Abdrücke auf meiner Haut hinterlassen. Ich fasse mir auf den Brustkorb und atme tief ein und aus.

»Vergiss das Kleid. Du siehst klasse aus!« Ich öffne die Augen und schaue direkt in Maddies und Elizas begeisterte Gesichter.

»Ja, mir gefällt es auch. Das nehme ich.« Obwohl es über meinem Budget liegt, wie ich zähneknirschend feststelle.

»Super! Dann gehen wir jetzt was essen. Ich sterbe vor Hunger!« Maddie legt sich die Hände auf den Bauch und tut so, als würde sie gleich ohnmächtig werden. Ich beeile mich also damit, wieder in meine Alltagskleidung zu schlüpfen und schlendere zur Kasse, während die Mädels draußen warten. Marcus packt mir das Kleid in eine knallpinke Papiertüte, schüttelt allerdings mit dem Kopf, als ich meine Karte zücke.

»Ein hinreißend gut aussehender Kerl hat das schon bezahlt. Er hat ein schwarzes Hemd gekauft und gemeint, dass er die Rechnung für das schwarze Kleid und den Cowboyhut ebenfalls übernimmt.« Ich sehe erst ihn, dann die Tüte und schließlich die geschlossene Ladentür an. Der emanzipierte Teil in mir ärgert sich enorm über diese Aktion, aber meine innere Romantikerin schmilzt dahin.

»Ich hoffe, du hast dir seine Nummer geklärt, Süße. Denn dieser Typ ist Boyfriend Material. Wenn nicht, dann mache ich ihn ausfindig, um ihn zu heiraten.« Marcus lacht, während ich mit gemischten Gefühlen das *Dreams of Vintage* verlasse. Immer noch grübelnd stoße ich zu meinen Freundinnen, die über mögliche Restaurants diskutieren. Dabei bemerken sie meine ambivalente Stimmung glücklicherweise nicht. Ich trotte hinter ihnen her, ohne mich an dem Gespräch zu beteiligen.

Dex verhält sich merkwürdig. Normalerweise reden wir auf Partys nur das Nötigste. Meistens ist er ohnehin mit anderen Frauen beschäftigt und scheint meine Anwesenheit gar nicht zu bemerken. Es ist unsere unausgesprochene Vereinbarung, die wir am Anfang des Semesters getroffen haben, als wir wieder voreinander standen. Nach einer Nacht, die mich bis heute in meinen Träumen verfolgt. Seine plötzliche hundertachtzig Grad Drehung irritiert mich, und ich hoffe, dass ich noch vor dem Abendessen am Freitag herausfinde, was sich dahinter verbirgt.

Kapitel 3

Am Freitag habe ich nur eine Vorlesung, weshalb mir ausreichend Zeit bleibt, um meine Notizen über den Wacholder für den heutigen Abend noch einmal durchzuschauen und mit Grandma zu telefonieren. Entgegen meiner Hoffnung einer spontanen Wunderheilung klingt sie weiterhin sehr schwach und verschnupft.

»Warst du deswegen schon bei einem Arzt? In deinem Alter solltest du diese Grippe nicht auf die leichte Schulter nehmen.« Sie hört sich nicht gut an. Wir unterhalten uns jetzt seit etwa zehn Minuten und Grandma klingt, als wäre sie drei Meilen gejoggt. Diese Grippe scheint doch sehr ernst zu sein. Erst letztens habe ich gelesen, dass daran dieses Jahr sogar schon einige Menschen verstorben sind.

Grandma ist die einzige Person meiner Familie, die mir noch geblieben ist. Deshalb liegt mir ihre Gesundheit besonders am Herzen. Ich will noch viele Jahre mit ihr verbringen. Seite an Seite auf der Farm arbeiten. Sie soll mit meinen Kindern spielen, falls ich jemals welche bekomme und ihnen beim Aufwachsen zusehen. So, wie sie es bei mir getan hat.

Grandma schnaubt. »In meinem Alter? Willst du damit etwa sagen, dass ich alt bin?«

Ich schmunzle, während ich mein Gesicht abpudere. Wenn sie noch genug Kraft hat, um auf meinen Kommentar bezüglich ihres Alters einzugehen, scheint es ihr nicht so schlecht zu gehen, wie befürchtet.

»Nein, natürlich nicht. Trotzdem ist es nicht verboten, dich untersuchen zu lassen«, erkläre ich sanft. Sie ist die sturste Person, die ich kenne. Seit ich denken kann, ist sie nur zum Arzt gegangen, wenn Dad sie dazu gezwungen hat. Da er nicht mehr da ist, fällt mir diese Aufgabe zu.

»Grandma ...«

»Ist ja gut. Billy hat mich gestern gefahren. Ich habe Medikamente bekommen und sollte bald wieder fit sein.« Erleichtert atme ich aus und mache mir in Gedanken eine Notiz, ihren Vorarbeiter Billy demnächst anzurufen und mich bei ihm zu bedanken. Jetzt, da ich fast vier Stunden von zu Hause entfernt lebe, ist es schwerer geworden, Einfluss auf Grandma zu verüben. Deshalb beruhigt es mich, dass wenigstens eine Person auf der Farm ein Auge auf sie hat.

»Ich muss auflegen. Meine Lieblingsquizsendung fängt gleich an. Viel Spaß heute Abend. Du schaffst das!« Ich ziehe eine Grimasse, auch wenn Grandma das nicht sieht, und verabschiede mich von ihr. Mit flatterndem Magen schminke ich mich weiter und flechte mein langes, dunkles Haar zu einem Zopf, der mir seitlich über die rechte Schulter fällt. Anschließend vertiefe ich mich noch einmal in die Notizen aus den letzten Tagen, falls mir jemand Fragen bezüglich der Farm und dem Anbau des Texas-Wacholders stellt.

Es ist kurz vor fünf, als ich mir den roten Mantel überziehe, den ich mir von Maddie geborgt habe und den

Cowboyhut aufsetze. Gerade als ich einen letzten Blick in den Spiegel werfe, geht die Wohnungstür auf und besagte Mitbewohnerin kommt herein.

»Wow. Du siehst hammermäßig gut aus! Denkst du, ihr schafft es nach New Orleans, ohne dass Dex über dich herfällt?« Ich drücke meinen Hut fester auf den Kopf und sehe an mir herunter.

»Warum sollte er? Ich meine … im Prinzip sehe ich aus wie immer. Nur etwas schicker.« Irritiert schaue ich meine Freundin an.

»Ja schon, aber deine Klamotten betonen deine Rundungen sonst nicht so.« Sie wackelt mit den Augenbrauen, woraufhin ich mir mit dem Zeigefinger gegen die Schläfe klopfe.

»Du spinnst doch. Mein Kleiderschrank ist voll mit knallengen Jeans.« Maddie lacht und tritt einen Schritt näher an mich heran.

»Rede dir das gern weiter ein. Mir sind diese Spannungen zwischen euch aufgefallen. Ich bin heute lediglich höflich genug, dich nicht darauf anzusprechen.«

»Wie gütig von dir«, entgegne ich sarkastisch. Trotzdem flüstert eine leise Stimme in meinem Hinterkopf, dass der Tag kommen musste. Der Tag, an dem es auffällt, dass Dex und mich mehr verbindet als einige Runden *Truth or Dare extrem*, die wir gemeinsam auf Partys gespielt haben.

Nervös knete ich meine Hände und betrachte die Uhr an der Wand. Je näher der Zeiger Richtung zwölf rückt und damit die volle Stunde ankündigt, desto unruhiger werde ich.

»Werden deine Eltern auch da sein?«, frage ich, um mich von der Tatsache abzulenken, dass es gleich kein

Zurück mehr gibt. Ich schiebe eine Hand in die Manteltasche und stelle beruhigt fest, dass mein Spickzettel wirklich da ist, wo ich ihn vor ein paar Minuten hingetan habe. Sehr gut. Dann kann ich während der Fahrt noch einmal einen Blick darauf werfen.

»Nein, sie sind seit einigen Jahren nicht mehr eingeladen.«

»Warum das?« Seite an Seite schlendern wir die Treppe nach unten. Maddie zuckt mit den Schultern.

»Keine Ahnung. Ich weiß nur, dass Dad ein bisschen eifersüchtig auf die Malones war, weil ihre Destillerie immer erfolgreicher geworden ist. Dann hat er irgendwann einen unnötigen Streit angezettelt und schon waren die gemeinsamen Geschäftsessen vorbei.« Mit gerunzelter Stirn sehe ich meine beste Freundin an. Soweit ich weiß, produziert Maddies Dad Bourbon, während die Malones sich auf Whiskey und Gin spezialisiert haben. Ich kenne mich zwar nicht gut genug aus, allerdings bezweifle ich, dass ihre Firmen damit in direkter Konkurrenz stehen.

»Keiner von uns hat das verstanden. Vielleicht hat es Dad gestört, dass die Malones plötzlich so viel Aufmerksamkeit bekommen haben. Ich weiß es nicht.« Sie wirft die Hände in die Luft und schüttelt den Kopf. Meine Mundwinkel zucken.

»Ja, es ist schon schwierig, den männlichen Verstand zu analysieren und daraus schlau zu werden«, erwidere ich grinsend.

»Da sagst du was«, pflichtet Maddie mir bei. Inzwischen stehen wir vor dem Eingang des Wohnheims. Ein tief schnurrender Motor kommt in Hörweite und verstummt schließlich neben uns. Er gehört zu einem schwarzen, teuer aussehenden SUV, dessen Fahrertür aufschwingt und Dex ausspuckt.

»Kommst du? Wir sind spät dran!«

»Das liegt nicht an mir«, murmle ich und umarme Maddie kurz. Sie drückt mir ein Abschiedsküsschen auf die Wange und grinst.

»Viel Spaß! Tu nichts, was ich nicht auch tun würde!«

Schnell steige ich ein und schließe die Tür, bevor sie auf die Idee kommt, noch weitere zweideutige Dinge von sich zu geben. Manchmal sieht sie nicht, was andere Leute in Verlegenheit bringt und überschreitet mit großen Schritten die Grenzen ihrer Freunde.

Dex wirft mir einen Zettel in den Schoß, den ich aufhebe und verständnislos anstarre.

»Gib die Adresse mal ins Navi ein.« Er startet den Wagen, während ich das integrierte Navi suche. Nachdem ich erfolgreich den Radiosender verstellt, das automatische Schiebedach geöffnet und geschlossen habe, beginnt mein Sitz auf einmal zu vibrieren. Ein Navi habe ich jedoch nicht gefunden. Frustriert werfe ich die Arme in die Luft und sehe zu Dex, dessen Mundwinkel verräterisch zucken.

»Was ist so lustig?«, frage ich angesäuert.

»Du«, erwidert er und hat mit zwei Handgriffen die Massagefunktion meines Sitzes deaktiviert und das Navigationssystem geöffnet. »Hast du schon mal in einem modernen Auto gesessen?«

»Ich kann Traktoren und normale Autos bedienen, die von innen nicht wie ein verdammtes Cockpit aussehen!«

»Also ich kann mir nicht vorstellen, dass du ein Cockpit irgendwann mal von innen gesehen hast.« Seine

Zweifel sind unüberhörbar und reißen an meiner Willenskraft. Es ist kein Geheimnis, dass ich vom Land komme und meine Familie hart gearbeitet hat, um das zu erreichen, was wir heute besitzen. Ist meine Aussage für ihn deshalb so abwegig? Weil er sich nicht vorstellen kann, dass ich jemals ein Flugzeug von innen gesehen habe, geschweige denn ein Cockpit? Vielleicht habe ich mit meiner damaligen Schulklasse einen Ausflug zum *Beaumont Municiple Airport* gemacht, um mir alles anzusehen. Ich kralle meine Fingernägel in die Handballen und zähle bis zehn, bevor ich meine Finger wieder lockere und mir mit Daumen und Zeigefinger die Nasenwurzel massiere. Er behandelt mich jetzt schon von oben herab. Vielleicht ist ihm das nicht bewusst, vielleicht macht er es absichtlich. Egal, welcher Grund dahintersteckt, in mir wirft es nur eine Frage auf: Wie sollen wir diesen Abend überstehen, ohne dass ich ihn umbringe?

Nachdem ich mich beruhigt habe, tippe ich die Adresse auf dem Display ein. »Wieso weißt du nicht, wo deine Eltern diese Party schmeißen?«, frage ich, doch eine höfliche Frauenstimme quatscht mir dazwischen.

»Sie erreichen das Ziel in einer Stunde und drei Minuten.«

»Ich weiß es schon. Das heißt aber nicht, dass ich die Strecke dahin auswendig kenne.« Er klingt ruhig, doch ich höre den scharfen Unterton seiner Worte deutlich heraus. Ihm gefällt es also auch nicht, wenn ich ihm Dinge unterstelle, die nicht stimmen. Um einer Diskussion aus dem Weg zu gehen, sinke ich tiefer in den Sitz und lenke den Blick aus dem Fenster. Eine Stunde. Das halte ich aus, auch wenn mir seine Präsenz schon jetzt allzu bewusst ist. Sein nach Karamell duftendes Parfum wabert durch den Innenraum und verführt mich dazu, mich weiter nach links zu lehnen, um einen tieferen Zug davon zu nehmen.

»Wieso bist du überhaupt eingeladen?« Seine Stimme reißt mich aus meinen ungewollten Fantasien. Ertappt lehne ich mich zurück. Hitze schießt mir in die Wangen, und ich hoffe inständig, nicht wie eine reife Tomate auszusehen.

»Bin ich nicht, sondern meine Grandma. Aber die liegt mit einer Grippe flach und hat mich als Vertretung geschickt.« Sofort ist das nervöse Flattern wieder da, das meinen Magen so in Wallung bringt, dass ich Sorge habe, er könnte sich jeden Moment umstülpen.

»Also ist sie eine Lieferantin der Destillerie?«

Ich nicke. »Deine Eltern stellen doch seit neustem Gin her. Die Wacholderbeeren dafür kommen von unserer Farm. Ich hatte die Idee während der High School, konnte Grandma überzeugen und die erste Ernte haben wir letztes Jahr im Herbst an euch verkauft.« Ein kleines Lächeln umspielt meine Lippen. Ich freue mich, dass wir uns dadurch ein neues Standbein aufbauen konnten. Durch die erfolgreiche Abnahme konnte Grams neue Pflanzen sähen, damit wir noch mehr Beeren zum Verkauf anbieten können.

»Wieso veranstalten deine Eltern dieses Bankett?«
Dex wirft mir einen kurzen Blick zu.

»Sie haben es zum ersten Mal ausgetragen, als ihre Firma noch recht klein war. Es ist eine Wertschätzung für ihre Zulieferer, denn ohne sie würde es unseren Whiskey und den Gin nicht geben. Mit diesem Essen wollen Mom und Dad zusätzlich *Danke* sagen. Irgendwann sind sie dazu übergegangen, auch Geschäftspartner und große Kunden einzuladen. Und so hat es sich etabliert und zu einer Tradition entwickelt.«

»Das ist eine schöne Geste«, erwidere ich leise und spüre, wie das nervöse Flattern langsam abebbt. Vielleicht wird dieser Abend doch nicht so furchtbar, wie ich ihn mir die letzten Tage ausgemalt habe. Dex' Eltern klingen nett und wenn die Gäste überwiegend aus ihren Lieferanten bestehen, komme ich mit viel Glück um geschäftliche Gespräche herum. Falls ich in eines verwickelt werde, fällt es mir sicher leichter, mit jemandem zu sprechen, von dem ich weiß, dass er genauso ist wie ich. Eine Person vom Land, die froh über die Chance ist, längerfristig mit einem großen Unternehmen zusammenarbeiten zu dürfen.

Die nächsten Meilen legen wir schweigend zurück. Dex biegt auf die Interstate ab und gibt Gas. Das Radio dudelt munter vor sich hin und spielt einen Countrysong nach dem anderen.

»Ich hätte dich nicht für einen Fan dieser Musikrichtung gehalten«, gestehe ich schließlich und sehe zu ihm rüber. Ein Lächeln umspielt seine Mundwinkel. Mit der einen Hand hält er das Lenkrad, die andere liegt auf dem Schaltknüppel und ist meinem Knie so nah, dass er es berühren könnte, wenn er seine Finger nur leicht nach rechts schiebt.

»Ich bin auch kein Fan. Aber dein Outfit hat mich dazu verleitet, es einzuschalten, und ich dachte, du hörst es gern.«

Meine Lippen formen sich zu einem überraschten *O*. Dex wirkt nicht wie jemand, der sich derart viele Gedanken um seine Mitmenschen macht.

»Das ist … sehr aufmerksam«, stottere ich und lenke meinen Blick auf die vorbeiziehende Landschaft. Während wir über die Autobahn fliegen, antworte ich Eliza, die mir viel Spaß wünscht und Fotos von der Veranstaltungslocation fordert. Allerdings lässt mich ein Teil von Dex' Aussage nicht los. Ich muss immer wieder darüber nachdenken und überwinde mich nach einigen Minuten schließlich dazu, ihn einfach zu fragen.

»Bin ich zu underdressed für das Essen? Maddie meinte, dass alle sich superschick anziehen und irgendwie … keine Ahnung. Ich habe das Gefühl, meine Outfitwahl ist nicht passend.« Unsicher beiße ich mir auf die Unterlippe. Dex wechselt auf die rechte Fahrbahn und geht vom Gas. Bei dem Blick, den er mir anschließend zuwirft, wird mir warm. Regelrecht heiß. Auch wenn ich nur einen kurzen Blick auf seine matschgrünen Augen erhascht habe, kommen sie mir dunkler vor. Eher moosgrün. Als würde er sich Dinge ausmalen, die er gern mit mir anstellen würde, wenn ich dieses Kleid nicht anhätte. Es erinnert mich an den Ausdruck auf der Party vor wenigen Tagen. Schon da hatte ich das Gefühl, er würde mich am liebsten mit Haut und Haaren verschlingen und auch jetzt werde ich diesen Gedanken nicht los.

»Du siehst perfekt aus.« Mein Herz setzt einen Schlag aus. Womöglich bilde ich mir die unausgesprochenen Worte nur ein.

Du siehst perfekt aus, aber ich hätte nichts dagegen, dir dieses Kleid auszuziehen.

»Ich garantiere dir: Niemand wird die Augen von dir lassen können.«

Die Hitze meiner Wangen breitet sich über meinen Hals aus. »Das wäre ja furchtbar. Ich wollte den Abend so unentdeckt wie möglich hinter mich bringen.«

Dex lacht und bringt mein Herz damit zum Schmelzen. Ich habe ihn schon oft lachen hören, aber diesmal ist es anders. Spontaner. Unüberlegter. Echter.

»Wieso hast du zugesagt, wenn es für dich so eine Qual ist, dorthin zu gehen?«

»Weil ich Grandma nicht vor den Kopf stoßen wollte«, murmle ich.

»Ich verstehe. Die Familie zu enttäuschen ist das Schlimmste, was ich mir vorstellen kann.« Dex' Kiefermuskulatur zuckt, als würde er die Zähne fest aufeinanderbeißen und damit knirschen. Ich merke, dass er das Thema nicht weiter vertiefen will, allerdings lässt mich der Gedanke nicht los, dass die Malones vielleicht doch nicht so perfekt sind, wie ich bisher angenommen habe.

Erneut legt sich Stille über uns. Ich nutze die Gelegenheit, um meinen Spickzettel hervorzuziehen und die Notizen noch einmal durchzugehen. Leise vor mich hinmurmelnd lese ich Punkt für Punkt und habe, als ich fertig bin, das sichere Gefühl, auf jede Frage eine Antwort zu wissen.

»Was ist das?« In Dex' Stimme schwingt unverhohlene Neugier mit. Wir biegen von der Interstate ab. Jetzt sind es nur noch wenige Minuten, bis wir ankommen. Mein Puls beschleunigt sich.

»Notizen. Für den Fall, dass ich etwas vergesse.« Ein Schweißfilm legt sich über meine Handinnenflächen, weshalb ich das Papier fester umklammere, damit es mir nicht entgleitet.

»Nicht dein Ernst? Du willst echt den Zettel rausholen, wenn du während eines Gesprächs nicht weiter weißt?« Dex' Grinsen ist unüberhörbar.

»Es ist eine Vorsichtsmaßnahme, okay? Damit fühle ich mich sicherer. Der Anbau des Wacholders war meine Idee, ja. Aber hauptsächlich kümmert sich Grams darum. Was passiert, wenn mir jemand Fragen darüber stellt und ich keine Antwort weiß? Wie unprofessionell wäre das denn?« Plötzlich spüre ich seine Hand auf meinem Knie. Überrascht schaue ich nach unten und stelle fest, dass ich mir diese Berührung nicht nur einbilde. Sie liegt wirklich da, und sein Daumen malt beruhigende Kreise auf meiner Haut.

»Mach dir keinen Stress. Heute wird kaum über Geschäftliches gesprochen und wenn doch, dann sagst du einfach, dass deine Grandma die eigentliche Spezialistin ist und du sie nur vertrittst, weil sie krank ist. Ganz simpel.« Wir stehen an einer roten Ampel. Sein Lächeln ist entwaffnend und in Kombination mit seiner Berührung verfallen sämtliche Synapsen in meinem Kopf in helle Aufruhr. »Und falls du gar nicht aus der Sache rauskommst, komme ich vorbei und rette dich.« Er zwinkert mir zu. Sofort wird mein Mund staubtrocken, und ich muss mich räuspern, um zu antworten.

»Wieso bist du so ... zuvorkommend?« Er zieht seine Hand weg, woraufhin mich ein Frösteln durchzuckt.

»Weil ich das Gefühl habe, dass du auf der Party letztens Nein sagen wolltest, Ryan dir aber nicht die Gelegenheit dazu gelassen hat.« Ich schmunzle und bleibe ihm die Antwort schuldig. Dex hat eine überraschend gute Beobachtungsgabe. Wir biegen in eine Straße ab, die nichts mit den lauten und funkelnden Gassen des belebten New Orleans zu tun hat. Vereinzelte Straßenlaternen spenden spärliches Licht. Stirnrunzelnd vergleiche ich die Zieladresse des Navis mit der auf dem Zettel, den er mir zu Beginn der Fahrt gegeben hat.

»Bist du sicher, dass wir richtig sind? Sieht nicht so aus, als würde hier demnächst ein Hotel oder Ähnliches auftauchen.« Skeptisch sehe ich mich um, doch Dex nickt entschlossen.

»Die Veranstaltung findet in einer Scheune statt, die meine Eltern gemietet haben. Sie liegt etwas abgelegen, aber wir müssten jeden Moment da sein.« Ich blicke aus dem Fenster in der Hoffnung, dass Dex nicht dabei ist, mich irgendwo hin zu verschleppen und umzubringen. O Mann. Maddies True Crime Konsum färbt allmählich auf mich ab.

»Es gibt da noch eine Sache, die ich mit dir besprechen wollte.« Dex lenkt den Wagen auf einen Parkplatz, wo schon jede Menge anderer Autos stehen. In der Ferne glitzern Lichter in der Dunkelheit.

»Das klingt nicht gut«, entgegne ich und versuche, so viel Leichtigkeit wie möglich in meine Stimme zu legen. Er stellt den Motor aus und fährt sich mit der Hand durch sein dunkelblondes Haar. Plötzlich ist er derjenige, der nervös aussieht, woraufhin auch ich unruhiger werde.

»Dex? Was ist los?«

»Meine Eltern erwarten, dass ich heute mit Bella auftauche. Es kann gut sein, dass die Situation eskaliert, wenn sie bemerken, dass es nicht der Fall ist.«

Wie versteinert sitze ich auf dem Beifahrersitz und schaue ihn aus großen Augen an.

»Das ist ein Witz, oder? Sag mir bitte, dass das ein Scherz ist, um mir die Anspannung zu nehmen.« Mein Herz pocht heftig in meiner Brust. Ist ihm bewusst, in was für eine unangenehme Situation er mich da manövriert? Er schmeißt mich und seine Eltern ins kalte Wasser und aktuell habe ich das Gefühl, nicht mehr an die Oberfläche zu kommen, sondern zu ertrinken.

Dex schüttelt den Kopf. »Leider nicht.«

Schlagartig wird mir übel. Ich spüre, wie sich mein Magen umdreht und mir die Galle hochsteigt. So schnell ich kann, stürze ich aus dem Auto. Die kühle Abendluft hilft, macht die Situation allerdings nicht besser. Eine ganze Weile tigere ich vor dem SUV auf und ab. Aus den Augenwinkeln bemerke ich, dass Dex mich schweigend beobachtet. Er ist inzwischen ebenfalls ausgestiegen und lehnt mit verschränkten Armen an der Motorhaube.

»Verrätst du mir, was in deinem Köpfchen vorgeht?«, fragt er irgendwann. Ich bleibe stehen, werfe ihm einen vernichtenden Blick zu und schnaube.

»Das willst du nicht wissen. Glaub mir.« Er stößt sich vom Wagen ab und kommt langsam auf mich zu geschlendert. Seine Hände hat er dabei in den Taschen seiner Hose vergraben, und ich komme nicht umhin, zu bemerken, wie verflucht gut er in dem schwarzen Hemd und dem farblich passenden dunklen Anzug aussieht. Aber sein hervorragendes Aussehen hilft nicht, meinen Ärger verpuffen zu lassen. Es mindert das Gefühl höchstens ein bisschen.

»Was ist los, Ruby?« Seine Stimme ist sanft, doch in meinem Inneren herrscht derartiges Chaos, das ich nicht erkenne, ob er es gut mit mir meint oder das Problem tatsächlich nicht versteht.

»So war das nicht abgemacht!« Ich werfe die Hände in die Luft und beginne erneut vor ihm auf und ab zu laufen.

»Genau genommen haben wir gar nichts ausgemacht«, ruft er mir in Erinnerung. Innerlich verfluche ich mich, weil er recht hat. Abgesehen davon, dass er mich heute um fünf abholen wollte, haben wir keine weiteren Details besprochen.

»Ich dachte, wir gehen gemeinsam zu diesem Essen, genehmigen uns ein paar Drinks, haben Spaß und fahren wieder nach Hause. Ich bin schon nervös genug wegen des kompletten Abends. Ist dir vielleicht mal eine Sekunde in den Sinn genommen, wie unangenehm es für mich ist, in dieser Situation vor deine Eltern zu treten? Wenn die jemand vollkommen anderen erwarten?« Ich bleibe stehen und balle die Hände zu Fäusten. »Weißt du, was dem Ganzen noch die Krone aufsetzen würde? Ein Eifersuchtsdrama. Ist Bella auch hier?« Dex hat immerhin den Anstand ertappt auszusehen.

»Das wird ja immer besser«, murmle ich. Ich kenne Bella noch nicht lang, aber gut genug, um zu wissen, dass sie zur Furie wird, wenn etwas nicht nach ihrem Willen läuft. Kaum auszudenken, was passiert, wenn sie bemerkt, dass Dex und ich gemeinsam auftauchen. Da sie nicht auf der Party gewesen ist, kann sie unmöglich davon wissen.

»Ihre Eltern arbeiten eng mit meinen zusammen. Wir kennen uns schon ewig«, erklärt er vorsichtig. Heiße

Wut brodelt in mir. Sie sitzt wie ein Knoten in meinem Bauch und breitet sich im kompletten Körper aus. Dabei richtet sie sich hauptsächlich gegen mich. In Gedanken spiele ich den Abend von der Party noch einmal ab. Ryan hat gesagt, Dex solle sich eine Begleitung suchen, um Bella zu beweisen, dass er nicht auf sie angewiesen ist. Allerdings habe ich gedacht, die Aussage würde sich darauf beziehen, dass er sie schlicht und ergreifend nicht fragt, ob sie mitkommt. Niemals hätte ich gedacht, sie wäre sowieso hier. Weil sie eingeladen ist. Mit. Ihren. Eltern. Die wahrscheinlich ebenfalls davon ausgehen, dass sie an Dex' Seite erscheint.

»Wieso hast du das nicht früher gesagt? Zum Beispiel, als wir uns im *Dreams of Vintage* getroffen haben. Oder spätestens dann, als du mitbekommen hast, wie nervös ich wegen heute Abend bin!« In den Augen von seinen Eltern bin ich jetzt die Böse. Diejenige, die sich zwischen ihren Sohn und seine perfekte Freundin drängt. O Gott. Der Abend wird eine Vollkatastrophe!

»Es tut mir leid. Immerhin besteht noch die Möglichkeit, dass sie begeistert von dir sind.«

Ich schnaube. »*Immerhin besteht die Möglichkeit*«, äffe ich nach und schüttle fassungslos den Kopf. »Weißt du was? Ich rufe mir ein Uber und fahre wieder nach Hause. Das war eine dämliche Idee!«

Ohne ihn eines weiteres Blickes zu würdigen, stapfe ich zum Wagen, um meine Handtasche zu holen. Diese Rückfahrt wird mich zwar ein kleines Vermögen kosten, aber alles ist besser, als den Abend hier zu verbringen und mich mit Bella und seinen Eltern auseinanderzusetzen. Nachdem ich die Tür lauter als nötig zuge-

schlagen habe, drehe ich mich um und stehe Dex plötzlich direkt gegenüber. Er stützt seine Arme rechts und
links am Auto ab, sodass ich dazwischen gefangen bin.
Mein Herz gerät ins Stolpern. Ich verfluche mich dafür,
wie sehr mir seine Nähe gefällt, obwohl ich wütend bin.
Am liebsten würde ich ihn wegstoßen. Ihm eine verpassen, damit er merkt, wie scheiße sein Verhalten ist und
trotzdem bleibe ich stehen. Schlucke und erlaube mir,
tief einzuatmen, um von seinem Karamellduft zu zeh-
ren.

»Du kannst nicht zurück nach Silveroaks fahren.«

Mit hochgezogener Augenbraue sehe ich ihn an. »Ich
kann und ich werde«, erwidere ich schnippisch.

»Ruby.« Sein Blick sucht meinen und als er ihn gefunden hat, hält er ihn fest. Seine matschgrünen Augen fixieren mich und verhindern, dass ich mich ihm entziehe. »Das wäre komplett unsinnig.«

Ich schlucke. Befeuchte meine Lippen mit der Zunge
und beobachte fasziniert, dass er der Bewegung folgt.
»Nenn mir den Grund, weshalb du nicht mit Bella her-
gekommen bist. Vielleicht überlege ich es mir dann
noch mal.«

Er beißt die Zähne so fest aufeinander, dass ich das
Knirschen höre. »Das ist kompliziert.«

Genervt verdrehe ich die Augen. »Eine lahmere Aus
rede hast du nicht auf Lager?«

»Ich könnte dir sagen, dass es dich schlicht und ergreifend nichts angeht.«

»Dann kannst du mich mal«, knurre ich und ducke
mich unter seinem Arm durch. Wenn er denkt, er kann
mich dadurch am Fahren hindern, hat er sich geschnitten.

»Hab ich bereits, schon vergessen?« Ich bleibe abrupt stehen. Meine Brust hebt und senkt sich heftig, als ich zu ihm herumwirbele und aushole, um ihm eine Ohrfeige zu verpassen. Doch noch bevor meine Hand seine Wange erreicht, fängt er sie ab. Sein Körper drängt sich gegen meinen, bis ich mit dem Rücken gegen die Beifahrertür stoße.

»Du bist ein Arschloch. Wir haben gemeinsam beschlossen, nicht mehr darüber zu reden.« Dex lacht, wobei seine Lippen mein Ohr streifen. Ich erzittere und versuche, es zu unterdrücken. Er soll nicht merken, wie stark mein Körper auf seine Nähe reagiert. Doch ich scheitere kläglich, wie der sich lockernde Griff um mein Handgelenk beweist. Dennoch geht meine Haut in Flammen auf, dort wo er mich berührt.

»Das stimmt und trotzdem sind wir beide gemeinsam hier.« Ich schweige, weil ich mich nicht auf sein Spielchen einlassen will. Doch von Sekunde zu Sekunde wird es schwieriger. Seine grünen Augen verpassen mir ein Schwindelgefühl. Als würde ich in einem Karussell sitzen, das nicht aufhört, sich zu drehen. Sein Duft vernebelt meine Sinne. Mit seinen Lippen fährt er an meiner Ohrmuschel entlang.

»Sag mir den wahren Grund, und ich bleibe.«

Sein frischer, nach Minze riechender Atem schlägt mir entgegen. Er seufzt und gibt zu meiner Überraschung tatsächlich nach.

»Reicht es, wenn ich dir verrate, dass deine Anwesenheit wichtig ist? Bella soll sehen, dass ich nicht auf sie angewiesen und durchaus in der Lage bin, mich mit anderen zu amüsieren.«

Perplex blinzle ich einige Male.

»Das demonstrierst du ihr auf jeder Party, wenn ihr mal wieder nicht zusammen seid.« Diese Logik verstehe ich nicht.

»Schon, ja. Heute ist es was anderes. Diesmal sind wir nicht am College. Wir sind zu Hause. Auf vertrautem Terrain. Unser Auftritt hat hier eine stärkere Wirkung. Es ist eine bedeutsamere Aussage.«

Ich nehme mir die Zeit, um den Ausdruck in seinem Gesicht genau zu analysieren, und komme zu dem Schluss, dass er die Wahrheit sagt. Er will ihr eins auswischen. Warum auch immer. Ich kenne Bella und weiß, dass sie sicher nicht ganz unschuldig daran ist, dass Dex zu solchen Mitteln greift.

»Alles klar, dann wollen wir mal.« Eine Reihe von Emotionen spielen sich in seinen Augen ab und zurück bleibt ein riesengroßes Fragezeichen.

»Das war alles? Du hast diesen Aufstand gemacht, nur damit ich dir das erzähle?«

Ich nicke grinsend. »Jep.« Mir ist Ehrlichkeit wichtig. Wenn er von Anfang an mit offenen Karten gespielt hätte, wäre uns diese Diskussion erspart geblieben, und ich wäre diesen Abend mit einer anderen Einstellung angegangen.

Kopfschüttelnd weicht er einige Schritte von mir zurück und gibt mir damit meinen persönlichen Freiraum wieder. Plötzlich fröstle ich. Dadurch, dass wir lange nah beieinandergestanden haben, habe ich mich an die starke Ausstrahlung seiner Körperwärme gewöhnt. Unauffällig knöpfe ich den Mantel zu und umfasse meine Handtasche fester. Dex bietet mir seinen Arm an, den ich, ohne zu zögern ergreife und mich bei ihm unterhake.

»Bereit?« Seine tiefe Stimme verursacht mir eine Gänsehaut.

»So bereit ich eben sein kann.« Dex lacht und beugt sich zu mir herunter, während wir den Weg zur Scheune entlang schlendern.

»Es ist nicht die Höhle des Löwen, sondern nur ein Abendessen.« Er schmunzelt amüsiert, mir hingegen ist nicht nach Lachen zumute.

»Ja, mit deinen Eltern, deiner On-off-Freundin, die mir wahrscheinlich die Augen auskratzen wird und jeder Menge fremder Leute, die mir Fragen über den Texas-Wacholder stellen.« Sofort kehrt die Übelkeit zurück.

»Keine Sorge. Du bist ja nicht allein.« Und mit diesem Versprechen stürzen wir uns ins Getümmel.

Kapitel 4

Kaum sind wir durch das große Scheunentor getreten, halte ich inne und lasse den atemberaubenden Anblick auf mich wirken. Drei lange Holztafeln mit dunkelgrünen Läufern stehen in der Mitte und zeigen auf einen querstehenden Tisch, der offensichtlich für die Malones reserviert ist. Zumindest erkenne ich Pippa auf einem der Stühle, die sich mehr für ihr Handy als die Veranstaltung zu interessieren scheint. Sofort breitet sich wieder dieses nervöse Flattern in meinem Magen aus. Werden Dex und ich dort ebenfalls sitzen? Gemeinsam mit seinen Eltern und der restlichen Familie? Gut sichtbar für alle anderen Gäste?

»Alles in Ordnung?« Dex beugt sich zu mir herunter. Sein warmer Atem streift mein Gesicht. Ein Schauer läuft meine Wirbelsäule hinab. Es ist lange her, dass ich so auf die Nähe eines Mannes reagiert habe. Und das ausgerechnet Dex derjenige ist, der diese Körperreaktionen in mir hervorruft, beunruhigt mich. Trotzdem klammere ich mich an seinen Arm, als hänge mein Leben davon ab.

»Sag mir bitte, dass wir nicht mit deinen Eltern zusammen sitzen«, wispere ich. Er lacht leise, zuckt zu meinem Entsetzen allerdings mit den Schultern.

»Die Frage kann ich dir leider nicht beantworten. Dafür müssen wir uns die Tischordnung da hinten ansehen.«

Ich nicke mechanisch und versuche, meine Aufmerksamkeit auf etwas anderes zu lenken. Also konzentriere ich mich wieder auf die Einrichtung. Bei genauerem Hinsehen bemerke ich, dass die Tafeln keine langen Tische sind, sondern einzelne, an denen jeweils zehn Leute Platz finden. Von der Decke hängen grüne Pflanzen mit verschieden farbigen Blüten und Lichterketten. Ein leicht erdiger Geruch hängt in der Luft und erinnert mich an unser Gewächshaus zu Hause. Es ist unglaublich schön.

»Hat deine Mom sich um die Dekoration gekümmert?« Wir schlendern weiter.

Dex verneint. »Dafür hat sie jemanden engagiert. Mom ist die Strategin und Dad der kreative Kopf der Familie.« Grandma hätte nicht im Traum daran gedacht, dafür Geld auszugeben. Ein paar Blumen auf den Tischen arrangieren und Lichterketten aufhängen, schafft sie mit Mitte Siebzig mühelos allein. Um dafür ihr Erspartes herzugeben, müssen schon Weihnachten und Ostern auf einen Tag fallen.

»Es ist auf jeden Fall wunderschön.« Auf dem Weg zu der Tafel mit den Sitzplätzen sprechen uns mehrere Gäste an und begrüßen Dex überschwänglich. Ich werde dabei eher weniger beachtet, was mir ganz recht ist, da ich mich heute Abend ohnehin gern im Hintergrund halten möchte. Gleichzeitig ist es ziemlich amüsant, die Leute zu beobachten, wie sie versuchen, Dex zu beeindrucken. Auf ihn scheint das allerdings keine Wirkung zu haben. Seine Antworten sind höflich, aber nicht länger als nötig. Sein Gesichtsausdruck kühl und distanziert. Mein Arm ist noch immer mit seinem verschlungen, weshalb ich seine Anspannung spüre und sich mein Gefühl verstärkt, dass er gar nicht hier sein will. Ich unterdrücke ein Stirnrunzeln und lasse mich von ihm weiterführen. Wenn er der Erbe vom *Williams* ist, müsste er seinen potenziellen Kunden dann nicht aufgeschlossener sein? Oder will er die Destillerie womöglich gar nicht übernehmen?

»Sag mal, kann es sein ...«

»Da sind meine Eltern.«

Ich versteife mich augenblicklich und schiebe die Frage, die mir eben noch auf der Zunge gebrannt hat, in die hinterste Ecke meines Kopfes. Er deutet unauffällig nach rechts, wo ich einen Mann und eine Frau in den Fünfzigern entdecke. Er ist schon ergraut, ihre Haare sind von demselben dunkelblond wie Dex'.

»Sie werden dich nicht fressen«, murmelt er, während er mich in ihre Richtung dirigiert.

»Sagst du«, erwidere ich ebenso leise und würde am liebsten die Hacken meiner Cowboystiefel in den Boden rammen, um an Ort und Stelle zu bleiben. Sein Vater entdeckt uns zuerst und winkt euphorisch. Als er erkennt, dass ich nicht Bella bin, gefriert das Lächeln für den Bruchteil einer Sekunde auf seinen Lippen. Es ist nicht lang, reicht aber aus, dass ich es bemerke. Dex' Mutter sieht uns schweigend entgegen. Der verkniffene Ausdruck um ihren Mund zeigt, dass sie ebenfalls jemand anderen an der Seite ihres Sohnes erwartet hat.

»Dex! Wie schön, dass du es einrichten konntest.« Sie strahlt. Ihre Augen sehen allerdings genauso kühl und beherrscht aus wie zuvor. Während sie ihn in die Arme nimmt, mustert sie mich abschätzend.

»Wie könnte ich mir das entgehen lassen?« Die Ironie in Dex' Stimme ist unüberhörbar, weshalb er sich einen tadelnden Blick seines Vaters einfängt, bevor er ihn zur Begrüßung ebenfalls umarmt und ihm kräftig auf den Rücken klopft.

»Wen hast du denn da mitgebracht?« Seine Mom lächelt mich an. Auf mich wirkt es eher wie das Zähnefletschen eines angriffslustigen Hais.

»Das ist Ruby. Wir kennen uns vom College.«

»Freut mich, Sie kennenzulernen«, ergänze ich und strecke die Hand aus. Für einen Augenblick hängt mein Gruß unerwidert in der Luft, bis Mr. Malone sich erbarmt und meine Hand schüttelt.

»Die Freude ist ganz auf unserer Seite.« *Merke ich.* Dex' Mom sagt nichts, sondern wendet sich erneut ihrem Sohn zu.

»Du weißt, dass die Veranstaltung nur für geladene Gäste ist.« Ich knirsche mit den Zähnen und bin plötzlich gar nicht mehr so unsicher wie noch vor wenigen Minuten. Stattdessen kehrt die Hitze in meine Magengegend zurück, die ich vorhin bereits bei meiner Auseinandersetzung mit Dex gespürt habe. Es ist nicht viel verlangt, freundlich zu seinen Mitmenschen zu sein. Höflich würde schon ausreichen. Aber Mrs. Malone behandelt mich, als wäre ich ein lästiges Insekt, das sie möglichst schnell loswerden will.

Dex öffnet den Mund, doch ich komme ihm zuvor. »Oh, ich bin eingeladen. Möglicherweise sagt Ihnen mein Nachname mehr. Er lautet West.« Ich rücke ein Stück von Dex ab und merke, wie sich meine Haltung verändert. Schultern zurück. Rücken gerade. Brust raus.

»West … das kommt mir bekannt vor.« Mr. Malone schaut mich nachdenklich an.

»Meine Grandma ist Desiree West. Die Wacholderbeeren für Ihren neuen Gin sind von uns.«

Mrs. Malone sieht aus, als hätte sie in eine Zitrone gebissen, was sich anfühlt wie ein Sieg.

»West! Natürlich! Der Texas-Wacholder. Ich war ganz begeistert von Ihren Beeren. Sollte nicht ursprünglich Ihre Großmutter kommen?« Dex' Vater scheint mir wohlgesonnener zu sein als seine Mutter. Seine Körperhaltung ist offener, seine Stimme zugänglicher. Automatisch ziehen sich meine Mundwinkel nach oben und es fühlt sich um Einiges natürlicher an. Nicht mehr wie die Antwort auf Mrs. Malones Haifischzahn-Lächeln.

»Sie ist aufgrund einer Grippe verhindert und lässt sich entschuldigen. Aber falls die Zusammenarbeit gut funktioniert, werde ich in einigen Jahren Ihre Ansprechpartnerin sein.«

»Wie nett«, erwidert Dex' Mom und sieht dabei aus, als könnte sie sich tausend schönere Sachen vorstellen, als mit mir Geschäfte zu machen. »Würden Sie uns einen Moment allein lassen? Wir müssen mit unserem Sohn sprechen.«

»Natürlich, ich sehe mir inzwischen den Tischplan an.« Die letzten Worte sind an Dex gerichtet, der mich schmunzelnd ansieht. In seinen grünen Augen erkenne ich ein bewunderndes Funkeln, als er sich zu mir herunterbeugt.

»Gut gemacht.« Seine Lippen streifen mein Ohr. Eine Gänsehaut überzieht meine Arme. Er zwinkert mir zu, nachdem er sich wieder aufgerichtet hat, und verschwindet mit seinen Eltern in eine ruhigere Ecke. Ich hingegen bleibe in der Mitte des Raumes zurück. Da gerade keiner der herumschwirrenden Kellner in meiner

Nähe ist, schlendere ich zur gegenüberliegenden Theke. Mein Mund ist staubtrocken, und ich spüre den Abfall des Adrenalins, das eben noch durch meine Adern gepumpt hat. Mit der Hüfte lehne ich mich gegen den Tresen und überfliege die an der Wand hängende Getränketafel.

»Wenn ich dir einen Vorschlag machen darf, dann empfehle ich einen Texas Rosso. Er besteht aus unserem neusten Gin in Kombination mit Himbeersaft, frischer Zitrone und Granatapfel. Sieht gut aus, schmeckt und ist bei den Damen sehr beliebt.« Die tiefe Stimme neben mir erinnert mich an die von Dex und trotzdem weiß ich, dass er es nicht ist. Ich drehe mich zur Seite und erblicke einen jungen Mann im Rollstuhl. Er ist etwa Anfang dreißig und hat dieselben matschgrünen Augen und genauso dunkelblondes Haar wie Dex.

»Wie könnte ich da Nein sagen?«

Ein zufriedenes Lächeln umspielt seine Lippen. »Kannst du bei diesem Verkaufspitch gar nicht.« Er zwinkert mir zu, als der Barkeeper den Drink in einem kleinen Longdrink Glas bereits über die Theke schiebt. Der Himbeer- und Cranberrysaft färben die Flüssigkeit leicht rot. Es riecht angenehm süß und schmeckt überraschend anders. Weniger fruchtig als erwartet, dafür deutlich bitterer. Aber die süßliche Komponente des Saftes neutralisiert es zeitgleich so gut, dass ich es trotzdem lecker finde. Und dabei bin ich keine Gin-Trinkerin.

»Und?« Der Unbekannte zieht abwartend die Augenbrauen in die Höhe.

»Es ist sehr gut.«

Sein Grinsen wird noch breiter, und ich glaube, wenn er gekonnt hätte, würde er triumphierend in die Hände klatschen. Seine Arme sehen allerdings nicht so aus, als könne er sie bewegen. Nahe seines Kinns ist ein kugelförmiger Joystick, mit dem er den Rollstuhl lenkt.

»Ich bin übrigens Ruby.«

»Freut mich. Mein Name ist Will.« Wir lächeln uns an. Bei Will habe ich direkt das Gefühl, dass seine Worte ernst gemeint sind. Anders als bei Dex' Mom vorhin. Ich nehme noch einen Schluck vom Texas Rosso, als Pippa plötzlich neben uns auftaucht.

»Hast du Dex' neue Freundin schon kennengelernt?« Ich verschlucke mich so heftig, dass ich husten muss. Will wirft mir einen mitleidigen Blick zu.

»Ich würde dir gern helfend auf den Rücken klopfen, aber das geht leider nicht.« Japsend schüttle ich den Kopf und hebe die freie Hand, um ihm zu signalisieren, dass ich schon klar komme. Dabei befürchte ich jeden Moment zu ersticken.

»Pippa, jetzt mach doch mal was«, weist Will an. Sie hechtet an meine Seite und klopft mir so lange auf den Rücken, bis ich aufgehört habe zu husten. Meine Augen tränen, und ich befürchte, dass mein Gesicht eine ungesund rote Farbe angenommen hat. Zumindest fühlt es sich so an.

»Ich bin ganz sicher nicht seine neue Freundin«, krächze ich.

»Er ist mir dir und nicht mit Bella hier. Und in Covington sah es schon so aus, als würde da was laufen. Das Outfit sieht übrigens immer noch super aus!«

Ich lächle Pippa an.

»Danke dir. Du musst dich aber auch nicht verstecken.« Sie trägt ein gelbes Kleid, das ihr bis zu den Knien reicht und ganz wunderbar mit der vielen grünen Dekoration harmoniert. Ihre blonden Haare sind zu einem Pferdeschwanz zusammengefasst, und ihre Füße stecken in sehr bequem aussehenden Sneakern. »Und nur, weil dein Bruder und ich zusammen hier sind, heißt das nicht, dass wir ein Paar sind. Es war ...« Ich halte inne und überlege, ob ich den beiden wirklich sagen soll, wie Dex und ich zu dieser Verabredung gekommen sind.

»Ja?« Will beobachtet mich mit hochgezogenen Augenbrauen.

»Es war wegen eines Trinkspiels«, murmle ich, woraufhin die beiden in schallendes Gelächter ausbrechen.

»Nur Dex bringt es fertig, eine Frau zu dieser Veranstaltung mitzubringen, weil er ein Trinkspiel verloren hat.« Wills Mundwinkel zucken noch immer.

»Genau genommen hat er nicht verloren. Es war Truth or Dare«, erkläre ich.

»Ganz egal, was der Grund ist. Wir sind froh, dass er mal wen anders als Bella an seiner Seite hat. Wir mögen sie nämlich nicht.« Die letzten Worte flüstert Pippa hinter vorgehaltener Hand, spricht aber so laut, dass jeder der Umstehenden sie hört.

»Sie ist speziell. Das stimmt«, pflichte ich ihr bei.

»Das hast du sehr freundlich ausgedrückt.« Will zwinkert mir wieder zu, wobei mir die Ähnlichkeit zu Dex erneut enorm auffällt.

»Gehörst du ebenfalls zu Familie Malone?«, frage ich schließlich geradeheraus, bevor ich die Worte zurückhalten kann.

»Er ist unser älterer Bruder«, erklärt Pippa anstelle von Will.

»Ah, ich wusste gar nicht, dass Dex noch andere Geschwister hat.« Will grinst gequält und binnen Sekunden ist das amüsierte Funkeln aus seinen Augen verschwunden.

»Es ist kompliziert«, entgegnet er, woraufhin ich beschließe, es bei dieser Aussage zu belassen.

»Wir sollten langsam zu unserem Tisch, Will. Das Essen wird gleich serviert.« Pippa winkt mir zum Abschied zu. Ich sehe den beiden hinterher und nehme es als Stichwort, um mir endlich die Sitzordnung anzusehen. Mit meinem Texas Rosso in der Hand gehe ich zu der Tafel und brauche einen Moment, bis ich Grandmas Namen entdecke. Tisch Nummer neun. Dex sitzt bei seiner Familie, trotzdem hoffe ich, dass er es schafft, sich von ihnen loszueisen, um mir Gesellschaft zu leisten. Keine Ahnung, wie lange dieses Essen dauert, aber die Vorstellung, den Abend mit neun fremden Personen zu verbringen, behagt mir nicht.

»Seit wann beruhigt es mich, Dex in meiner Nähe zu wissen?«, murmle ich und versuche, die widersprüchlichen Gefühle zu ordnen, die diesen Gedanken in mir auslösen. Sonst war Dex niemand, mit dem ich freiwillig meine Zeit verbracht habe. Liegt es daran, dass er die einzige Person ist, die ich hier kenne? Oder beginne ich Sympathien für ihn zu entwickeln? Das war zumindest vor einigen Wochen noch undenkbar.

»Dein Outfit ist richtig cool! Gibt mir irgendwie das Gefühl, zu Hause zu sein und nicht in Louisiana.« Neben mir ist eine junge Frau aufgetaucht. Sie hat ähnlich dunkles Haar wie ich und riecht erfrischend blumig. Ihr Lächeln lässt ihr komplettes Gesicht erstrahlen und führt dazu, dass meine Mundwinkel automatisch ebenfalls nach oben zucken.

»Danke schön. Wo kommst du denn her? Vom Akzent nach zu urteilen aus den Südstaaten?« Die Unbekannte nickt.

»Ich wohne in Texas.«

»Ach, wirklich? Da komme ich auch her!«

»Ist nicht wahr? Welche Ecke?« Ein Hauch Aufregung hat sich unter ihre Stimme gemischt.

»Brookeland ist ein ziemlich kleiner Ort in der Nähe von Beaumont«, erkläre ich, bezweifle jedoch, dass sie den kennt.

»Gibt's ja nicht. Mein Freund wohnt nur einen Ort weiter.« Sie lacht und reicht mir die Hand, die ich direkt ergreife. »Ich bin Cece.«

»Ruby, freut mich. Gehörst du auch zu den Lieferanten der Malones?«

Cece schüttelt den Kopf.

»Nein, aber mein Freund. Wir sind nur hier, um das gute Essen zu genießen.« Mit der Hand streicht sie über ihren Bauch und erst jetzt fällt mir auf, dass eine leichte Wölbung unter dem Stoff zu erkennen ist. Das Kleid kaschiert diesen Bereich des Körpers sehr geschickt.

»Wie heißt denn dein Freund? Vielleicht kenne ich ihn ja.« Brookeland ist winzig und normalerweise ist jeder mit jedem bekannt. Das gilt auch für die Nachbarorte.

»Ich stelle ihn dir gleich vor. Da kommt er gerade!« Sie hebt die Hand und winkt. Neugierig drehe ich mich um und erstarre.

Das darf nicht sein.

Das *kann* nicht sein.

Hier muss sich jemand einen bösen Scherz mit mir erlauben.

»Schau, wen ich kennengelernt habe. Ruby kommt aus Brookeland. Ist das nicht witzig? Vielleicht seid ihr euch schon mal über den Weg gelaufen.« Ceces Stimme klingt auf einmal sehr weit weg. Die große Scheune scheint sich auf ein Minimum verkleinert zu haben. Jacks Anwesenheit ist mir überdeutlich bewusst. Seine Nähe gräbt sich wie ein Pfeil in mein Herz.

»Ruby.« Es ist etwa zehn Monate her, seit ich seine Stimme zum letzten Mal gehört habe. Er macht einen Schritt auf mich zu. Sieht aus, als würde er mich in den Arm nehmen wollen. Hastig stolpere ich zurück und falle dabei fast über meine eigenen Füße. Zwei Arme schließen sich um mich und verhindern, dass ich stürze. Der Geruch von Karamell steigt mir in die Nase und verrät, dass Dex hinter mir steht und mich hält. Aber ich habe keine Zeit, um mir über unseren engen Körperkontakt klar zu werden. Meine Augen sind einzig und allein auf Jack gerichtet.

Meine Jugendliebe.

Der Mann, der nicht nur mein Herz, sondern auch meinen Glauben an die wahre Liebe gebrochen hat.

Kapitel 5

»Du siehst gut aus.« Jack lächelt leicht. Unsicherheit blitzt in seinen braunen Augen auf.

»Was machst du hier?«, frage ich, ohne auf sein Kompliment einzugehen. Um uns herum herrscht reges Treiben, doch davon bekomme ich kaum etwas mit. Ich sehe nur Jack.

»Ich arbeite bei Mom und Dad mit. Wir beliefern die Malones mit Holzfässern, in denen ihr Whiskey reift«, erklärt er. Seine Worte kommen nur langsam bei mir an. Ich brauche einige Sekunden, um sie zu verarbeiten. Versuche, zu begreifen, was er mir da grade erzählt. Alte Erinnerungen schieben sich vor mein inneres Auge. Bilder aus glücklicheren Zeiten. Wo ich noch der festen Überzeugung gewesen bin, mit Jack alt zu werden.

»Du studierst nicht mehr?« Mit aller Kraft dränge ich die immer wiederkehrenden Flashbacks zurück. In die hinterste Ecke meines Kopfes, wo ich sie sorgsam verschließe, damit sie kein Tageslicht mehr erblicken.

Jack schüttelt den Kopf. »Nach unserer Trennung habe ich das College verlassen und bin in den Familienbetrieb eingestiegen. Um ehrlich zu sein, wollte ich nie studieren. Es ging immer darum, weitere gemeinsame Erinnerungen mit dir zu schaffen.« Bei der Erwähnung vom Ende unserer Beziehung zieht sich etwas schmerzhaft in mir zusammen. Daran will ich jetzt nicht denken. Schon deshalb nicht, weil er es anscheinend geschafft hat, weiterzumachen und in einer neuen glücklichen Beziehung ist.

Cece hat unser Gespräch schweigend verfolgt. Immer wieder zuckt ihr Blick zwischen uns hin und her. Ich komme nicht umhin zu bemerken, dass sie gedankenverloren über ihren Bauch streicht. Unsere Trennung ist fast ein Jahr her, und ich frage mich, was sich innerhalb der letzten zwölf Monate geändert hat, weshalb er plötzlich bereit ist, Vater zu werden.

»Ihr kennt euch sehr gut, wie ich eurer Unterhaltung entnehme.« Cece lächelt, und ich bewundere sie dafür, wie ruhig sie ist. Immerhin trifft sie nicht ständig die Ex ihres Freundes. Oder hat Jack von mir gesprochen? War sie darauf vorbereitet, mir irgendwann gegenüber zu stehen? Vielleicht im Supermarkt in Brookeland, wenn ich Grandma besuche oder in einem Restaurant. Ganz plötzlich. So wie jetzt.

»Ja. Ruby und ich waren während der High School ein Paar. Ich habe dir davon erzählt.« Jack rückt näher an Cece und berührt sanft ihren Arm. Sie nickt. Er hat von mir geredet. Aber unsere vielen gemeinsamen Jahre waren es ihm nicht wert, meinen Namen zu erwähnen.

»Du hast nur vergessen, zu sagen, wie sie heißt.« Der unterschwellige Vorwurf ist schwer zu überhören. Falls diese Situation gleich zu einem Beziehungsstreit ausartet, möchte ich ungern Teil davon sein. Allerdings überrascht Cece mich, indem sie in Sekundenschnelle ein strahlendes Lächeln aufsetzt und uns nacheinander ansieht.

»Jetzt sind wir nun mal alle hier und machen das Beste draus, oder? Ich zumindest finde Ruby sehr sympathisch.« Leider muss ich mir eingestehen, dass Cece ebenfalls sehr freundlich ist. Jack hätte es deutlich schlechter treffen dürfen.

Dex hüstelt hinter mir und versucht, ein leises Lachen zu kaschieren. Damit reißt er mich aus meiner zusammengeschrumpften Welt und erinnert mich daran, dass er mich immer noch festhält. Eine intime Berührung, die sich so natürlich anfühlt, dass ich sie wie selbstverständlich akzeptiert habe. Plötzlich werden die Stimmen und das Gelächter um uns herum lauter. Die Musik aus den Lautsprechern dringt weiter in den Vordergrund und Dex' Arme um meine Mitte fühlen sich unfassbar warm an. Als würde ich innerhalb eines Feuerballs stehen.

»Was machst du denn hier?«, fragt Jack schließlich und lenkt meine Aufmerksamkeit wieder auf sich. Sein Blick schweift zwischen Dex und mir hin und her. »Soweit ich weiß, haben Baumwolle und Alkohol wenig gemeinsam.«

In meinem Kopf rattert es. Ich könnte ihm sagen, dass ich für Grandma einspringe und mit der ganzen Sache nichts zu tun habe. Eine einfache Antwort, ohne Konsequenzen. Immerhin entspricht sie der Wahrheit. Aber leider funktionieren die Gedankengänge meines Kopfes gerade nicht so akkurat wie sonst. Denn Jack ist mit seiner neuen Freundin hier. Er hat weitergemacht, während ich in Silveroaks auf der Stelle getreten bin. Zumindest, was Beziehungen und Männer angeht. Ich trage es ihm noch immer nach, wie wir auseinandergegangen sind, aber ich will ihn nicht zurück. Niemals.

Trotzdem soll er nicht denken, ich würde nach wie vor an ihm hängen. Oder Probleme damit haben, das Ende unserer Beziehung zu verarbeiten. Wenn ich Dex mit einbeziehe, könnte es funktionieren. Dann erwecke ich den Anschein ebenfalls im Leben weitergekommen zu sein, womit Jack und ich uns ebenbürtig wären. Zumindest auf der Beziehungsebene. Außerdem würde er nie erfahren, dass Dex und ich nicht wirklich zusammen sind. Immerhin trennen sich unsere Wege nach diesem Abend wieder. Er kehrt zurück nach Texas und ich nach Silveroaks.

»Ich begleite meinen neuen Freund.«

»Was?«, fragen Jack und Dex gleichzeitig. Letzter zum Glück so leise, dass nur ich es höre.

»Du kennst Dexter sicherlich. Er ist der Sohn der Besitzer.« Dex lässt mich los und tritt an meine Seite. Für einen Augenblick keimt Sorge in mir auf, er könne die Bombe platzen lassen und mich damit vollkommen blamieren. Angespannt halte ich die Luft an, als er die Hand ausstreckt und sie erst Cece und dann Jack reicht.

»Freut mich, euch kennenzulernen. Ich hatte ja keine Ahnung, dass wir hier jemanden aus deiner Vergangenheit treffen würden, Darling.« Er zwinkert mir zu, woraufhin mir die Knie weich werden. Geräuschlos lasse ich die angestaute Luft entweichen und spüre, wie mein Herz in einen schnelleren Rhythmus verfällt. Durch seinen ausgeprägten Südstaatler Akzent verschluckt er den letzten Buchstaben, und ich bin sicher, nie etwas Attraktiveres gehört zu haben.

»Wo habt ihr euch denn kennengelernt?« Jacks Augen verengen sich. Plötzlich fühlt es sich an, als wäre mein Magen mit Steinen gefüllt, die mich nach unten ziehen.

Er kennt mich gut, und ich bin eine miserable Lügnerin. Diesen Teil des Plans habe ich nicht gut durchdacht. Wobei ... eigentlich habe ich gar nicht nachgedacht.

»Der Bruder ihrer besten Freundin ist mein Nachbar. Wir haben uns auf seiner WG-Party das erste Mal gesehen und als sie mit ihren Cowboystiefeln und den Jeansshorts durch die Tür kam, wusste ich es: Diese Frau wird meine Welt auf den Kopf stellen. Also habe ich alles dafür getan, um sie für mich zu gewinnen.« Ich versuche, meine Überraschung in einem verliebten Lächeln zu tarnen. Er hat sich tatsächlich gemerkt, was ich bei unserer ersten Begegnung anhatte. Beeindruckend. Dex schlingt seinen Arm um meine Taille und zieht mich näher an sich heran. Jack presst die Lippen zu einem dünnen Strich zusammen, und dieser Gesichtsausdruck ist mir die kleine Notlüge allemal wert.

»Wann ist es denn so weit?« Ich nicke in Richtung von Ceces Bauch und räuspere mich kurz. Meine Stimme klingt kratziger, als sie sollte. Jacks Stimme hallt wie ein Echo in meinen Ohren wider, als er mich anbrüllt. Ich sehe zu ihm herüber, doch sein Mund ist geschlossen. Es sind Erinnerungsfetzen, die mich heimsuchen. Mich an unseren damaligen Streit erinnern.

»Im nächsten Frühjahr. Es war nicht geplant, aber wir könnten nicht glücklicher sein.« Ihr strahlendes Lächeln fühlt sich an wie tausend kleine Messerstiche. Jack nickt, schafft es aber nicht, mich anzusehen. Dex' Griff um mich verstärkt sich. Es kommt mir so vor, als würde er spüren, dass ich jeden Moment fallen könnte, wenn er mich nicht festhält.

»Wir sollten langsam zu unserem Tisch gehen. Der erste Gang wird gleich serviert.« Er beugt sich zu mir herunter. Seine Lippen streifen meine Schläfe und verursachen mir eine Gänsehaut. Für diese spontane Aktion stehe ich ewig in seiner Schuld.

»Hat mich gefreut, dich kennenzulernen, Cece.« Mit einem letzten Lächeln in ihre Richtung lasse ich mich von Dex davonziehen. Jack schenke ich keine weitere Beachtung, spüre seinen intensiven Blick jedoch genau in meinem Rücken.

Mit zitternden Knien falle ich auf den Platz mit Grandmas Namensschild. Da alle anderen Gäste bereits Platz genommen haben, schließe ich, dass der Stuhl zu meiner Rechten leer bleibt. Zumindest für einige Sekunden, denn Dex nimmt ihn kurzerhand ein.

»Geht es dir gut?« Er platziert seinen Arm auf meiner Stuhllehne und streicht mir mit den Fingerspitzen über die nackte Haut im Nacken. Ich unterdrücke ein Schaudern und lächle ihn stattdessen an.

»Ja. Danke, dass du für mich in die Bresche gesprungen bist.« Seine Augen verraten, dass er sich nicht hundertprozentig sicher ist, ob es mir wirklich so gut geht, wie ich gerade vorgebe, und mein Unterbewusstsein zweifelt ebenfalls daran.

»Was wäre ich für ein Mensch, wenn ich das nicht getan hätte? Sieh es als Wiedergutmachung, weil meine Mom sich dir gegenüber nicht von ihrer besten Seite gezeigt hat.« Er knirscht mit den Zähnen und bringt mich damit zum Lachen. Ich lehne mich leicht vor und stütze meine Hand auf seinem Knie ab.

»Dann sind wir jetzt quitt. Und nur fürs Protokoll: Deine Mom war wirklich unhöflich.«

Er nickt seufzend. »Es war beeindruckend, wie du ihr Paroli geboten hast. Das traut sich nicht jeder.«

Schulterzuckend ziehe ich mir die grüne Serviette auf den Schoß und bedanke mich bei dem Kellner, der gerade die Vorspeise bringt.

»Es hatte auch etwas Gutes. Dadurch habe ich meine Nervosität vor dem heutigen Abend abgelegt. Wenn ich mich schon zu Beginn mit der Gastgeberin anlege, kann der Rest mich nicht mehr einschüchtern.«

Dex lacht und wendet sich von mir ab, um seinen Teller zu betrachten.

»So gefällst du mir gut«, meint er so leise, dass ich mir nicht sicher bin, mir seine Worte eventuell nur eingebildet zu haben. Lächeln muss ich trotzdem.

Anschließend befasse ich mich mit meinem Essen. Laut Speisekarte befindet sich eine kleine Version eines sogenannten *Muffuletta* auf meinem Teller. Ein Sandwich mit Salami, Schinken und Käse. Dazu wurde ein Olivensalat gereicht, den ich zwar probiere, aber letztlich stehenlasse. Oliven waren noch nie mein Ding.

Als Hauptgang gibt es ein *Jambalaya*. Es ist eine Mischung aus Hähnchen, Meeresfrüchten und Gemüse und wird mit Reis serviert. Von Maddie weiß ich, dass ihre Oma ein hervorragendes *Jambalaya* kocht sowie das beste *Gumbo* in ganz New Orleans und Umgebung. Nachdem ich meinen Teller leer geputzt habe, zweifle ich allerdings an ihrer Aussage. Das Essen war *so* gut, dass ich mir nicht vorstellen kann, dass es jemand noch besser zubereitet. Absolut gesättigt lehne ich mich auf meinem Stuhl zurück und lächele selig.

»Gibt es hier immer so leckeres Essen? Dann komme ich wieder.« Dex lacht und nippt an seinem Wasser.

»Mom und Dad buchen jedes Mal einen anderen Caterer. Achten aber darauf, einem regionalen Anbieter den Zuschlag zu geben. Wenn du dich umsiehst, merkst du, dass unsere Stammkunden bereits darüber fachsimpeln, welches *Jambalaya* das Beste ist.« Ich folge Dex' Blick und bleibe an einigen älteren Herren hängen, die angeregt über etwas diskutieren.

»Woher weißt du, dass sie übers Essen sprechen?«, frage ich und lehne mich zu ihm herüber.

»Weil ich Lippen lese.«

»Nicht dein Ernst?« Mir klappt die Kinnlade runter. Dex prustet in sein Wasser, was ihm einige Sympathiepunkte einbringt. Von einem reichen Destillerie-Erben hätte ich dieses Verhalten nicht erwartet, aber es macht ihn irgendwie ... menschlicher. Nahbarer. Und das gefällt mir.

»Das war ein Witz«, röchelt er, woraufhin ich ihm helfend auf den Rücken klopfe, so wie es Pippa vorhin bei mir gemacht hat.

»Um ein Haar hätte ich es dir abgekauft.«

Er grinst und blickt von unten zu mir hoch. Wenn ich nicht schon sitzen würde, wäre ich jetzt wegen weicher Knie zu Boden gegangen. Denn seine grünen Augen sehen gerade anbetungswürdig aus. »Mach mir nichts vor. Du hast es geglaubt.«

Ich trinke einen schnellen Schluck von meinem Texas Rosso, der sich auf wundersame Weise während des Essens wieder gefüllt hat, um meinen Mund zu befeuchten. »Vielleicht«, erwidere ich leise, woraufhin Dex' Lächeln noch breiter wird. Unruhig rutsche ich auf meinem Platz hin und her. Cece beobachtet uns neugierig vom Nachbartisch. Jack dagegen sieht aus, als würde er uns nicht eine Sekunde lang abkaufen, dass wir ein Paar sind. Zurecht.

»Hör auf, mich so anzugucken«, wispere ich.

»Wie denn?« Dex beugt sich weiter zu mir rüber, woraufhin sich erneut eine Gänsehaut auf meinen Armen ausbreitet.

»Als würdest du dich in mir verlieren.«

»Vielleicht passiert genau das.«

Mir entschlüpft ein unbeabsichtigtes Lachen, was uns die Aufmerksamkeit von Bella bringt, die am Tisch gegenüber sitzt und mich mit Blicken tötet. Inzwischen bin ich Dex so nah, dass sich unsere Nasenspitzen beinahe berühren. Sein Karamell-Duft schlägt mir entgegen. Ich will die Augen schließen und tief einatmen. Den Geruch in meinem Gedächtnis abspeichern, um mich immer daran zu erinnern. Doch in letzter Sekunde unterdrücke ich diesen Impuls.

»Vielleicht ...«, entgegne ich leise, »bist du einfach nur ein sehr guter Schauspieler.« Er öffnet den Mund, und ich folge dieser Bewegung mit den Augen. Mir ist bisher nie aufgefallen, wie schön die Form seiner Lippen ist. Sie sind voll, perfekt geschwungen und laden zum Küssen ein. Kein Wunder, dass die Frauen an der *Silveroaks Park* bei ihm Schlange stehen.

»Liebe Gäste! Ich freue mich sehr, dass Sie heute Abend ihren Weg wieder zu uns gefunden haben. Manche sind zum ersten Mal dabei, für andere ist es beinahe schon eine Tradition.«

Wir fahren auseinander, als die Stimme von Mr. Malone aus den Lautsprechern erklingt. Dex sieht aus, als hätte ihm jemand eiskaltes Wasser über den Kopf gekippt. Der spielerische, flirty Ausdruck von vor wenigen Sekunden ist verschwunden. Stattdessen hat sich eine harte Maske über seine markanten Gesichtszüge gelegt. Ich rücke ein Stück von ihm ab. Seine Anspannung ist mit Händen greifbar, und ich weiß nicht, wie ich auf diese hundertachtzig Grad Wende reagieren soll, die er binnen eines Sekundenbruchteils vollzogen hat. Jetzt wirkt er wieder wie der unnahbare Erbe wider Willen, der lediglich hier ist, um seine Pflicht zu erfüllen.

»Wie einige vielleicht wissen, hieß unsere Destillerie nicht immer *Williams*. Früher haben wir unseren Schnaps unter einem anderen Namen vertrieben.« Interessiert sehe ich in Mr. Malones Richtung, als ich eine Bewegung neben mir wahrnehme. Dex schiebt seinen Stuhl zurück und steht auf.

»Was hast du vor?«, frage ich leise.

»Verschwinden. Die Rede tue ich mir nicht an.«

Fassungslos schaue ich ihm hinterher. Sein Dad kommt kurz ins Stocken, als Dex nach draußen eilt, nimmt sein ursprüngliches Sprechtempo allerdings schnell wieder auf. Hin und hergerissen wandert mein Blick von Mr. Malone zur Tür. Es muss einen Grund geben, weshalb Dex nicht bleibt. Langsam stehe ich auf und husche in gebückter Haltung aus der Scheune, um nicht mehr Aufmerksamkeit als nötig auf mich zu ziehen. Draußen schlägt mir deutlich kühlere Luft entgegen. Die Tür wird leise hinter mir geschlossen und schließt damit die Stimme und den kleinen Applaus aus, der gerade ertönt. Der Außenbereich ist mit haufenweise Lichterketten beleuchtet. An den Ecken stehen Heizstrahler, die Wärme spenden. Dex steht vorn übergelehnt an dem hölzernen Geländer und starrt in die Dunkelheit.

»Hey.« Ich lehne mich mit dem Rücken dagegen und sehe ihn an. »Was ist los?«

»Nichts.« Ein Wort. Sechs Buchstaben. Und trotzdem weiß ich, dass es gelogen ist.

»Wegen nichts verlässt du keine Veranstaltung.« Seine Wangenmuskulatur zuckt, und ich höre, wie er mit den Zähnen knirscht.

»Ich habe die Rede schon tausendmal gehört. Das ist alles.« Seine Schultern sind angespannt. Wenn ich ihn genauer betrachte, ist sein kompletter Körper in Abwehrstellung. »Soll ich dir was von mir erzählen?«

Dex brummt. Ob er mir dadurch zustimmt oder signalisieren will, dass ich abhauen soll, weiß ich nicht. Also entscheide ich mich fürs Weiterreden.

»Ich bin eine furchtbar schlechte Lügnerin und trotzdem erkenne ich es sofort, wenn mich jemand belügt.«

»Du gibst nicht auf, bis ich es dir verrate, oder?« Dex seufzt, während ich einen kleinen Triumph wittere.

»Gut erkannt.« Grinsend stoße ich ihm mit der Schulter gegen den Oberarm.

»Mein Bruder hatte kurz vor meinem High School Abschluss einen Unfall. Es war nicht klar, ob er es überlebt. Ist eine lange Geschichte und definitiv kein Thema für eine Party, aber meine Eltern haben daraufhin beschlossen, die Destillerie umzubenennen. Falls er es nicht schafft, könnten sie ihm damit Tribut zollen. Er wäre dann auf eine gewisse Weise trotzdem präsent. Jedes Jahr bei diesem Essen packt Dad die Geschichte aus.« Stille breitet sich zwischen uns aus. Von drinnen höre ich immer noch Mr. Malones Stimme. Hinter uns hallt der Schrei eines Vogels durch die anbrechende Nacht. Etwas Schweres sitzt auf meiner Brust. Es muss furchtbar sein, in der Ungewissheit zu leben, eventuell sein Kind zu verlieren.

»Also saß Will nicht immer im Rollstuhl.« Keine Frage, sondern eine Feststellung. Darüber habe ich mir bei unserem Gespräch vorhin keine Gedanken gemacht.

»Du hast ihn schon kennengelernt?« Dex sieht mich an. Ein kleines Lächeln stiehlt sich auf meine Lippen, als ich nicke.

»Er hat mir den Texas Rosso empfohlen. Pippa hat uns dann miteinander bekannt gemacht.«

Der Ausdruck in Dex' Augen ist unergründlich. Ich weiß nicht, ob es ihm gefällt, dass ich Kontakt mit seinen Geschwistern hatte oder verärgert. Dex macht auf mich nicht den Eindruck, als würde er sich für seine Familie schämen. Ganz im Gegenteil: Im *Dreams of Vintage hat er voller Begeisterung von Pippa und ihrem Gespür für Mode gesprochen. Und Will ist mir auf Anhieb sympathisch gewesen. Er ist lustig, wortgewandt und hat schnell eine passende Antwort parat. Darauf sollte Dex stolz sein, denn nicht jeder schafft es, sich mit einer derart veränderten Lebenssituation zu arrangieren.*

»Will hat eine Menge Ahnung von dem Business. Er sollte ursprünglich die Destillerie übernehmen.«

»Was spricht denn dagegen?« Ein harter Zug bildet sich um Dex' Mund, und ich sehe förmlich dabei zu, wie die eiserne Maske auf sein Gesicht zurückkehrt.

»Meine Eltern«, murmelt er leise und wendet sich von mir ab. Ich unterdrücke ein enttäuschtes Seufzen. Obwohl mir so viele Fragen auf der Zunge brennen, entscheide ich mich dafür, sie für mich zu behalten und ihn mit diesem Thema in Ruhe zu lassen. Es ist offensichtlich ein wunder Punkt.

»Weißt du, was wir machen sollten?« Ich trete wieder näher an ihn heran und hake mich bei ihm unter. Abwartend sehe ich zu ihm hoch und platziere mein Kinn an seinem Arm.

»Was?« Unsere Blicke treffen sich. Mit dem Finger bedeute ich ihm, sich ein Stück zu mir herunter zu beugen. Zeitgleich stelle ich mich auf die Zehenspitzen, um ihm entgegenzukommen. Wie eben in der Scheune sind unsere Gesichter sich ganz nah. Sein einprägsamer Duft schlägt mir entgegen. Er umhüllt mich wie eine sanfte Umarmung und plötzlich ist mir alles andere egal. Ich will diesen harten, abweisenden Ausdruck nicht mehr auf Dex' Gesicht sehen, sondern viel lieber seine lustige, verspielte, flirty Seite wieder hervorlocken.

»Du solltest mich nicht so ansehen«, murmelt er leise und wiederholt damit meine Worte von vorhin.

»Wie denn?« Ich beschließe, das Spiel mitzuspielen.

»Als würdest du dich in mir verlieren.«

Meine Mundwinkel zucken.

»Da musst du dich schon mehr ins Zeug legen, damit das passiert.« Grinsend zwinkere ich ihm zu und registriere freudestrahlend sein kleines Lächeln.

»Willst du etwa sagen, dass ich mich mehr anstrengen muss?« Seine leise, tiefe Stimme verursacht mir eine Gänsehaut.

»Ich will sagen ... wir sollten heute Abend Eltern, Ex-Freunde und ihre neuen Freundinnen vergessen und einfach Spaß haben. Die nächsten Stunden genießen und leben, als würde niemand zuschauen.« Dex' Lächeln wird breiter, und mein ganzer Körper beginnt zu kribbeln. Er sollte mich *wirklich* nicht so ansehen. Denn auch wenn es mein Ziel war, ihn zum Lachen zu bringen, weiß ich, dass diese Verbindung zwischen uns nur für den heutigen Abend geknüpft wurde. Für morgen habe ich mir fest vorgenommen, die Welt wieder in ihre Fugen zu rücken und zur Normalität zurückzukehren.

»Dann sollten wir uns schleunigst einen Drink besorgen.« Dex zwinkert mir zu, und ich weiß, dass das der Startschuss für einen Abend ist, der mir noch lange in Erinnerung bleibt.

Kapitel 6

Es ist weit nach Mitternacht, als sich die Veranstaltung langsam auflöst, und auch Dex und ich beschließen zu verschwinden. Ich verabschiede mich von unseren verbliebenen Tischnachbarn und Will, der für einen kurzen Abstecher bei mir angehalten hat. Anschließend schlendern Dex und ich nach draußen. Da mein Körper inzwischen aus mehr Gin als Wasser besteht, hake ich mich bei ihm unter, um nicht umzufallen. Kichernd lehne ich mich gegen ihn und überlege, wann solch ein Laut zum letzten Mal meinen Mund verlassen hat.

»Was ist so lustig?« Dex schmunzelt, als er zu mir heruntersieht.

»Die Tatsache, dass ich mir den Abend viel schlimmer vorgestellt habe und er im Endeffekt wirklich toll war. Auch wenn mir Jacks Anwesenheit ständig bewusst gewesen ist.« Ich ziehe eine Grimasse bei der Erinnerung daran, wie ich seinen Blick dauernd auf mir gespürt habe. Als hätte er nur Augen für mich und nicht für Cece gehabt. Dabei ist es mir ungefähr ab dem vierten Texas Rosso egal gewesen, ob er da war oder nicht. Stattdessen habe ich mich mit vielen interessanten Menschen unterhalten. Mit Pippa getanzt, mit Will gelacht und mit Dex geflirtet, als würde ich sonst nichts anderes machen. Selbst Bellas giftige Blicke konnten meine Stimmung nicht trüben. Es war befreiend. Lustig. Ein Abend, den ich so schnell nicht mehr vergesse und trotzdem freue ich mich jetzt auf die wohlige Wärme meines Bettes.

»Ähm, wohin gehen wir?«, frage ich plötzlich, als mir auffällt, dass wir nicht den Parkplatz ansteuern, wo Dex' Wagen seht.

»Zum Ende der Straße, da holt uns ein Uber ab und bringt uns nach Hause.« Ich bleibe stehen und sehe Dex mit großen Augen an.

»Bist du von allen guten Geistern verlassen? Das ist sauteuer bis nach Silveroaks!« Allein die Vorstellung, am Ende der Fahrt den Preis zu hören, führt dazu, dass die Drinks der vergangenen Stunden wieder raus wollen.

»Nein, keine Sorge.« Dex lacht, und ich entspanne mich ein wenig. »Es bringt uns nur bis zu mir nach Hause.«

»Wie bis zu dir?« Ich ziehe meinen Mantel enger um die Schultern. Langsam wird es kalt.

»Zu meinen Eltern«, korrigiert er langsam.

»Das ist nicht dein Ernst?« Ich bleibe stehen und sehe ihn fassungslos an.

»Falls es dir nicht aufgefallen ist: Wir sind beide nicht mehr in der Lage, Auto zu fahren. Wo sollen wir sonst übernachten?«

»In einem Hotel?!«, quietsche ich einige Oktaven höher als gewollt. Auf keinen Fall werde ich unter Mrs. Malones Dach schlafen.

»Es ist Ende Oktober. Jetzt wimmelt es in New Orleans von Touristen. Denkst du ernsthaft, wir bekommen spontan ein Zimmer?« Dex sieht mich an, als hätte ich nicht mehr alle Tassen im Schrank. Dabei bin ich viel klarer als noch vor wenigen Minuten.

»Die Hoffnung stirbt zuletzt«, entgegne ich, während ich mein Handy aus der Handtasche ziehe und die Suchmaschine öffne. Eine große, warme Hand legt sich über meine und versperrt mir damit die Sicht aufs Display.

»Es ist spät. Ich bin müde und mir ist kalt. Bis wir etwas gefunden haben, könnte es Stunden dauern. Willst du so lange hier draußen stehen?« Seine Stimme klingt unheimlich sanft und melodisch. Als würde er mich mit seinem Sing-Sang betören wollen.

»Nein, ich …« Ein Seufzen tritt mir über die Lippen. »Ich habe kein Mitspracherecht, was das angeht, oder?« Noch während ich die Frage ausspreche, kenne ich bereits die Antwort. Dex schüttelt den Kopf.

»Nicht wirklich. Ich zwinge dich nicht, bei mir zu übernachten, aber du hast wahrscheinlich nicht genug Geld für ein Uber dabei. Der letzte Bus nach Silveroaks ist vor Stunden gefahren. Im Prinzip … hast du keine Wahl.« Zähneknirschend verschränke ich die Arme vor der Brust. Es nervt mich, dass er recht hat. Mein Portemonnaie habe ich zu Hause gelassen, weil ich wusste, dass ich es nicht brauche. Ein einsamer Zwanzig Dollar Schein steckt im Reißverschluss der Handtasche, aber auch damit komme ich nicht weit. Ich könnte natürlich mit einem Uber nach Silveroaks fahren und dort bezahlen. Aber bis ich den Geldbeutel im Chaos der Wohnung gefunden habe, hat der Fahrer wahrscheinlich schon längst die Polizei gerufen, weil er denkt, ich wolle die Zeche prellen. Verfluchter Mist!

Ein Wagen hält neben uns. Dex bedeutet dem Fahrer einen Moment zu warten, und sieht mich dann auffordernd an. »Also … kommst du mit oder bleibst du hier?«

Er streckt mir einladend die Hand entgegen und obwohl mir die Vorstellung, unter demselben Dach wie seine Eltern zu schlafen, nicht behagt, muss ich zugeben, mich ebenfalls nach einem weichen Bett zu sehnen.

»Mitkommen«, seufze ich und ergreife seine Hand. Er hilft mir in den Wagen, bevor er sich neben mich schiebt. Ganz schwach nehme ich noch immer den Geruch seines Parfums wahr und versuche, nicht allzu tief einzuatmen. Stattdessen drehe ich den Kopf Richtung Fenster und betrachte die vorbeiziehenden Lichtpunkte der Laternen. Dex' Nähe ist mir dabei überdeutlich bewusst. Ich müsste mich nur ein wenig nach links lehnen und könnte ihn berühren. Die Erinnerung, wie sich seine Hände auf meiner Haut angefühlt haben, trifft mich mit der Wucht eines Vorschlaghammers. Bilder einer vergangenen Nacht laufen wie ein Spielfilm vor meinem inneren Auge ab. Dex, wie er mich küsst. Mir leise Dinge ins Ohr flüstert, die mir eine Gänsehaut verpassen. Den ganzen Abend war er mir so nah. Hat mich flüchtig berührt oder sehr offensichtlich, wenn Jack uns beobachtet hat. Wieso verspüre ich dann erst jetzt ein heftiges Verlangen nach ihm, das ich mir selbst nicht erklären kann?

»Reiß dich zusammen, Ruby«, murmle ich in dem Moment, als Dex »Hier können Sie uns rauslassen« sagt. Der Fahrer hält an, und ich steige aus, während er bezahlt. Die kühle Luft ist Balsam für meine erhitzten Wangen. Noch ein paar Sekunden länger auf engstem Raum mit Dex, und ich weiß nicht, ob ich die Kontrolle über mich behalten oder dem Verlangen nachgegeben hätte.

»Na, komm. Es ist nicht mehr weit. Ein kleiner Spaziergang könnte uns morgen vor einem heftigen Kater bewahren.« Er marschiert los, und ich beeile mich, ihm zu folgen. Doch schon nach wenigen Metern halte ich an, um meine Cowboystiefel auszuziehen. Erleichtert seufze ich auf, als meine nackten Füße die asphaltierte Straße berühren. Ich bin es zwar gewohnt, lange Abende darin zu verbringen, aber langsam beginnt es zu schmerzen.

»Das fühlt sich viel besser an!« Nacheinander strecke ich meine Füße.

»Tut es nicht weh, plötzlich wieder auf flachen Sohlen zu laufen?« Wir schlendern nebeneinanderher, und ich denke über seine Frage nach.

»Ein bisschen. Sie würden wahrscheinlich mehr schmerzen, wenn ich die Schuhe anlasse.« Er nickt, als könne er diesen Gedankengang nachvollziehen. Ich strecke die Arme aus und drehe mich einmal um meine eigene Achse. Es ist vollkommen still um uns herum. Eine willkommene Abwechslung zu der enormen Lautstärke der vergangenen Stunden. Jetzt höre ich nur noch das vereinzelte Rufen eines nachtaktiven Vogels und das Rascheln der letzten Blätter an den Ästen, wenn ein Windhauch durch sie hindurchfegt. Wir sprechen nicht miteinander, sondern hängen unseren Gedanken nach. Ich beobachte die Sterne am klaren Nachthimmel und überlege, wie schön es ist, mit Dex zu schweigen. Es gibt nicht viele Menschen, mit denen das möglich ist, ohne dass es unangenehm wird. Ich werde langsamer und bleibe schließlich stehen. Plötzlich muss ich an unseren kleinen Streit auf dem Parkplatz denken. Es kommt mir vor, als läge er schon Tage in der Vergangenheit, dabei sind es nur wenige Stunden. Dex bemerkt, dass ich ihm nicht mehr folge, und kommt zurück. Gedankenverloren sehe ich ihn an, auch wenn ich im schwachen Licht des Mondes seine Gesichtszüge nicht genau erkenne.

»Hast du wirklich gedacht, ich hätte es vergessen?« Meine Stimme ist leise und trotzdem fühlt es sich an, als würde sie die Stille der Nacht ohrenbetäubend laut durchschneiden. Er kommt näher und runzelt die Stirn.

»Dass du was vergessen hättest?«

»Unsere gemeinsame Nacht.« Er nimmt mir den Hut vom Kopf und streicht mir eine Strähne hinters Ohr.

»Mich vergisst niemand.« Ich verdrehe die Augen und gebe ihm einen kleinen Stoß gegen die Brust. »Und dich auch nicht.«

Er kommt wieder näher, und mein Magen schlägt einen Purzelbaum. »Ich habe Jack heute beobachtet. Er scheint Cece zu mögen und trotzdem hat er die meiste Zeit nach dir Ausschau gehalten. Deshalb habe ich mich gefragt, wie ernst die Sache zwischen euch gewesen ist.«

Ich schlucke und senke den Blick. »Er war meine Jugendliebe. Die erste große Liebe, von der immer in Filmen und Büchern gesprochen wird«, gestehe ich leise.

»Du hättest gute Chancen, ihn zurückzugewinnen.« Dex' Stimme ist kühler geworden, weshalb ich aufsehe. Ein harter Zug liegt um seinen Mund, und ich hebe die Hand, um mit dem Daumen sanft über seine Unterlippe zu streichen. Im schwachen Schein des Mondes bemerke ich, wie sich seine Augen weiten. Wie zur Hölle kommt er darauf, dass ich Jack zurückwill?

»Cece ist schwanger«, erinnere ich ihn und versuche, das Gefühl der eiskalten Dusche abzuschütteln, das mich überrollt.

Gemeinsam setzen wir unseren Weg fort. »Sehe ich aus wie jemand, der eine wachsende Familie zerstört? Jack und ich hatten unsere Zeit, und das Universum hat kein Happy End für uns vorgesehen.«

Dex bleibt erneut stehen, lehnt sich an den Zaun hinter sich, der mir bisher nicht aufgefallen ist, und zieht mich mit sich. Ich stolpere gegen ihn. Meine Stiefel fallen ins Gras. Der Mond beleuchtet sein Gesicht, während er mich nachdenklich betrachtet.

»Nein, du siehst aus wie jemand, der gern gut vorbereitet ist. Dem es unangenehm ist, wenn Dinge nicht so laufen, wie du es dir vorgestellt hast. Du willst die Kontrolle haben. Um jeden Preis.« Ich beiße mir auf die Unterlippe und bin schockiert darüber, wie nah er der Wahrheit kommt.

»Hast du schon mal überlegt, Psychologie zu studieren?«, witzle ich, doch er lacht nicht. Stattdessen sieht er mich ernst an, was im kompletten Gegensatz zu der Sanftheit steht, mit der seine Hände über meinen Rücken streichen.

»Lass mich dir helfen, die Kontrolle zu verlieren. Nur für einen Moment. Ich verspreche dir, dass ich dich auffange, bevor du fällst.« Sein Gesicht ist meinem beim Sprechen immer näher gekommen, und mein Herz schlägt gefährlich schnell. Ich kann auch ohne ihn gut loslassen. Bis vor ein paar Tagen habe ich seine Hilfe dafür nicht benötigt und trotzdem weiche ich nicht zurück, als seine Lippen auf meine treffen. Plötzlich kann ich an nichts anderes mehr denken als an Dex und daran, dass er nach Bourbon und Früchten schmeckt. Ehe ich mich versehe, schmiege ich mich enger an ihn und schlinge meine Arme um seinen Hals. Sein Keuchen verliert sich in meiner Mundhöhle, und ich vergesse, wo ich bin und dass das kein romantisches Date im Mondschein, sondern das Resultat eines Trinkspiels ist. Ich denke an seine Hände, die meine Hüften packen und mich noch näher an sich drücken. An seinen Herzschlag, der genauso schnell ist wie meiner. Zwei Herzen, die im Einklang schlagen. Doch ich beende den Kuss, bevor ich mich komplett darin verliere und lehne meine Stirn gegen seine Brust. Dex sagt nichts, sondern hält mich bloß fest, bis ich bereit bin, mich aus dem Schutz seiner Arme zu befreien, um weiterzugehen.

Wir verfallen wieder in gemeinsames Schweigen. Dex umfasst meine Hand mit seiner, was mir besser gefällt, als ich zugeben möchte. Vor uns erscheint ein riesiges Haus. Mit den imposanten Säulen vor der Tür und dem rundherum gehenden Balkon erinnert es mich ein bisschen an unser Seniorenheim in Silveroaks. Der Eingang ist schwach beleuchtet, aber immer noch hell genug, damit Dex die Tür problemlos aufschließen kann.

»Pass auf, die vierte Stufe knarrt«, warnt er, und ich übersteige sie mühelos.

»Wieso flüsterst du? Deine Eltern sind sicher noch nicht zurück.« Obwohl ich es für schwachsinnig halte, ist meine Stimme kein bisschen lauter als seine.

»Pippa schläft und mein Grandpa auch. Ich will ihn ungern wecken.« Das leuchtet mir ein, weshalb ich ihm auf Zehenspitzen den Flur hinunter folge und geräuschvoll Luft ausstoße, als er die Zimmertür hinter uns geschlossen hat.

»Ist das eines eurer Gästezimmer?« Interessiert schaue ich mich um. Je mehr Footballposter ich an den Wänden entdecke, desto klarer wird mir, dass es wohl nicht der Fall ist.

»Nein. Das ist mein Jugendzimmer. Damit wirst du vorliebnehmen müssen. Von den anderen Räumen ist keines für Gäste vorbereitet.« Dex wirft mir einen entschuldigenden Blick zu, den ich mit einem lässigen Schulterzucken abtue, obwohl alles in mir in hellem Aufruhr ist. Denn hier gibt es nur ein Bett.

»Wenn es dir lieber ist, schlafe ich auf dem Boden«, bietet Dex ehrenhaft an.

»Sei nicht albern. Das Bett ist groß genug für uns beide«, entgegne ich und versuche, mir nicht anmerken zu lassen, wie nervös mich die Aussicht darauf macht, die Nacht mit ihm zu verbringen. Mir ist es schon im Auto schwergefallen, mich zusammenzureißen, wie soll es dann werden, wenn wir das Bett miteinander teilen?

»Hast du etwas, das ich zum Schlafen anziehen kann?« Er nickt und öffnet seinen großen Kleiderschrank, der Maddie vor Neid hätte erblassen lassen.

»Bediene dich. Wenn du dich abschminken willst, das Bad ist im Flur direkt gegenüber.« Ich schnappe mir eines seiner T-Shirts und Boxershorts und verschwinde im Bad. Dort wasche ich mir notdürftig mit Wasser und Seife das Gesicht und öffne den geflochtenen Zopf. Anschließend schleiche ich zurück in Dex' Zimmer und krabble zu ihm ins Bett. Ein zufriedenes Seufzen entflieht mir, als ich in die weichen Kissen sinke.

»Das ist eindeutig besser, als in der Kälte ein Hotel zu suchen.«

Er lacht, woraufhin mir ganz warm wird. Ich könnte mich daran gewöhnen, diesen Laut öfter zu hören, und dieser Gedanke gefällt und erschreckt mich gleichermaßen. Bisher habe ich die meiste Zeit an der *Silveroaks Park* damit verbracht, ihn zu übersehen. Zu ignorieren. Wann an diesem Abend hat sich das geändert?

»Erzählst du mir, weshalb es mit dir und Jack nicht geklappt hat?« Er dreht sich in meine Richtung. Ich spüre seinen warmen Atem an meiner Wange.

»Nicht heute Nacht«, entgegne ich und unterdrücke ein Gähnen.

»Warum nicht?« Langsam wende ich mich ihm ebenfalls zu. Die Lampen auf den Nachtschränken sind bereits aus. Lediglich das Licht des Vollmondes sucht sich seinen Weg durch den Spalt der Vorhänge und erhellt Dex' Gesicht.

»Weil manche Geschichten nicht zum Einschlafen gemacht sind.« Ein wissendes Lächeln umspielt seine Lippen.

»Du tust es schon wieder«, murmelt er leise.

»Was denn?«

»Du übernimmst die Kontrolle.«

»Da es meine Geschichte ist, ist das mein gutes Recht.« Irritiert runzle ich die Stirn.

»Natürlich. Aber erinnere dich immer daran, dass ich jederzeit bereit bin, dir zu helfen, die Kontrolle zu verlieren. Oder da bin, wenn du über etwas reden möchtest.« Mir liegt das »Warum« auf der Zunge, als seine

Lippen wieder auf meine treffen. Ganz sanft, ohne jegliche Spur des Feuers, das vorhin noch zwischen uns gelodert hat. Ein simpler Gute-Nacht-Kuss, in dem ich so viel mehr erkenne. Mehr hineininterpretieren möchte. Ein Angebot. Ein Versprechen. Der Beginn von etwas Neuem.

»Schlaf gut, Ruby«, murmelt er leise und dreht sich dann auf die andere Seite. Hunderte Gefühle wirbeln in meiner Brust umher und verknoten sich. Wie soll ich denn jetzt an Schlaf denken? Dieser Mann ist ein Rätsel für mich. Ich kann nicht einschätzen, ob er seine Worte ernst meint oder er sich von der Situation hat mitreißen lassen. Allerdings hat er mir in den vergangenen Stunden keinen Anlass gegeben, an ihm zu zweifeln. Ganz im Gegenteil: Er ist mir zu Hilfe geeilt, als ich sie am dringendsten gebraucht habe. Mein Gedankenkarussell nimmt an Fahrt auf, während ich mich auf den Rücken drehe und an die hohe Decke über mir starre. Das einzige Geräusch im Raum sind meine Atemzüge, gepaart mit denen von Dex, die langsam immer tiefer und gleichmäßiger werden. Ich unterdrücke den Drang aufzustehen und herum zu tigern. Wenigstens einer von uns soll seinen Schlaf bekommen. Doch je länger ich neben ihm liege, desto klarer kristallisiert sich eine Frage aus meinem Gedankenwirrwarr: Wie vielen Frauen hat er dieses Angebot wohl schon gemacht?

***

Als ich Stunden später aufwache, ist es hell. Sonnenstrahlen suchen sich ihren Weg durch die Lücke der

Vorhänge und kitzeln meine Nase. Etwas Warmes und Schweres liegt über meiner Hüfte.

Ich blinzle ein paar Mal. Die Umgebung ist ungewohnt fremd. Ruckartig setze ich mich auf. Ein Anflug von Panik durchströmt mich, bis mir einfällt, wo ich bin. In New Orleans. In Dex' Elternhaus. Genauer gesagt in seinem alten Kinderzimmer.

Langsam sinke ich zurück in die Kissen. Um uns herum ist alles still. Anscheinend schläft der Rest von Dex' Familie noch. Vielleicht sollte ich den Moment nutzen, um schnell zu duschen.

»Ich gehe fix unter die Dusche.«

Dex grummelt etwas Unverständliches und dreht sich auf die andere Seite. Er ist also kein Morgenmensch. So leise wie möglich husche ich ins gegenüberliegende Badezimmer und schließe die Tür hinter mir. In Windeseile entledige ich mich meiner Kleidung und stelle mich unter den heißen Strahl. Ein wohliges Seufzen entflieht mir, als ich das warme Wasser auf meiner Haut spüre. Die Anspannung des vergangenen Abends fällt langsam von mir ab.

Es ist alles gut gegangen. Ich konnte jede Frage beantworten, die mir bezüglich des Anbaus von Wacholder gestellt wurde. Selbst das Aufeinandertreffen mit Jack habe ich überlebt! Grandma wird sicher stolz sein, wenn ich ihr später davon berichte.

Leise vor mich hin summend schäume ich mich mit dem einzigen Duschgel ein, das ich finde. Es ist zwar für Männer, riecht aber trotzdem erstaunlich gut. Das Wasser stelle ich erst ab, als meine Haut einen leichten Rotton aufweist und ich mich vollkommen losgelöst und entspannt fühle. Dampfschwaden wabern durch das Badezimmer. Sobald ich ein Handtuch gefunden und es über meiner Brust zusammengeknotet habe, reiße ich das Fenster auf und genieße die kühle Morgenluft.

Der Ausblick nach draußen ist fantastisch! Vereinzelte Sonnenstrahlen brechen durch die Wolkendecke und beleuchten die inzwischen bunt gefärbten Baumkronen. Ein Schwarm Wildgänse fliegt in V-Formation gen Süden. Hier abseits des Trubels des belebten New Orleans, ist es ruhig und friedlich. Die weitläufigen Weiden, das Muhen der Rinder und das Wiehern der Pferde fehlen zwar, trotzdem fühlt es sich vergleichbar mit zu Hause an. Ein Ort, an dem ich mir vorstellen könnte zu leben, auch wenn ich Texas über alles liebe.

Plötzlich wird die Badtür hinter mir aufgerissen. Ich fahre auf dem Absatz herum und rutsche beinahe auf den glatten Fliesen aus. In letzter Sekunde fange ich mich ab und verhindere zeitgleich, dass mein Handtuch zu Boden flattert. Entsetzt starre ich Dex an.

»Was zur Hölle machst du hier?«, frage ich entgeistert und umfasse den Handtuchknoten über meiner Brust fester.

»Ich wollte aufs Klo. Was ist mit dir?«, erwidert er eher verschlafen als überrascht.

»Ich war duschen. Das habe ich dir doch gesagt!«

»Wann?«

»Vorhin im Bett.«

Er kratzt sich nachdenklich am Hinterkopf, während ich mich frage, ob ich mir sein zustimmendes Gemurmel vielleicht eingebildet habe.

»Schließ beim nächsten Mal ab.« Dex gähnt und fährt sich mit der Hand einmal übers Gesicht, bevor sein

Blick an mir und meinem Handtuch hängen bleibt. Plötzlich wird seine Haltung gerader. Der Ausdruck in seinen matschgrünen Augen dunkler. Mein Mund wird trocken, während er mich langsam von oben bis unten mustert. Binnen Sekunden ist es hier drin heißer geworden, und das liegt nicht an meiner vorangegangenen Dusche.

»Ich sollte mir was anziehen.« Meine Stimme ist deutlich heiserer als vor wenigen Minuten. Dex schüttelt den Kopf.

»Nein, ich sollte dich definitiv ausziehen.« Hitze sammelt sich in meinem Unterleib und schießt direkt zwischen meine Beine. Da hilft selbst die kühle Luft von draußen nicht. Dex kommt langsam auf mich zu.

Ich bin unfähig, mich zu bewegen.

»Wenn du so vor mir stehst, kann ich nicht klar denken.«

Ich auch nicht, aber ich weigere mich, das zuzugeben. Mein Herz klopft rasend schnell, und ich drohe zu zerspringen, sollte er mich nicht sofort berühren. Seine Hand findet ihren Platz an meinem unteren Rücken und drückt mich näher an ihn. Ich spüre etwas Hartes an meinem Bauch und unterdrücke ein Stöhnen. Stattdessen entflieht mir ein erstickter, undefinierbarer Laut, der Dex' Augen weiter verdunkelt.

»Wir können keinen Sex im Haus deiner Eltern haben«, rufe ich ihm in Erinnerung.

»Wir können und wir werden«, entgegnet er, und ich weiß, dass er es absolut ernst meint.

»Wer hat gleich Sex in diesem Haus?«, fragt plötzlich eine fremde männliche Stimme. Dex seufzt, während ich knallrot anlaufe.

»Niemand, Pops, weil du im absolut falschen Moment aufgetaucht bist.« Er dreht sich um und verdeckt mich dabei weitestgehend. Trotzdem lasse ich es mir nicht nehmen, an seinem Arm vorbeizuschauen, um herauszufinden, wer in der Tür steht.

»Du musst Ruby sein. Ich habe schon gehört, dass du meiner Schwiegertochter ordentlich Paroli geboten hast.« Der ältere Herr mit dem weißen, schütteren Haar zwinkert mir amüsiert zu.

»Freut mich, Sie kennenzulernen, Mr. Malone«, piepse ich peinlich berührt.

»Ihr solltet mit uns frühstücken. Das würde ich um nichts in der Welt verpassen wollen.« Irgendetwas sagt mir, dass Dex' Großvater es sehr genießt, dass ich mich gegen Mrs. Malone aufgelehnt habe.

»Das werden wir nicht«, zische ich leise in Dex' Richtung, der sein Lachen daraufhin in einem Hüsteln tarnt. Ich bin froh, das gestrige Gespräch mit seinen Eltern überlebt zu haben. Da begebe ich mich kein zweites Mal freiwillig in die Höhle des Löwen. Wobei ich genau genommen schon drin bin. Immerhin ist es ihr Haus.

»So gern ich das miterleben würde, wir müssen zurück nach Silveroaks, Pops. Eigentlich sollten wir gestern Abend zurück sein, deshalb fürchte ich, dass unsere Freunde sich langsam Sorgen machen.«

Verdammt. Daran habe ich gar nicht gedacht. Ich muss Maddie dringend eine Nachricht schicken. Bisher bin ich noch nie über Nacht weggeblieben. Wahrscheinlich hat sie schon sämtliche Polizeistationen im Umkreis angeheuert, nach mir zu suchen.

»Wie schade. Ich hoffe, Sie besuchen uns bald wieder, Ruby.« In der Stimme des alten Mr. Malone schwingt ehrliches Bedauern mit, und es tut mir ehrlich leid, ihn zu enttäuschen.

»Ich kann nichts versprechen, aber vielleicht lädt Dex mich noch mal ein.«

»Er wäre blöd, wenn er es nicht täte.« Mit einem letzten Zwinkern und einem kleinen Winken verabschiedet er sich und verschwindet aus meinem Blickfeld.

»Bist du sicher, dass du nicht bleiben möchtest?«, fragt Dex.

»Ja, bin ich«, entgegne ich nach kurzem Zögern und verschwinde in seinem Zimmer, während er unter die Dusche steigt. Innerhalb von dreißig Minuten sind wir bereit zum Aufbruch. Überraschenderweise hat irgendjemand Dex' Wagen zum Haus gebracht, weshalb uns die Abholung an der gestrigen Location erspart bleibt. Muss toll sein, so reich zu sein, dass einem das Auto nachgefahren wird.

Nach einer schnellen frostigen Verabschiedung machen wir uns auf den Rückweg. Die Nacht war kurz und auch wenn die Dusche mich zumindest für den Moment entspannt hat, merke ich jetzt, wie erschöpft ich bin. Wir haben das Ortsschild von New Orleans noch nicht passiert, da bin ich schon wieder eingeschlafen.

»Ruby, wir sind da.« Ich gähne und öffne langsam die Augen, bevor ich mich, so gut es geht, im Inneren des Wagens strecke. Dex hat den Motor abgeschaltet und sieht mich nachdenklich an. Diesen unergründlichen Ausdruck kenne ich bisher nicht. Er löst ein nervöses Flattern in meiner Magengegend aus, und ich weiß nicht, wie ich das einordnen soll.

»Danke, dass du mitgekommen bist. Ich habe den Abend sehr genossen.« Ist es das, was ihn beschäftigt? Hat ihn unsere gemeinsame Zeit genauso aufgewühlt wie mich?

»Nein, ich danke dir. Es ist mir deutlich leichter gefallen, mit den Leuten zu reden, weil ich wusste, dass du da gewesen bist. Und die Begegnung mit Jack ... ist dadurch ebenfalls um einiges erträglicher geworden.« Ein schwaches Lächeln umspielt meine Lippen.

»Du bist stark, Ruby. Du hättest sowieso einen guten Eindruck hinterlassen und was Jack angeht ... dem hättest du auch ohne meine Hilfe wunderbar gezeigt, wie gut dein Leben ohne ihn läuft.«

Eine Welle der Zuneigung flutet mich. Seine Worte dringen tief in mein Herz und dort behalte ich sie, um mich immer wieder daran zu erinnern.

»Ich sollte los. Da mein Handy non-stop vibriert, schätze ich, dass Maddie wissen will, wann wir da sind. Sie ist schon ganz heiß auf die Details.« Ich schneide eine Grimasse, die Dex zum Lachen bringt und bei mir ein heftiges Ziehen zwischen den Beinen verursacht. Spätestens jetzt sollte ich schnellstmöglich verschwinden, aber ich rühre mich keinen Zentimeter.

»Erzählst du ihr, wo du geschlafen hast?«, will er leise wissen. Ich schlucke und nicke.

»Ist doch kein Geheimnis, oder? Immerhin ist nichts zwischen uns passiert.« Auch wenn mich der Moment im Badezimmer noch immer verfolgt. Gepaart mit der Frage, ob ich mich ein weiteres Mal auf Dex eingelassen hätte. Während mein Kopf das vehement bestreitet, bin ich mir bei meiner Libido sicher, dass sie laut »Ja« schreien würde, wenn das Angebot erneut auf den

Tisch käme. Mein Herz hingegen ist noch unschlüssig. Er schüttelt den Kopf und berührt flüchtig meine Hand. Es dauert nicht lang. Nur einen Wimpernschlag und trotzdem fühle ich mich wie elektrisiert.

»Nein, natürlich nicht.« Er lächelt schwach und allein dieser Anblick verleitet mich beinahe dazu, alle meine Bedenken über Bord zu werfen und ihn hier und jetzt im Auto zu küssen. Wir sehen uns an. Minutenlang. Keiner von uns will den Blickkontakt zuerst aufgeben.

»Wie wäre es, wenn wir unser Fake-Dating Spiel noch ein wenig ausweiten? Zum Beispiel auf den heutigen Tag? Vergiss Maddie und ihre Fragen. Lass uns einfach ein bisschen Spaß haben.«

»Du machst es mir echt nicht leicht«, murmle ich. Die Aussicht auf ein paar weitere Stunden allein mit ihm sind verlockend. Stunden, in denen wir die Dinge tun können, die uns beide wohl seit heute Morgen nicht loslassen. Andererseits würde mich die zusätzliche Zeit nur mehr verwirren. Dazu führen, mir Szenarien auszumalen und mir Sachen zu wünschen, die keine Zukunft hätten. Zumindest nicht in diesem Leben. Dafür kommen Dex und ich aus zu unterschiedlichen Schichten der Gesellschaft. Jetzt wäre ein hervorragender Zeitpunkt, um tatsächlich auszusteigen. Aber ich bleibe erneut sitzen.

»Leicht ist doch langweilig«, erwidert Dex, und als ich aufsehe, ist er mir erneut ganz nah. Wie immer duftet er nach Karamell. Diesmal halte ich mich nicht zurück und atme tief ein, damit ich seinen Geruch noch etwas länger in der Nase habe.

Sein Blick verdunkelt sich. In meinem Bauch kribbelt es. Ehe ich weiß, was passiert, lehne ich mich vor und küsse ihn. Ein letzter, langer Kuss, den die Mittelkonsole zwischen uns erschwert. Mein Seufzen verliert sich in Dex' Mund. Seine Hand vergräbt sich in meinem Haar und zieht mich näher zu sich heran. Für einen Augenblick überlege ich, auf seinen Schoß zu klettern. Diesen letzten Moment in vollen Zügen auszukosten. Doch innerhalb von Sekunden entscheide ich mich dagegen und löse mich atemlos von ihm. Mein Herz schlägt in einem enormen Tempo, sodass ich Angst habe, er könnte es hören. Aber auch seine Brust hebt und senkt sich schnell.

»Hiermit trenne ich mich offiziell von dir«, flüstere ich, und sein darauffolgendes Lächeln brennt sich in mein Gedächtnis. Es raubt mir den Atem. Sofort will ich meine zuvor gesagten Worte zurücknehmen und dort weitermachen, wo wir aufgehört haben. Mein Herz und meine Libido schreien förmlich nach ihm. Mein Verstand setzt dem ein Ende. Ich steige aus und als ich schon fast am Eingang des Wohnheims bin, ertönt seine Stimme erneut.

»Sie kommen alle zu mir zurück, Ruby West. Dir wird es nicht anders gehen.«

Ich lache und drehe mich zu ihm um. Das Fenster der Beifahrerseite ist runtergefahren. Seine Augen sind hinter einer dunklen Sonnenbrille versteckt.

»In deinen Träumen, Dexter Malone«, rufe ich und verschwinde mit dem Wissen im Gebäude, dass die vergangenen Stunden alles verändert haben.

Kapitel 7

»Ruby, mein Hüftschwung beim Rumba war heute fantastisch! Findest du nicht?«

Ich sehe auf und schmunzle.

»Du hast eine künstliche Hüfte, Harold. Das wird der Schwung nie sein.« Seine Frau Harriett rollt mit den Augen, während ich mir ein Lachen verkneife. Ich liebe meinen Nebenjob als Tanzlehrerin im Seniorenheim von Silveroaks gerade wegen solcher Gespräche.

»Es wird von Mal zu Mal besser, Mr. Lantern. Lassen Sie sich von Ihrer Frau nicht entmutigen.« Ich zwinkere den beiden zu und schultere meine Tasche, bevor ich den Merkzweckraum verlasse.

Ein Blick auf mein Handy zeigt, dass ich mich beeilen muss, um pünktlich zu meinem nächsten Job zu kommen. Die Studiengebühren sind hoch. Grandma meinte zwar, dass ich mir keine Sorgen darum machen soll, aber ich fühle mich besser, wenn ich mich an der Abbezahlung beteilige. Da das Gehalt im Seniorenheim jedoch nicht ausreicht, habe ich mich kurzerhand nach einem weiteren Job umgesehen, um Grams eine angemessene Summe zukommen zu lassen.

Ich starte Maddies Wagen. Mein Magen knurrt und erinnert mich daran, dass es besser wäre, noch etwas zu essen, bevor ich nach New Orleans aufbreche. Also texte ich Eliza, damit sie meine Bestellung fertigmacht.

Dann muss ich nur kurz aus dem Wagen springen und sie abholen.

Das *Murphy's* ist wie immer gut besucht. Neben *Polly's Pastries* ist das *der* Treffpunkt aller Studierenden.

Ich schiebe mich durch die Menschen und versuche Eliza auf mich aufmerksam zu machen. Nervös tippe ich mit der Fußspitze auf den Boden. Mein Blick zuckt immer wieder auf mein Handydisplay. Die Uhr darauf scheint in rasender Geschwindigkeit voranzugehen.

»Hast du Feierabendpause?« Sie klingt abgehetzt, während sie mir eine braune Papiertüte über den Tresen schiebt. Ich nicke und gebe ihr das Geld. Kopfschüttelnd lässt sie es liegen, weshalb ich es an Connor weiterreiche, der neben ihr auftaucht.

»Du bringst so oft Essen mit, Eliza. Lass mich wenigstens das bezahlen, was ich selbst bestelle.«

»Aber Ed hat nichts dagegen.« Sie verschränkt die Arme vor der Brust und verzieht die Lippen zu einem Schmollmund.

Ich grinse und schnappe mir die Tüte.

»Du willst mir doch nicht erzählen, dass er weiß, wie viel Freibier und Menüs ihr verschenkt.«

Eliza wird rot. Connor schüttelt grinsend den Kopf und legt den Arm um seine Freundin.

»Du bist eine erbärmliche Lügnerin.« Sie schlägt ihm gegen die Schulter. Das Funkeln in ihren Augen zeigt allerdings, dass sie ihm keinesfalls böse ist.

»Du liebst mich trotzdem«, entgegnet sie feixend.

»Und wie.« Connor beugt sich runter, um sie zu küssen, was ich als Zeichen nehme zu verschwinden, und den beiden ihren Neckereien überlasse. Dieser Stopp

dauert ohnehin schon viel zu lange. Bis nach New Orleans brauche ich mindestens eine Stunde mit dem
Auto. Ein weiterer Blick auf die Uhr zeigt, dass es knapp
wird, pünktlich in der Bar zu erscheinen. Und wenn
mein Chef Cal eine Sache hasst, dann sind es Krank-
meldungen oder Unpünktlichkeit.

»Wir sehen uns morgen«, rufe ich und drehe mich
um. Genau in diesem Moment betritt Dex das Lokal,
und ich vergesse, dass ich dringend losmuss.

Mein Herz macht einen kleinen Sprung.

Seit dem Wochenende haben wir nicht mehr miteinander gesprochen. Keine Nachricht geschickt. Sind
uns nicht über den Weg gelaufen.

Meine Mundwinkel ziehen sich nach oben. Ich mache
einen Schritt auf ihn zu. Das »Hallo« liegt mir auf den
Lippen, als Eliza neben mir auftaucht.

»Seit wann gehen die beiden denn wieder miteinander aus?«

Irritiert sehe ich erst zu meiner Freundin und dann
zu Dex. Weil ich so beschäftigt gewesen bin, ihn anzu-
starren, habe ich seine Begleitung nicht bemerkt. Bella
ist bei ihm untergehakt und lacht auffallend laut über
etwas, das er gerade gesagt hat.

»Keine Ahnung«, murmle ich und schlucke. Mein Appetit verpufft und auf einmal fühle ich mich, als hätte
jemand tausend Steine in meinem Magen abgeladen.
Nach seinen Schilderungen am vergangenen Abend
bin ich davon ausgegangen, die beiden würden getrennte Wege gehen. Er hat nicht so geklungen, als würden sie bald ein Comeback feiern, doch da habe ich ihn
offensichtlich falsch verstanden. Oder ich habe zu viel
in seine Worte hineininterpretiert.

»Du hast noch gar nicht erzählt, was zwischen euch passiert ist. Also ... in der Nacht, wo du nicht zu Hause warst.« Eliza sieht mich mitfühlend an.

»Nichts von Bedeutung.« Ich lächle, habe jedoch das Gefühl, mein Gesicht zu einer schrecklich entstellten Maske zu verziehen.

Die Lüge brennt wie Feuer auf meiner Zunge. Unser gemeinsamer Abend, die darauffolgende Nacht und der Morgen haben etwas bedeutet. Die Stimmung zwischen uns hat sich verändert, trotzdem sollte ich mich nicht so fühlen, wenn ich ihn mit Bella sehe. Er hat mir die Wahl gelassen. Ich hätte den Samstag mit ihm verbringen und wir hätten sonst was miteinander tun können. Aber ich habe mich dagegen entschieden, indem ich aus seinem Wagen gestiegen bin. Es ist besser, den kleinen Funken, der zwischen uns entstanden ist, zu ersticken. Denn so wie es aussieht, hat Dex kein Interesse daran, ihn in ein Inferno zu verwandeln.

»Ich muss dringend los.« Eliza drückt meinen Arm, bevor sie sich unter die Gäste mischt und ich mich Richtung Ausgang bewege.

»Ruby, hey!« Eine warme, große Hand hält mich auf. Der Duft von Karamell gemischt mit Moschus steigt mir in die Nase. Ich sehe hoch und blicke direkt in Dexters vertraute Augen.

»Oh, hi. Hab dich gar nicht gesehen.« Das Brennen auf meiner Zunge nimmt zu.

Lüge. Lüge. Lüge. Niemand übersieht Dex.

»Alles gut?« Er runzelt die Stirn und lässt mich los. Die Stelle, wo er mich berührt hat, kribbelt angenehm nach.

»Klar, ich habe es nur eilig«, erwidere ich ausweichend und umklammere die Tüte in meinen Armen fester. Sie dient als Schutzschild für mich und mein Herz, das bei Dex gefährliche Rhythmusstörungen bekommt. Aber ich habe genug Tragödien erlebt und daraus gelernt, mich auf keine weitere einzulassen, die sich Liebeskummer nennt.

»Hast du ein Date?« Er klingt neugierig. Seine sich verhärtenden Gesichtszüge und die zuckende Kiefermuskulatur verraten mir, dass ihm der Gedanke daran nicht gefällt.

»Dex, komm! Ich habe einen Tisch für uns.« Bellas quakende Stimme übertönt die Geräuschkulisse im Lokal und jagt mir einen unangenehmen Schauer über den Rücken. Dex reagiert nicht. Sein Blick ist weiterhin fest auf mein Gesicht gerichtet.

»Ich wüsste nicht, was dich das angeht. Du scheinst ja auch eins zu haben.« Ich sehe über seine Schulter hinweg zu Bella, die uns genervt beobachtet.

»Das ... ist was anderes.« Er fährt sich durch sein dunkelblondes Haar. Beinahe hätte ich laut losgelacht.

»Na, wenn das so ist: Viel Spaß bei ... was auch immer.« Ich will nicht schnippisch klingen und trotzdem fällt mir mein verletzter Tonfall auf. Mit erhobenem Kopf stolziere ich an ihm vorbei Richtung Parkplatz und atme erleichtert aus, als genug Abstand zwischen uns ist. Es sollte mir nichts ausmachen, dass er sich wieder mit anderen Frauen trifft. Eigentlich war das klar. Er ist Dexter Malone. Der Center des Footballteams und Frauenschwarm schlechthin. Trotzdem hat mir diese Erkenntnis einen Stich versetzt, und das ist nicht gut. Überhaupt nicht. Wenn er ohnehin vorhatte, wieder mit Bella anzubandeln, hätten wir diesen ganzen Nonsens mit der Begleitung am Freitag gelassen.

Ich bin fast am Wagen angekommen, als ich schnelle Schritte höre.

»Es ist kompliziert.« Überrascht drehe ich mich um. Dex steht hinter mir und fährt sich mit der Hand durchs Haar. »Das mit Bella und mir ist kompliziert.«

»Du musst dich vor mir nicht rechtfertigen.« Ich schließe das Auto auf und stelle die Tüte auf den Beifahrersitz.

»Aber ich will.« Prompt stoße ich mir den Kopf am Türrahmen und wirble zu ihm herum.

»Warum?«

Er zuckt mit den Schultern und vergräbt die Hände in den Hosentaschen. »Ich habe das Gefühl, das bin ich dir schuldig.«

»Du schuldest mir gar nichts, Dex. Wir sind zwei freie Menschen, die sich treffen können, mit dem sie wollen.« Ich lächle ihn an und steige in den Wagen.

»Also hast du ein Date.«

Grinsend schaue ich ihn an. »Erfährst du nie.«

Er öffnet den Mund, doch ich schlage die Tür zu und starte den Motor. Im Rückspiegel beobachte ich, wie seine Silhouette immer kleiner wird, bis er nicht mehr zu sehen ist. Erst dann erlaube ich es mir, auszuatmen und tiefer in den Sitz zu sinken.

Mein zweites, unausgesprochenes »Warum« geistert durch meinen Kopf. Ich habe Dex nie als jemanden erlebt, der Probleme damit hatte, wenn seine Eroberungen sich anderweitig vergnügt haben. Immerhin macht er ständig dasselbe. Aber heute konnte ich es sehen. Ich habe in seinen Augen gelesen, dass ihm der Gedanke nicht gefallen hat, dass ich auf dem Weg zu einem Date sein könnte. Ebenso wenig wie es mir gefällt, dass er mit Bella unterwegs ist.

Seufzend stoppe ich an einer roten Ampel, die mich von der Auffahrt zur Interstate nach New Orleans trennt. Dabei gehen Dex und Bella mir nicht aus dem Kopf. Mich wundert es nicht, dass die beiden eine komplizierte Geschichte haben. Soweit ich weiß, führen sie seit Ewigkeiten eine On-off-Beziehung, wie sie im Buche steht. Wieso sollte ich meine Zeit mit jemandem verschwenden, der im Endeffekt bei seiner Collegefreundin bleibt? Die beiden betreiben dieses Hin und Her schon so lange, da müssen tiefere Gefühle im Spiel sein.

Die Ampel springt auf Grün, und ich gebe Gas. Vielleicht ist es gar nicht so schlecht, dass Dex wieder mit Bella anbandelt und denkt, ich date ebenfalls jemanden. Denn wenn er wüsste, wo ich zweimal die Woche arbeite, um das Geld für Grandma aufzutreiben, würde er mich mit ganz anderen Augen sehen.

***

Es ist ein merkwürdiger Wink des Schicksals, dass ich ausgerechnet in einer Bar arbeite, die meinen Namen trägt. Das *Ruby's* ist in New Orleans der Anlaufpunkt für Geschäftsmänner, die nach Feierabend noch nicht nach Hause wollen. Für Junggesellenabschiede, die es richtig krachen lassen wollen und für junge Touristinnen und Touristen, die das gewisse Extra außerhalb von Jazz Bars suchen.

»Geil, du hast Essen mitgebracht!« Amanda greift in meine braune Tüte und schiebt ein paar Pommes in den Mund, die inzwischen sicher labbrig und kalt sind.

»Bitte, bediene dich ruhig.« Ich werfe ihr einen genervten Blick zu. Obwohl ich kein Problem damit habe, mein Essen zu teilen, kann ich den sarkastischen Tonfall nicht unterdrücken.

»Sorry, aber ich bin am Verhungern! Draußen ist die Hölle los.« Sie seufzt und pudert sich das Gesicht ab, während ich meine Haare zu einem Pferdeschwanz zusammenfasse.

»Ich habe es schon beim Reinkommen gesehen. Was wollen die alle an einem Mittwochabend hier?« Amanda zuckt mit den Schultern und widmet sich der Auffrischung ihres Make-ups.

Hinter uns wird eine Tür aufgerissen. Der Lärm der Gäste schwappt zu uns rüber und verstummt, als sie wieder ins Schloss fällt. Meine Kollegin Bethany sinkt neben mir auf den Stuhl.

»Colleen kommt nicht. Ihr Sohn ist krank, und sie findet keinen Babysitter.«

»O-Oh, das wird Calvin gar nicht gefallen«, murmelt Amanda, woraufhin Bethany bestätigend nickt.

»Er hat grade einen Tobsuchtsanfall in seinem Büro. Zum Glück machen die Besucher solchen Krach, sonst würden selbst die Touris auf der Straße sein Geschrei hören.«

Ich schüttle grinsend den Kopf und ziehe meinen Lidstrich nach. Die Tür öffnet sich ein zweites Mal, und unser Chef kommt rein. Sein Gesicht ist hochrot, und die Ader an seiner rechten Schläfe pocht gefährlich.

»Ruby! Ich brauche dich heute Abend auf und nicht hinter der Theke«, bellt er.

»Vergiss es, Cal. Das steht nicht im Vertrag.« Über den Spiegel hinweg liefern wir uns ein hartes Blickduell.

»Du hast gar nichts unterschrieben, Mädchen. Wenn du den Job nicht verlieren willst, tust du, was ich sage.« Ich beiße die Zähne aufeinander. Normalerweise kommen Calvin und ich gut miteinander klar. Die Bezahlung ist akzeptabel, und er pass wie ein Pitbull auf, dass uns niemand zu nahe kommt. Frei nach dem Motto: Nur gucken, nicht anfassen. Aber wenn er schlecht gelaunt ist, mutiert er zu einem Arschloch.

»Komm schon, Ruby. Letztes Mal war es doch lustig.« Amanda stößt mich mit der Schulter an und lächelt aufmunternd.

»Ja, kurz vor Feierabend, als die Bar fast leer war. Da waren wir unter uns.«

»Trotzdem hast du einen fantastischen Anblick abgegeben. Ich konnte nicht weggucken.« Bethany zwinkert mir zu.

Seufzend stehe ich auf und gehe zu Cal, dessen Gesichtsfarbe inzwischen fast wieder normal ist. Nur die Ader ist noch besorgniserregend dick.

»Was ist jetzt?« Er verschränkt die Arme vor der Brust und sieht mich abwartend an. Jede Faser meines Körpers sträubt sich dagegen, seine Forderung zu akzeptieren. Ich wurde eingestellt, um hinter der Theke zu arbeiten. Getränke zu servieren und abzukassieren. Cal hat Recht, dass ich keinen schriftlich festgelegten Vertrag habe, aber deshalb kann er mich trotzdem nicht nach Lust und Laune einsetzen, weil er nicht genug Tänzerinnen hat. Es ist nicht so, dass ich Angst davor habe, auf den Tresen zu steigen. Bereits auf der High School habe ich auf Tischen getanzt und damit Aufmerksamkeit auf mich gezogen. Jedes Mal jagte das Adrenalin durch meine Adern, wenn anerkennende Pfiffe und aufforderndes Klatschen ertönten. Aber damals waren die Zuschauer meine Mitschüler. Leute, die mich kannten und wussten, dass ich das aus Spaß mache und nicht, um damit Geld zu verdienen. Wenn Cal ein bisschen freundlicher gefragt hätte, wäre mir die Entscheidung leichter gefallen. Vielleicht ist es sogar besser, vor lauter Fremden zu tanzen. Die sehen mich einmal und nie wieder. Wenn es mir vor meinen damaligen Mitschülern nicht unangenehm gewesen ist, wieso dann jetzt?

Cal schnalzt genervt mit der Zunge. »Gut, ich zahle dir heute das Gehalt einer Tänzerin. Ist es das, was du willst?«

Überrascht sehe ich ihn an. An diese Option habe ich gar nicht gedacht. Tänzerinnen verdienen deutlich mehr als die Barkeeperinnen, und das Geld könnte ich gut gebrauchen.

»Einverstanden. Aber nur dieses eine Mal.« Ich halte ihm die Hand hin, und er schlägt ein. Mit einem Ruck zieht er mich näher an sich heran, sodass ich ungeschickt gegen seine Brust stolpere.

Denk an das Geld, wiederhole ich im Inneren wie ein Mantra. *Dann bekommt Grandma diesen Monat deutlich mehr zugeschickt und kann es in meine Collegegebühren investieren.*

»Push die Möpse nach oben, zeig ordentlich Dekolleté und vermassle es nicht.« Cal lässt mich los und verschwindet wieder, während Beth und Amanda wie zwei aufgescheuchte Hühner um mich herum rennen. Auf einmal bricht eine zuvor nicht da gewesene Hektik aus, die mich nervös macht. Beth und Amanda tanzen schon lange im *Ruby's* und wissen deshalb genau, worauf es ankommt, damit die Menge tobt. Meine Brüste werden so getaped, dass sie größer und voller aussehen. Amanda stülpt mir eines ihrer schwarzen Tops über, das knapp über meinem Bauchnabel endet und nichts der Fantasie überlässt. Die enge Lederhose, die ich ohnehin schon anhatte, bleibt und meine bequemen Sneaker ersetze ich durch dunkle Cowboystiefel, die ich hier irgendwann mal vergessen habe.

»Du siehst superscharf aus! Das wird mega!« Beth nimmt meine Hand und zieht mich nach draußen. Die letzten Minuten sind wie im Flug an mir vorbeigezogen. Ich hatte nicht mal die Möglichkeit, mir zu überlegen, was ich überhaupt machen will. Der Lärmpegel hat nicht nachgelassen, sondern ist noch weiter angestiegen. Ich wünschte, ich wäre so zuversichtlich wie meine Kolleginnen, aber gerade dreht sich mir der Magen um.

Vor der Theke herrscht wildes Treiben. Die Barkeeperinnen kommen gar nicht damit hinterher die Getränkewünsche der Gäste zu erfüllen. Sofort meldet sich mein schlechtes Gewissen und lässt meinen Magen stärker rumoren. Ich sollte ihnen helfen, anstatt Teil der Show zu sein.

Cal hält mir einen Shot hin, den ich kopfschüttelnd ablehne. Wenn ich den trinke, übergebe ich mich sicher. Außerdem muss ich später nach Hause fahren und habe mir selbst eine Null-Promille-Grenze auferlegt.

»Du packst das schon, Ruby.« Cal zwinkert mir zu, bevor er nach dem Megafon greift. Von der schlechten Laune ist nichts mehr zu sehen.

»Leute, haltet mal kurz die Klappe!« Es wird still in der Bar. Eine willkommene Abwechslung zum vorherigen Krach. Selbst der DJ dreht die Musik leiser. Alle Augen sind auf Cal gerichtet, der die Aufmerksamkeit einen Moment zu lang genießt.

»Heute Abend werdet ihr Zeuge der Geburt eines neuen Coyoten.«

Ich verdrehe die Augen. Es war mein voller Ernst, dass es sich hierbei um eine einmalige Sache handelt. Sollte er sich nicht an diese Vereinbarung halten, müsste ich mir einen neuen Job suchen. Und es war schwer genug, diesen hier zu finden. Deshalb hoffe ich, dass er damit nur die Gäste anheizen will und ich in der nächsten Schicht wieder hinter der Theke stehe.

»Ihr kennt sie als Barfrau, die so schnell Biere öffnet wie niemand anderes in New Orleans. Sie ist die Namensvetterin dieser Bar und jetzt will ich einen kräftigen Applaus für Ruby hören!«

Die Menge tobt, als Amanda mich auf den Tresen zieht. Was eben noch als Nervosität in meinem Magen grollte, schlägt plötzlich in Adrenalin um.

Cal gibt dem DJ ein Zeichen und sofort dröhnt ein neuer, lauter Song aus den Boxen. Instinktiv beginnt mein Körper sich dazu zu bewegen. Rhythmus lag mir schon immer im Blut. Ich schwinge die Hüften und drehe mich um meine eigene Achse. Die glatten Sohlen der Cowboystiefel eignen sich perfekt dafür. Rücken an Rücken stehe ich mit Beth, während wir in einer geschmeidigen Bewegung in die Hocke gehen.

»Ruby, Achtung!« Cal wirft mir eine Flasche Tequila zu, die ich mühelos auffange.

Junge Männer drängen sich gegen den Tresen. Sie öffnen ihre Münder und geiern auf einen Schluck des hochprozentigen Schnapses in meiner Hand. Ich lache und tanze weiter über die Theke.

Endorphine fluten meinen Körper.

Die Musik und die Stimmen der Besucher vermischen sich zu einer einzigen Geräuschkulisse. Ich bin wie im Rausch. High von dem Gefühl bewundert zu werden. Immer wieder kippe ich den Gästen Tequila in den Mund. Irgendwann ist die Flasche leer, und ich wechsle zu Wodka.

Leute rufen meinen Namen. Hände greifen nach meinen Knöcheln, doch ich schüttle sie jedes Mal erfolgreich ab.

»Nur gucken, nicht anfassen!«, ruft Cal und behält mich genau im Auge. Ich nicke ihm dankbar zu und tanze weiter.

Auch wenn ich es in der Umkleide nicht für möglich gehalten habe, gefällt es mir. Ich fühle mich fantastisch. Lebendig. Besser als jemals zuvor.

Kapitel 8

Es gibt zwei Arten von Frauen an Halloween: Die, mit den süßen Kostümen und ausgefallenen Ideen und die, die viel Haut zeigen, um möglichst viele Drinks umsonst zu bekommen.

Ich wusste bereits, zu welcher Kategorie Maddie gehört, als sie angeboten hat, sich um unsere Outfits zu kümmern. Das sie dermaßen über die Stränge schlägt, hätte ich aber nicht gedacht.

»Wir sind drei Engel für Charlie! Genial, oder?« Eliza und ich wechseln einen Blick. Unsicherheit blitzt in den Augen meiner Freundin auf. Seit ich sie kenne, hat sie keine freizügigen Klamotten getragen, sondern ist immer darauf bedacht gewesen, nicht zu viel Haut zu zeigen. Schon figurbetont, jedoch niemals aufreizend.

»Sieht für mich eher aus wie drei Nutten für Charlie«, kommentiere ich trocken und fahre mit den Fingern über den Stoff des weißen Kleides.

»Connor bringt mich um, wenn ich so auf der Party auftauche.« Eliza kratzt sich nachdenklich am Kinn.

»Nein. Connor wird *begeistert* sein, wenn er dich sieht. Dann kann er mit dir angeben!« Maddie stößt sie mit der Schulter an und zwinkert ihr verschwörerisch zu. Elizas zweifelnder Blick zeigt mir, dass sie ihrer besten Freundin nur bedingt Glauben schenkt.

Sogar ich habe Bedenken und ich kleide mich wesentlich freizügiger als Eliza. Auf dem Bett liegen drei weiße

Kleider, die diesen Namen gar nicht verdienen, weil sie aus sehr, sehr wenig Stoff bestehen. Daneben liegen drei paar weiße Flügel, drei Haarreife mit Heiligenschein sowie halterlose weiße Strümpfe mit Spitzenbesatz am Haftband.

Maddie schiebt die Unterlippe vor, als sie bemerkt, dass sich unsere Begeisterung in Grenzen hält.

»Es ist Halloween! Da müssen wir sexy aussehen. Vor allem als Studentinnen.«

»Es gibt einen schmalen Grat zwischen betörend sexy und absolut nuttig, und wir balancieren nah am Abgrund«, merke ich an und sehe meine Mitbewohnerin direkt an. Enttäuscht wirft sie die Hände in die Luft.

»Ihr habt es nicht mal anprobiert!«

Seufzend beginnen wir damit, uns auszuziehen und in den Fetzen Stoff zu steigen. Kritisch betrachte ich mich im Spiegel. Es ist wirklich sehr kurz. Der Saum endet etwa auf der Hälfte meines Oberschenkels und ist mir obenrum zu eng, sodass meine Brüste automatisch hochgedrückt werden. Meine langen Haare fallen mir in sanften Wellen über die Schultern und verdecken den üppigen Ausschnitt zumindest größtenteils. Dadurch wirkt es nicht ganz so freizügig. Der Stoff ist überraschend weich und schmiegt sich an meine Kurven. Auf dem Bett hat es deutlich schlimmer ausgesehen, aber je länger ich es anhabe und mich im Spiegel betrachte, desto besser finde ich es. Für einen Abend wird es schon gehen.

»Hast du eine Alternative?«

Ich drehe mich um und sehe Eliza, die alle zwei Sekunden den Saum nach unten zieht.

»Nein, leider nicht«, erwidert Maddie zerknirscht und scheint endlich einzusehen, dass ihre Outfitwahl nicht für jeden etwas ist. Für Maddie steht der Spaß im Vordergrund und da rücken wichtige Einwände gern mal in den Hintergrund. Sie hat Eliza damit nicht vor den Kopf stoßen wollen, sondern hat lediglich drei hübsche Frauen in Engelskostümen gesehen.

Unruhig tritt Eliza von einem Fuß auf den anderen, wobei sie immer wieder versucht, das Kleid länger zu machen, als es ist.

»Vielleicht bleibe ich lieber zu Hause. Die Party in der Studentenverbindung ist immerhin noch mal ein anderes Kaliber als die bei Dex und Ryan.«

Mein Magen flattert aufgeregt bei der Erwähnung seines Namens, und ich verfluche mich dafür. Eliza sinkt auf Maddies Bett, und ich setze mich neben sie. Dabei rutscht das Kleid gefährlich hoch.

Mitfühlend drücke ich ihre Hand. »Wir zwingen dich nicht mitzukommen, aber wir finden sicher was Hochgeschlossenes, falls du es dir anders überlegst.«

»Ich habe vielleicht irgendwo noch die Teufelshörner vom letzten Jahr«, überlegt Maddie und tippt sich nachdenklich mit dem Zeigefinger gegen das Kinn, bevor sie sich auf die Suche macht. Bei ihrer Ordnung, die eher einem Chaos gleicht, könnte es allerdings eine Weile dauern, bis sie die gefunden hat.

Eliza lächelt mich dankbar an. »Was würde dem Teufel denn gut stehen?«

»Auf jeden Fall eine lange, dunkle Hose«, entgegne ich und zeige ihr in den nächsten Minuten einige Optionen, die sie heute Abend tragen könnte. Irgendwann findet Maddie auch ihre Hörner und bei guter Musik und einer Flasche Weißwein machen wir uns bereit für die Party des Jahres.

***

Das Verbindungshaus der *Delta Z* ähnelt einem griechischen Tempel. Hohe weiße Säulen säumen den Eingang und sind mit Lichterketten umschlungen, die den Bier-Pong-Spielern auf der Veranda genügend Licht bieten.

Die Innenräume platzen aus allen Nähten. Musik dröhnt aus den riesigen Boxen in jeder Ecke. Verschwitzte, mit Kunstblut beschmierte Körper reiben sich aneinander. Irgendwo grölt eine männliche Gruppe so laut, als hätten sie das Feuer neu erfunden. Dabei haben sie wahrscheinlich nur eine Partie King's Cup gewonnen.

»Nate schreibt, dass sie in der Nähe der Küche sitzen.« Maddie muss mich anschreien, damit ich sie verstehe. Ich nicke und versuche, den besagten Raum zu lokalisieren. Aber selbst mit den hohen Schuhen schaffe ich es nicht, über die Köpfe der anderen Studierenden zu blicken.

»Kämpfen wir uns durch«, brülle ich zurück. Sie nickt. Eliza stehen Schweißtropfen auf der Stirn, die nicht von den hohen Temperaturen im Haus kommen.

Maddie fährt die Ellenbogen aus und beginnt damit, uns einen Weg zu bahnen. Ich hingegen schnappe mir Elizas Hand und drücke sie.

»Er ist nicht hier«, meine ich beruhigend und ziehe sie hinter mir her. Es muss schlimm für sie sein, ständig mit der Angst zu leben, plötzlich ihrem Ex-Freund gegenüber zu stehen. Auch wenn er sich selbst keinen Gefallen täte, hier noch einmal aufzutauchen.

Gemeinsam folgen wir Maddie durch das Getümmel. Dabei achte ich immer darauf, Eliza nicht zu verlieren. Es dauert fast zehn Minuten, bis ich Connor entdecke, der die Menge bereits suchend überblickt. Seine Gesichtszüge entspannen sich merklich, als er seine Freundin entdeckt und sie sinkt erleichtert in seine Arme, nachdem wir unsere Freunde erreicht haben.

»Aus welchem Bordell habt ihr diese Klamotten denn geklaut?« Nate sieht mich mit hochgezogenen Augenbrauen an. Ich setze mich neben ihn und zupfe den Saum meines Kleides zurecht.

»Frag deine Schwester.« Ich schnappe mir das Bier aus seiner Hand und nehme einen großen Schluck.

»Geht nicht. Ich kann sie kaum angucken. Kein Bruder sollte seine kleine Schwester in so einem Fummel sehen.« Er schüttelt sich, weshalb ich zu lachen beginne, und öffnet sich ein neues Bier.

Wir unterhalten uns eine ganze Weile, und ich werde mal wieder daran erinnert, wie entspannt es mit Nate ist. Er erzählt mir grade, dass demnächst ein Talentsucher der *New Orleans Brass* zu einem ihrer Spiele kommt, als Ryan zu uns stößt.

»Wo hast du denn deine bessere Hälfte gelassen?«, witzelt Ethan und lenkt meine Aufmerksamkeit auf ihr Gespräch.

»Der fetzt sich mit seiner Freundin«, entgegnet Ryan genervt und versetzt meinem Herzen einen Stich.

Es hätte anders kommen können, aber du hast den Riegel vorgeschoben flüstert eine gehässige Stimme in meinem Kopf, die ich zu ignorieren versuche.

»Seit wann hat Dex eine Freundin?« Ethan klingt verwirrt, woraufhin kollektives Stöhnen ertönt.

»Er meint Bella, du Depp.« Nate verpasst ihm einen Klaps auf den Hinterkopf.

»Wie? Die sind wieder zusammen?«

»Ethan, ist das dein Ernst? Jeder weiß, dass die Grenzen bei den beiden immer verschwommen sind.«

Ich knibble am Etikett meiner Flasche und betrachte sie, als wäre sie das Interessanteste auf der Welt. Aus den Augenwinkeln bemerke ich Elizas prüfenden Blick und lächle ihr beruhigend zu, damit sie sich keine Sorgen macht. Sie hat genug mit ihren Problemen zu tun, da muss sie sich nicht noch mit meinen beschäftigen. Aber ich merke, dass sie mir an der Nasenspitze ansieht, wie ungern ich weiter über Bella und Dex reden würde. Allerdings scheint die Diskussion kein Ende zu nehmen.

»Was haltet ihr von einer Runde *Truth or Dare extrem*?«, platzt es plötzlich aus mir heraus. Ich brauche dringend einen Themenwechsel, sonst halte ich das Gespräch nicht mehr aus. Die anderen verstummen und sehen mich mit großen Augen an, bis sie schließlich nacheinander nicken.

»Super! Ich bereite die Shots vor.« So schnell wie möglich stehe ich auf und verschwinde fast schon fluchtartig in der angrenzenden Küche. Dort lehne ich mich gegen den Tresen und atme tief durch. Das *Delta Z* Haus ist groß. Die Wahrscheinlichkeit, den beiden über den Weg zu laufen, ist also gering.

Um mich abzulenken, suche ich ein Tablett und befülle es mit Shot-Gläsern, in denen ich die wildesten Kombinationen erschaffe. Wodka mit Senf, Wodka mit Ketchup, Wodka mit Tabasco. Tequila mit grünem Smoothie, den ich im Kühlschrank finde und Tequila mit Pfeffer und Chiliflocken. Je ekliger, desto besser. Das Spiel hat nicht umsonst den Zusatz »extrem«.

Es entsteht ein bunter Farbmix, den ich zufrieden betrachte, bevor ich das Tablett anhebe, um es an unseren Platz zu bringen.

»Ruby?« Auch wenn die Musik in diesem Teil des Hauses etwas leiser ist, höre ich meinen Namen klar und deutlich. Die Stimme, die ihn ausspricht, müsste jedoch knapp zweihundert Meilen entfernt sein.

Ich sehe auf und blicke in Jacks Gesicht. Meine Kinnlade klappt nach unten. Vor lauter Überraschung achte ich nicht mehr auf das Tablett, weshalb es in Schieflage gerät und zu Boden fällt. Das scheppernde Geräusch wird vom Lärmpegel der Party allerdings verschluckt.

»Was machst du hier?« Nur langsam verarbeitet mein Hirn, das Jack tatsächlich live und in Farbe vor mir steht.

Er nimmt den Cowboyhut ab und dreht ihn zwischen seinen Händen. Eine Geste, die ich mir von ihm abgeguckt habe, wenn ich nervös bin. Dann muss ich meine Finger auch immer beschäftigen. Bevor er zu einer Antwort ansetzen kann, rauscht Maddie in die Küche.

»Ruby, wo bleibst du denn? Wir warten alle ... wie siehst du denn aus?« Sie bleibt abrupt stehen. Ich sehe ihre geweiteten Augen über Jacks Schulter und blicke an mir hinab. Der Inhalt der Gläser ist so hoch gespritzt, dass mein Kleid nicht mehr weiß, sondern bunt gesprenkelt ist und unangenehm riecht. Aber das ist mir im Moment egal.

»Und wer ist dieser gut aussehende Fremde, mit dem du dich unterhältst?« Sie grinst und stellt sich neben mich, um Jack besser zu sehen.

»Nicht jetzt, Maddie.« Mein Tonfall duldet keinen Widerspruch. Auch wenn meine beste Freundin oft Grenzen überschreitet, versteht sie diesmal, dass ich nicht spaße.

»Ich sag den anderen, dass es noch einen Moment dauert.« Sie verschwindet und damit sind Jack und ich wieder allein. So allein wie wir auf einer Party eben sein können.

»Ich frage dich noch mal: Was machst du hier?«

Er lehnt sich gegen den Kühlschrank. »Du weißt doch, dass mein Onkel der Dekan ist.«

»Ich verdränge diese Information gern.«

»Cece braucht für ihre Abschlussarbeit Zusatzinformationen in Form von Literatur und Vorlesungen, die ihr College nicht hat. Da hat er angeboten, dass sie eure Bibliothek nutzen und einige Kurse als Gasthörerin besuchen darf.«

»Cece ist auch hier?« Das wird ja immer besser! Wieso kann sie sich kein Thema aussuchen, wofür sie an ihrem College recherchieren kann?

»Also ... auf jeden Fall bleiben wir bis zum Ende des Semesters in Silveroaks.«

Am liebsten hätte ich etwas zerschlagen. Oder ihm einen Drink ins Gesicht gekippt und ihm anschließend das Glas gegen den Kopf geworfen.

»Ich weiß, dass es nicht optimal ist, aber wir arrangieren uns schon mit der Situation.«

»Ich arrangiere mich mit gar nichts! Du warst der Grund, weshalb ich nicht an die *University of Texas* gegangen bin. Dann erfahre ich, dass du gar nicht mehr dort studierst, und jetzt kommst du hier her? An mein College? Du willst mich doch verarschen!« Mit jedem Wort werde ich lauter. In mir brodelt es, und meine Wut sucht sich ihren Weg nach draußen. Ich fühle mich wie ein Vulkan, der kurz vor dem Ausbruch steht.

»Ich hatte keine Wahl!« Jack funkelt mich wütend an. Dabei hat er kein Recht, sauer zu sein.

»Jeder hat eine Wahl, Jack. Du warst immer schon der Typ Mann, der den bequemsten Weg wählt.« Wir starren uns an. Seine Brust hebt und senkt sich schnell. Meine Hände sind zu Fäusten geballt. Es ist ein stummes Kräftemessen. Wer zuerst wegsieht, verliert. Und ich verliere nicht mehr gegen ihn.

»Ruby! Ich hatte gehofft, dass wir uns treffen!« Cece taucht neben Jack auf und strahlt mich an. Er senkt den Blick und macht einen Schritt zurück, bevor ich seine Freundin freundlich anlächle. Sie trägt Jeans, ein rotkariertes Hemd und hat die Haare zu zwei Zöpfen geflochten. Auf ihrem Kopf thront derselbe Cowboyhut, den Jack aufhat. Ein Partner-Kostüm. Wie süß.

»Hi, freut mich ebenfalls. Jack hat erzählt, dass ihr vorhabt zu bleiben.«

Sie nickt begeistert, und ich muss sämtliche Willenskraft aufbringen, um nett zu sein. Sie kann nichts für meine Vergangenheit mit ihrem Freund, deshalb sollte ich meine Wut nicht an ihr auslassen. Doch wie bereits auf dem Bankett bemerkt sie die angespannte Stimmung zwischen Jack und mir nicht.

»Ist Dexter auch da? Ich konnte ihn bisher nicht entdecken.«

Ich erstarre und habe das Gefühl, dass jemand einen Eiskübel über mir ausleert. Scheiße. Vor Überraschung und Wut habe ich überhaupt nicht daran gedacht, dass die beiden noch immer davon ausgehen, dass Dex und ich ein Paar sind.

Scheiße. Scheiße. Scheiße.

Jack betrachtet mich mit zusammengezogenen Augenbrauen, weshalb ich mich schnellstmöglich dazu bringe, meine Mundwinkel in die Höhe zu ziehen. Pokerface bewahren und weiter.

»Ja, er ist hier irgendwo. Auf diesen Partys ist es schwer, jemanden wiederzufinden, wenn er erst einmal verschwunden ist.« Ich lache und überlege fieberhaft, wo Dex sein könnte.

»Entschuldigt mich bitte. Ich muss mal das Bier wegbringen. Vielleicht sehen wir uns noch mal während eurer Zeit hier.«

»Sicher! Wir könnten zu viert ausgehen. Das wäre bestimmt lustig.«

Lieber würde ich mit einem Alligator im Bayou schwimmen. Unfassbar, wie naiv Cece ist! Ich werfe Jack einen letzten vernichtenden Blick zu und verschwinde aus der Küche. Dex muss diese Neuigkeiten dringend erfahren. Aber da ich ihn unmöglich zwischen den ganzen Studierenden finde, bleibt mir nichts anderes übrig, als ihm zu texten. Meine Tasche habe ich bei Nate gelassen, weswegen mein Weg mich zurück zu meinen Freunden führt. Glücklicherweise spielt mir das Universum diesmal in die Karten, denn Dex sitzt – ohne Bella – neben Ryan.

»Wo sind die Shots?«

»Was ist mit dir passiert?«

»Du siehst aus, als hättest du einen Geist gesehen.«

»Alles in Ordnung?«

Ich nicke und ignoriere die anderen Fragen. Stattdessen beuge ich mich zu Dex hinunter, der mich mit großen Augen anschaut.

»Wir müssen reden.« Sein Blick wandert meinen Körper hinab und bleibt an meinen Beinen hängen. Eine altbekannte Hitze sammelt sich dazwischen.

»Was hast du da an?« Seine Stimme ist nicht mehr als ein Krächzen. Ich verdrehe die Augen und schnipse mit den Fingern vor seinem Gesicht herum. Die Blicke unserer Freunde spüre ich dabei überdeutlich.

»Ein Halloweenkostüm. Komm mit.« Ich schnappe mir seine Hand und ziehe ihn vom Sofa hoch. »Wir sind gleich zurück«, rufe ich in die Runde.

»Was habe ich jetzt schon wieder verpasst?«

Ohne auf Ethans Frage einzugehen, schleife ich Dex hinter mir her. Wir brauchen einen ungestörten Ort zum Reden. Am besten einen, wo weder Jack noch Cece uns finden. Also reiße ich die nächstbeste Tür auf und schiebe ihn hinein. Was ich jedoch für ein Schlaf- oder Badezimmer gehalten habe, entpuppt sich als enge Abstellkammer mit kaputter Glühbirne, die nur wenig Licht spendet.

Dex platziert seine Arme rechts und links neben meinem Kopf und kesselt mich zwischen seinem Körper und der Tür ein. Sein vertrauter Duft steigt mir in die

Nase, und ich erlaube mir, für einige Sekunden die Augen zu schließen, um ihn zu inhalieren.

»Wieso hast du nicht gefragt, ob ich sieben Minuten im Himmel mit dir verbringe?«

Mein Magen schlägt einen Salto und zwischen meinen Beinen kribbelt es gewaltig. Sein warmer Atem trifft meine Haut, und ich erzittere. Wir stehen so nah beieinander, dass sich unsere Oberkörper bei jedem Atemzug berühren. Dadurch fällt es mir schwer, mich zu konzentrieren, aber ich rufe mich zur Ordnung. So verlockend diese Situation auch ist, er muss erfahren, dass Cece und Jack hier sind, um darauf vorbereitet zu sein, falls er ihnen über den Weg läuft.

»Wie alt bist du? Sechzehn? Ich muss mit dir reden. Wir haben ein Problem.«

»Ich habe definitiv ein Problem, bei dem du mir helfen könntest.« Seine Lippen fahren meinen Hals hinab. Seine Härte drückt sich gegen meinen Bauch. Ich schlucke. Ein heißes Prickeln läuft meine Wirbelsäule herunter, und ich vergesse, dass wir ein wichtiges Gespräch führen müssen. Für einen Moment spiele ich sogar mit dem Gedanken, meine Prinzipien über Bord zu werfen und hier und jetzt in einer Abstellkammer des *Delta Z* Hauses Sex mit Dexter Malone zu haben. Einfach, weil ich es kann und weil ich es will.

Ich hebe das Kinn ein wenig an und plötzlich sind seine Lippen nur noch Millimeter von meinen entfernt. Jeder Atemzug bringt uns einander näher.

»Sieben Minuten im Himmel, Darling«, murmelt er und streift beim Sprechen meinen Mund. Mein Herz schmilzt bei der Erwähnung des Kosenamens, den er schon während der Veranstaltung seiner Eltern verwendet hat. Bevor ich es mir anders überlege und einen Rückzieher machen kann, küsse ich ihn.

Unsere Münder prallen aufeinander wie zwei Welten, die miteinander kollidieren. Dex packt mich und hebt mich hoch. Ich schlinge meine Beine um seine Hüften, reibe mich an seiner Erektion. Sein Stöhnen verliert sich in meinem Mund.

Wir drehen uns um. Er presst mich mit dem Rücken gegen ein Regal. Dinge fallen hinab, treffen mich an Schulter und Arm, doch es ist mir egal. Alles, was zählt, ist Dex. Er schmeckt leicht nach Zitrone, riecht nach Karamell und bringt mich mit seinen Küssen beinahe um den Verstand. Wenn das der Himmel ist, möchte ich jetzt auf der Stelle sterben.

Vor der Tür ertönt ein Lachen und plötzlich fällt mir ein, weshalb wir überhaupt hier gelandet sind. Mit den Fingerspitzen streiche ich ihm sanft über den Nacken und genieße den zarten Schauer, der ihn durchläuft.

»Jack und Cece sind hier«, flüstere ich an seinen Lippen und versuche, mich zurück in die Realität zu kämpfen.

Dex erstarrt und sieht mich mit großen Augen an. »Was? Warum das?«

Er stellt mich ab, während ich ihm die Kurzfassung liefere und mich vorsichtig gegen das Regal lehne. Dex ist einen Schritt zurückgetreten. Viel Platz hat er zwischen uns trotzdem nicht geschaffen. Dafür ist die Kammer zu eng. Er ist immer noch zu nah und der Kuss zu präsent. Die Luft ist weiterhin elektrisiert. Zwischen meinen Beinen pocht es. Ich nehme alles überdeutlich wahr. In meinem Bauch kribbelt es. Meine Knie zittern.

Das eben war ein Ausrutscher, den ich zu gern zu Ende gebracht hätte, und dieser Gedanke erschreckt mich. Seit Jack gab es keinen Mann mehr, der ein derartiges Verlangen in mir ausgelöst hat. Wieso muss sich das ausgerechnet bei Dexter Malone ändern? Bei dem Mann, bei dem ich es als letztes erwartet hätte?

Dex rauft sich das Haar und weckt in mir das Bedürfnis, mit den Fingern hindurchzufahren, um es wieder zu richten. Ich balle die Hände zu Fäusten, um mich daran zu hindern. Wir müssen uns konzentrieren. Wenn ich ihn jetzt berühre, machen wir genau da weiter, wo wir eben aufgehört haben.

»Und jetzt?«

»Jetzt müssen wir uns fragen, ob wir diese Fake-Beziehung wieder aufnehmen. Bis zum Ende des Semesters sind es immerhin noch anderthalb Monate«, gebe ich zu bedenken.

Mit dem rechten Arm stützt er sich über meinem Kopf ab und sieht mich an. Ich halt den Atem an. Er ist mir nichts schuldig. Schon gar nicht den Schlamassel auszubaden, den ich verursacht habe. Er könnte sich einfach umdrehen und gehen. Mich mit meinem Problem allein lassen.

»Ich bin dabei, wenn du es bist«, meint er stattdessen leise, und ich schlucke. Die Intensität seines Blickes verursacht mir Herzrasen.

»Was ist mit Bella?« Im schwachen Schein der Lampe sehe ich seine gerunzelte Stirn.

»Was soll mit ihr sein?«

»Seid ihr wieder zusammen?«

Seine Lippen verziehen sich zu einem flüchtigen Grinsen, und er kommt mir noch etwas näher. »Ich hätte dich niemals so geküsst, wenn ich in festen Händen wäre.« Eine Welle der Erleichterung durchflutet mich. Zum einen, weil er sie dann eben nicht mit mir betrogen hat und zum anderen, weil er sich auf eine Fake-Beziehung mit mir einlässt, um mir den Arsch zu retten.

»Wir machen das also wirklich.« Ich sehe ihn an, und er nickt. In seinen Augen liegt ein vorfreudiges Funkeln.

»Bis zum Ende des Semesters sind wir offiziell ein Paar.« Unsere Blicke verankern sich ineinander.

»Dann sollten wir diesmal Regeln festlegen.«

»Regeln?« Dex zieht irritiert die Augenbrauen zusammen.

»Ja. Eine Art Vertrag. Damit wir wissen, wie wir uns am besten verhalten.«

Seine Mundwinkel zucken. »Wann genau sind wir in einer kitschigen Teenager-Liebeskomödie gelandet?«

Ich werfe ihm einen bösen Blick zu und hoffe, dass er im schummrigen Licht der Abstellkammer überhaupt zur Geltung kommt.

»Du hast in New Orleans selbst gesagt, dass ich gern die Kontrolle habe. Diese Regeln geben mir Sicherheit. Ich brauche das, verstehst du?« Um mich daran entlang zu hangeln. Mich daran zu erinnern, dass wir nur ein Spiel spielen. Um die Grenzen abzustecken und sicherzugehen, dass wir nichts machen, was der andere nicht will.

Er stützt den Arm erneut oberhalb meines Kopfes ab und beugt sich zu mir herunter. Mein Herz setzt einige Sekunden aus, als unsere Gesichter sich wieder so nah sind wie noch vor wenigen Minuten.

»Also gut. Dann legen wir eben Regeln fest. Aber bereite dich darauf vor, dass ich dir beibringe, wie du sie brichst.«

Meine Mundwinkel zucken, während ich nach dem Türknauf greife und ihn herumdrehe. »Das werden wir ja sehen.«

Kapitel 9

»Als du sagtest, dass wir einen Vertrag aufsetzen, dachte ich, du sprichst von morgen.« Dex schlendert neben mir durch die dunklen Straßen von Silveroaks. Vor uns stolpert Ryan über den Bürgersteig und lacht ziemlich laut.

»Wenn du es genau nimmst, ist es morgen.« Wir haben die Party etwa zwei Stunden nach unserem Gespräch in der Abstellkammer verlassen. Da war es bereits nach Mitternacht.

Zwei Stunden, damit meine Nerven sich beruhigen und noch immer in hellem Aufruhr sind.

Zwei Stunden, in denen ich das Geschehene analysieren konnte und zu keinem Ergebnis gekommen bin.

Zwei Stunden, um das Gefühl seiner Lippen auf meinen zu vergessen, aber es ist unmöglich. Ich muss ihn nur ansehen und werde direkt in die Abstellkammer zurückkatapultiert.

Ein leichter Windzug streift meine Haut. Ich fröstle und reibe mit den Händen über meine nackten Oberarme. Innerlich verfluche ich Maddie dafür, dass sie meine Jacke genommen hat, als sie nach Hause gegangen ist. Denn Anfang November ist es selbst in Louisiana nachts bitterkalt.

»Hier.« Dex hält mir seine Footballjacke hin, die ich, ohne zu zögern, überziehe. Eine wohlige Wärme umhüllt mich, und ich schließe im Schutz der Dunkelheit für einige Sekunden die Augen, um den vertrauten Duft zu inhalieren, der mich umgibt. Dex' Geruch hat eine fast schon aphrodisierende Wirkung auf mich. Ich kann nicht genug davon bekommen, dabei finde ich Karamell normalerweise abstoßend. Und jetzt, wo er mich nicht genau beobachten kann, weil die Nacht dafür zu dunkel ist, kann ich so lange darin baden, bis ich ihm die Jacke zurückgeben muss.

»Ist dir denn nicht kalt?«, frage ich und sehe zu Dex herüber. Er schüttelt den Kopf und tippt sich mit dem Finger gegen die Schläfe.

»Ich mache mir warme Gedanken und dank deines Kleides läuft meine Fantasie auf Hochtouren.«

Ich stoße ihm mit dem Ellenbogen in die Seite und lache, doch das heiße Prickeln, das meine Wirbelsäule hinabläuft, ist nicht zu ignorieren.

Den Rest des Weges bringen wir schweigend hinter uns. Ryan habe ich längst aus den Augen verloren. Trotz seines Alkoholpegels ist er erstaunlich schnell. Erst als wir ihren Wohnkomplex erreichen, sehe ich ihn wieder.

»Warum versucht Ryan, euer Nachbarhaus aufzuschließen?« Irritiert schaue ich zu Dex, der sich nur mühsam das Lachen verkneift.

»Weil er betrunken ist«, schmunzelt er und geht zu ihm herüber.

»Alter, unser Schlüssel ist kaputt«, nuschelt Ryan, bevor er mit der Stirn dagegen sinkt.

»Mit dem ist alles in Ordnung, Mann. Du stehst vor dem falschen Haus.«

»Vorm falschen Haus ...«, echot er nachdenklich und starrt gedankenverloren vor sich hin.

»Na, komm. Beweg dich.« Dex dirigiert ihn zum Nachbargebäude und manövriert ihn mit Leichtigkeit die Treppen in den dritten Stock hoch.

Fasziniert beobachte ich ihn dabei. Wenn Maddie dieses Trunkenheitslevel hätte, wären wir achtkantig die Stufen runtergesegelt. Es fällt ihr dann immer schwer, ihre Beine zu koordinieren und obwohl sie deutlich zierlicher als Ryan ist, wäre es hundertmal schwerer, sie in den dritten Stock zu bekommen.

Während Dex ihn in sein Zimmer bringt, schlüpfe ich aus meinen Schuhen und seufze erleichtert auf. Seit dem Bankett habe ich keinen kompletten Abend mehr auf hohen Absätzen verbracht. Dementsprechend stark schmerzen meine Füße.

Ich laufe ins Wohnzimmer und falle aufs Sofa. Die Wohnung ist exakt so geschnitten wie die von Connor, Nate und Ethan, weshalb ich keine Probleme habe, mich zurechtzufinden.

Ich kuschle mich in die weichen Polster und merke, wie mich langsam die Müdigkeit übermannt. Vielleicht hatte Dex Recht, und es wäre besser gewesen, wenn wir uns ausgeschlafen über die Bedingungen des Vertrages unterhalten würden. Immer wieder fallen mir die Augen zu und wenn Dex nicht in diesem Moment zurückgekommen wäre, wäre ich eingeschlafen.

Er setzt sich neben mich, und ich bemerke, dass er sich das Kunstblut aus dem Gesicht gewaschen und umgezogen hat.

»Hast du was zum Schreiben hier?«

Ächzend erhebt er sich und durchsucht einige Schubladen, bis er mit einem Kugelschreiber und einem Kassenzettel zurückkommt.

»Auf die Schnelle habe ich nichts anderes gefunden, aber das wird reichen, oder?« Er sieht mich fragend an.

»Ich denke schon. Wir halten das einfach kurz und knapp.« Ich schnappe mir eine der Footballzeitschriften vom Couchtisch und ziehe sie mir auf den Schoß, um eine vernünftige Unterlage zum Schreiben zu haben. Dann notiere ich das heutige Datum sowie unsere Namen.

»Was soll ich als Laufzeit aufschreiben? Das Datum des letzten Vorlesungstages im Semester?« Mein Blick wandert in seine Richtung. Dex sitzt entspannt neben mir, den Kopf an die Sofalehne gestützt, das Gesicht mir zugewandt.

»Nimm den 31. Dezember. Dann sind wir auf der sicheren Seite.«

Ich nicke und schreibe es auf. Anschließend tippe ich mir mit dem Stift nachdenklich gegen das Kinn. Was müssen wir noch definieren?

»1. Keinen Sex. 2. Küsse nur dann, wenn es notwendig ist«, schlage ich vor und sehe aus den Augenwinkeln, wie er grinst.

»Bist du dir sicher? Eben bei den *Delta Z* sah es so aus, als würdest du Sex mit mir wollen. Denk an den Spaß, den wir in den nächsten Wochen hätten.« Allein der Gedanke daran verursacht mir eine Gänsehaut. Für einen Moment bin ich versucht, auf seinen Vorschlag einzugehen. Doch eine leise Stimme in meinem Kopf mahnt mich zur Vorsicht. Sex würde die Sache verkomplizieren. Zwischen uns muss es einfach bleiben. Ich darf mich nicht zu sehr an ihn gewöhnen. Dex und ich kommen aus zwei verschiedenen Welten, die nicht zusammenpassen. Mal abgesehen davon, dass seine Eltern mich niemals an seiner Seite akzeptieren würden. Nach unserem Abschluss kehre ich nach Texas auf die Farm zurück, und er übernimmt die Destillerie seiner Familie. Dann haben wir höchstens noch höflichen geschäftlichen Kontakt, aber mehr nicht. Ich würde für keinen Mann der Welt meine Zukunftspläne über Bord werfen. Texas war schon immer meine Bestimmung, ich halte Dex nicht für jemanden, der irgendwo in der Einöde glücklich wird.

»Ich habe keinen Sex ohne Gefühle«, erwidere ich und halte den Blick starr auf das dünne Papier in meinen Händen gerichtet.

Dex rutscht näher an mich heran. »Lügnerin«, flüstert er. Sein warmer Atem trifft dabei auf meine Haut. Er riecht nach Minze. Aber die Art, die in Zahnpasta verarbeitet wird und nicht in Kaugummi. Er hat sich also nicht nur abgeschminkt, sondern auch noch Zeit gehabt, Zähne zu putzen. Plötzlich komme ich mir furchtbar schmutzig vor. Mein Kleid riecht nach Wodka und sämtlichen Zutaten für die Ekel-Shots. Trotzdem weicht Dex nicht vor mir zurück. Es scheint ihn kein bisschen zu stören und irgendwie … gefällt mir das. »Wir hatten Sex, und du kannst mir nicht erzählen, dass nach diesem einen Abend Gefühle im Spiel waren.«

»Das war etwas anderes.« Ich sehe ihn an, und auf einmal ist er so nah, dass ich winzige braune Sprenkel in seinen grünen Augen erkenne.

»Was war daran anders?«

»Die Ausgangssituation.« Mein Herz ist verwirrt. Es weiß nicht, ob es aufgrund seiner Nähe schneller schlagen oder lieber anhalten soll. Denn mit seinem Blick scheint er direkt in mein Innerstes zu sehen.

»Regel Nummer eins ist nicht verhandelbar.« Ich schlucke, während er seufzt. Langsam lehnt er sich wieder zurück. Sofort habe ich das Gefühl, besser atmen zu können.

»Dann ändern wir Regel Nummer zwei in *Küssen erlaubt*. Wie sollen die Leute uns sonst für ein richtiges Paar halten?« Wieder klopfe ich mir mit dem Kugelschreiber gegen das Kinn. Ich hätte nichts dagegen, noch mal von ihm geküsst zu werden. Mein Magen flattert allein bei dem Gedanken daran, aber das lasse ich mir nicht anmerken.

»Einverstanden. Trotzdem, übertreib es nicht. Das wirkt ebenfalls unecht und nur zu deiner Information: Mit Berührungen und Gesten kannst du auch vorgeben, verliebt zu sein.«

»Berührungen ... so wie die?« Mit den Fingerspitzen streicht er von meinem Knie hoch zu meinem Oberschenkel. Ich beiße mir auf die Unterlippe und erschaudere. Seine warmen Finger fühlen sich angenehm auf meiner Haut an. Vertraut. Als würden sie genau dort hingehören.

»Ungefähr so, ja«, murmle ich und versuche, meine Gedanken wieder zu sammeln. »Nummer drei: Wir weihen unsere Freunde ein.«

»Definiere Freunde. Ich bin sehr beliebt.«

Ich unterdrücke ein Augenrollen. »Damit meine ich Ryan, Maddie, Eliza, Connor, Ethan und Nate. Oder gibt es noch jemanden, dem du davon erzählen willst?«

Er schüttelt den Kopf und nimmt die Hand von meinem Bein, um sich übers Gesicht zu fahren. Die Müdigkeit ist ihm deutlich anzusehen, auch mir fällt die Konzentration immer schwerer. Kein Wunder. Es ist fast drei Uhr, wie die Anzeige unterhalb des Fernsehers verrät. Wir sollten das schnell zu Ende bringen, damit er ins Bett und ich nach Hause kann.

Er gähnt. »Schreib noch auf, dass du zu meinen Spielen kommen musst. Das gehört sich als gute Freundin.« Schulterzuckend notiere ich es. Football schaue ich auch zu Hause gern. Von daher ist das kein Problem.

»Der letzte Punkt, der mir noch einfällt, wäre eine Klausel, die eine frühzeitige Aufhebung des Vertrags ermöglicht.« Ich sehe zu Dex, der die Augen bereits geschlossen hat.

»Warum brauchen wir so was?«, murmelt er, und ich antworte mit einem Schulterzucken, auch wenn er mich nicht ansieht.

»Falls einer von uns in dieser Zeit die Liebe seines Lebens kennenlernt, gegen eine der Regeln verstößt oder keinen Bock mehr auf die Vereinbarung hat.«

»Gut, schreib es auf. Ich bin mir sehr sicher, dass du mich nach diesen acht Wochen als Liebe deines Lebens ansehen wirst.« Ich unterdrücke ein Lachen und unterschreibe, bevor ich den Kassenzettel samt Stift auf den Couchtisch lege.

»Die Müdigkeit scheint dir das Hirn zu vernebeln. Ich gehe jetzt lieber, bevor du noch mehr Dinge sagst, die du nicht so meinst.«

Dex schlägt die Augen auf und wirkt plötzlich wieder ganz klar. Ruckartig setzt er sich auf.

»Du willst nach Hause gehen? Um diese Uhrzeit?«

Ich nicke und stehe auf, um mich zu strecken. »Natürlich. Was dachtest du denn?«

Er sieht mich missmutig an. »Der Weg zum Wohnheim ist lang und es ist dunkel.«

»Es sind maximal fünfzehn Minuten.«

»Auf diesen Schuhen brauchst du sicher länger und wer weiß, wer sonst noch unterwegs ist.«

»Studierende, die von Halloweenpartys zurückkommen und keine Serienmörder.« Ich funkle ihn belustigt an. Seine Sorge in allen Ehren, aber dieses Gespräch ist lächerlich. Ich bin schon nachts durch Silveroaks gelaufen, bevor wir miteinander zu tun hatten. Wieso sollte ich das jetzt ändern? Es wird ein kleiner nächtlicher Spaziergang, der mir womöglich hilft, meine herumwirbelnden Gedanken zu ordnen.

»Das weißt du nicht.«

»Doch, weil die Kriminalitätsrate in Silveroaks gegen null geht.«

Dex steht ebenfalls auf und fährt sich mit der Hand durchs Haar. »Dann begleite ich dich.«

»Das ist Schwachsinn. Du bist mindestens dreißig Minuten unterwegs. Das ist vollkommen unnötig.« Ich stemme die Hände in die Hüften und sehe ihn an. Er vergisst, dass ich durchaus in der Lage bin, selbst auf mich aufzupassen. Immerhin bin ich mit einem Haufen Raudies in Texas groß geworden. Da habe ich schnell gelernt, mich zu verteidigen.

»Du hast die Wahl: Entweder ich begleite dich, oder du bleibst hier.« Ich beiße die Zähne aufeinander und verschränke die Arme vor der Brust, während ich meine Möglichkeiten abwäge. Es wäre absolut unsin-

nig, Dex mitzunehmen, weil er dann den Weg zurück-
laufen müsste. Außerdem ist es draußen kalt, und ich
habe keine Jacke dabei. Der Rückweg würde meine
Müdigkeit vertreiben und mich wacher machen.
Gleichzeitig schnarcht Maddie so laut, dass ich es durch
die Wand zwischen unseren Zimmern höre und sogar
Ohrstöpsel das Geräusch nicht gut genug dämpfen.
Wenn ich nicht vor ihr einschlafe, ist die Nacht für
mich quasi vorbei. Sein Einwand mit den Schuhen ist
leider auch berechtigter, als ich zugeben will.

Geschlagen werfe ich die Arme in die Luft. »Gut, du
hast gewonnen. Ich bleibe. Aber dann brauche ich was
zum Anziehen.«

Dex grinst und öffnet den Mund, doch ich stoppe ihn
mit erhobener Hand.

»Sag nichts, wenn das Wort *nackt* darin vorkommt.«
Er klappt den Mund wieder zu und geht an mir vorbei
in sein Zimmer. Ich folge ihm und werde direkt in der
Tür mit einem Stück Stoff beworfen.

»Nebenan ist das Bad. Da kannst du dich umziehen
und dann weißt du ja, wo du mich findest.« Wortlos
drehe ich mich um und verschwinde ins Badezimmer,
wo ich aus dem Kleid schlüpfe. Mit Wasser und Seife
wasche ich mich notdürftig. Ich verstehe immer noch
nicht, wie Dex mir so nah sein konnte, denn ich rieche
furchtbar. Mit einer herumstehenden Zahnpasta ver-
passe ich mir einen frischen Geschmack im Mund und
ziehe Dex' Shirt über, das mir deutlich zu groß ist. Allerdings ist mir das um einiges lieber als das kurze
Kleid.

Von oben dröhnt Ryans laute Schnarchen zu mir
durch. Leise schließe ich die Tür zu Dex' Schlafzimmer

hinter mir und krabble in sein Bett. Während ich das letzte Licht lösche, dringen seine ruhigen und gleichmäßigen Atemzüge an mein Ohr. Beeindruckend, wie schnell er in den Schlaf findet. Zum Glück höre ich Ryans Schnarchen hier nicht.

Dunkelheit umhüllt uns. Es fällt mir schwer, runterzukommen und mich zu entspannen. Ich bin es nicht gewohnt, jemanden so nah neben mir zu haben. Der letzte Mann, mit dem ich das Bett geteilt habe, war Jack und das ist ein Jahr her. Außerdem hatten wir deutlich mehr Platz als Dex und ich. Jetzt bin ich es gewohnt, einen knappen Meter für mich allein zu haben, den ich voll ausnutzen kann. Mit Dex neben mir sind es vielleicht knappe siebzig Zentimeter.

Dex murmelt etwas und dreht sich, sodass sein Arm über meiner Taille liegt. Jede Faser meines Körpers ist angespannt, doch je länger er mich hält, desto mehr gewöhne ich mich daran. Ich genieße es sogar ein klein wenig und mit dem beängstigenden Gedanken, dass ich ruhig öfter in seinen Armen liegen könnte, schlafe ich ein.

***

Am nächsten Morgen wache ich in einem Wirrwarr aus Armen und Beinen auf und weiß im ersten Moment nicht, wo mein Körper anfängt und Dex' aufhört.

Vorsichtig winde ich mich aus seinem Griff. Er grummelt verärgert, weshalb ich innehalte. Seine Augen sind weiterhin geschlossen. Also unternehme ich einen weiteren Versuch des Aufstehens und atme erleichtert auf, als ich an der Bettkante sitze, ohne Dex geweckt zu haben.

»Was genau tust du da?« Seine raue, verschlafene Stimme verursacht ein Ziehen in meiner Magengegend.

»Ich gehe nach Hause.« Über die Schulter hinweg sehe ich ihn an.

»Ohne dich zu verabschieden? Das ist aber unfreundlich.« Er setzt sich auf und fährt sich durchs Haar. Allerdings sieht es danach noch viel zerzauster aus.

»Ich wollte dich nicht wecken.« Seit wann klingt meine Stimme morgens so heiser? Ich räuspere mich und möchte mir einen Zopf machen, bis mir auffällt, dass ich kein Haargummi dabei habe, um es festzubinden. Seufzend lasse ich es wieder los und stehe auf.

»Willst du einen Kaffee?«

Ich lächle Dex an und schüttle den Kopf. »Nein, danke. Maddie fragt sich sicher schon, wohin ich verschwunden bin.«

Er kommt nicht dazu, mir zu antworten, denn plötzlich wird die Tür aufgerissen, und ein sehr munter aussehender Ryan spaziert ins Zimmer.

»Welchen Engel hast du gestern noch abgeschleppt?« Sein Grinsen reicht von einem Ohr zum anderen. Fit, aber Erinnerungslücken. Alles klar. Dex' Blick zuckt zu mir, während ich Ryans immer größer werdende Augen amüsiert betrachte.

»Ruby? Das gibt es doch nicht! Ich hätte niemals gedacht, dass ihr ...« Mit Gesten versucht er die Worte darzustellen, die ihm grade fehlen. Grinsend klopfe ich ihm auf die Schulter.

»Dex erklärt es dir. Macht's gut, Jungs!« Nachdem ich mich dazu entschieden habe, das Shirt einfach zu behalten, sammle ich meine Sachen im Bad und im Flur ein und verschwinde.

Gerade als die Tür hinter mir ins Schloss fällt, ertönen Schritte im Treppenhaus und die Tür der Nachbarwohnung öffnet sich. Eliza erscheint im Türrahmen und sieht erst mich und dann mein Outfit mit offenem Mund an.

»Ähm … weißt du, das war so …«, beginne ich, während ihr Grinsen immer breiter wird.

»Die Geschichte würde ich zu gern hören.« Ich folge ihr in die Wohnung und schmeiße mein Zeug in ihr Zimmer, als Maddies aufgeregte Stimme im Flur erklingt.

»Ruby ist weg! Sie ist heute Nacht nicht nach Hause gekommen und antwortet auf keine meiner Nachrichten!« Ich ziehe mein Handy aus der Tasche und betrachte die vielen ungelesenen SMS auf meinem Display.

»Maddie, beruhig dich.«

»Sie war noch nie über Nacht weg. Also … außer letztens, als sie mit Dex unterwegs war. Aber normalerweise gibt sie uns doch Bescheid! Weißt du, mit wem sie die Party verlassen hat? Vielleicht wurde sie gekidnapped! Oder schlimmer: umgebracht.« Meine Mundwinkel zucken. Sie muss ihren *True Crime* Konsum dringend reduzieren.

»Die Verbrechensrate in dieser Stadt ist quasi nicht existent«, meldet sich Connors verschlafene Stimme zu Wort.

»Was ist denn hier los?« Das ist Ethan.

»Ruby ist weg! Wahrscheinlich entführt!« Ich presse mir die Hand auf den Mund, um nicht laut loszulachen. Inzwischen müsste Maddie im Flur der WG stehen. Da ich weiterhin in Elizas Zimmer bin, hat sie mich noch nicht gesehen. Aber ihr Hang zur Dramatik ist zu lustig, um sie aufzuklären.

»Vielleicht hat sie bei einem Typen übernachtet.« Connor scheint noch immer nicht richtig wach zu sein.

»So was macht sie nicht«, widerspricht Maddie.

»Einmal ist immer das erste Mal.«

»Was soll der Lärm?« Nate sieht mich an, und ich grinse.

»Ruby ist unauffindbar.« Maddie klingt, als würde sie jeden Moment das FBI einschalten. Irritiert blickt Nate in meine Richtung.

»Ruby steht doch hier.« Hektische Schritte ertönen und dann taucht Maddie vor mir auf.

»Du!« Ihr Tonfall ist mahnend, aber ihre Umarmung zeigt ihre Erleichterung. »Mach so was nie wieder! Ich habe mich total erschrocken heute Morgen!«

Sie sieht mich aus ihren großen blauen Augen warnend an. Doch dann zieht sie die Augenbrauen zusammen und mustert mich.

»Wem gehört das Shirt?« Maddie beugt sich vor und schnuppert daran. Sie *schnuppert* daran! »Riecht nach Dex. Willst du mir was beichten?«

Ich schiebe sie von mir weg und schaue in die Runde. Auch die anderen sehen mich neugierig an. Eliza scheint ähnlich wie Maddie, gleich zu platzen, wenn ich nicht sofort von meiner gestrigen Nacht berichte.

»Setzt euch ins Wohnzimmer. Ich habe tatsächlich was zu erzählen.«

Kapitel 10

Mit einem breiten Grinsen lässt Myles sich neben mich fallen und schiebt mir einen Pumpkin Spice Latte rüber. Argwöhnisch sehe ich ihn an.

»Du bringst mir nie Kaffee mit. Was willst du?« Myles dreht sich zu mir um und versucht sich an einem ernsten Gesichtsausdruck. Doch seine Mundwinkel zucken immer wieder nach oben.

»Die Wahrheit.«

Unschuldig nippe ich an meinem kostenlosen Kaffee und lächle ihn schließlich zuckersüß an. »Die Wahrheit worüber?«

»Tu nicht so unwissend. Du weißt, wovon ich spreche. Die ganze *Silveroaks Park* kennt kein anderes Gesprächsthema.«

Ich schlürfe weiter meinen Latte und lasse mir übertrieben lange Zeit mit der Antwort. Natürlich weiß ich, was er hören möchte. Seit Tagen muss ich das Getuschel und die Blicke der anderen ertragen, wenn ich einen Raum betrete. Es hat sich wie ein Lauffeuer verbreitet, dass Dex und ich die Halloweenparty gemeinsam verlassen haben, und dank Ryan und Maddie wurden die Dating-Gerüchte beängstigend schnell in Umlauf gebracht. Nicht, dass ich mich darüber beschwere. Immerhin war das der Plan: Alle denken zu lassen, wir wären ein Paar, damit Jack und Cece nichts von der

Lüge erfahren, die wir ihnen während des Banketts aufgetischt haben. Trotzdem fühlt es sich merkwürdig an.

Besonders der weibliche Teil der *Silveroaks Park* würde mich deswegen am liebsten umbringen, weil ihnen die Möglichkeit genommen wurde, von Dex zu naschen. Nicht, dass ich das vorhätte. Im neuen Jahr kann er sich wieder mit so vielen Frauen austoben, wie er will, aber bis dahin führt er eine monogame Fakebeziehung ohne Sex mit mir.

»Ruby, jetzt sag schon. Ist es wahr?« Myles sieht mich eindringlich an, und ich kann förmlich dabei zusehen, wie die Ohren der Studierenden in den Reihen vor uns wachsen.

»Ja, ist es. Dex und ich sind ein Paar.« Der Satz kommt mir leicht über die Lippen, als wäre es das Natürlichste auf der Welt. Und das erschreckt mich. Früher war ich eine miserable Lügnerin, inzwischen scheint sich das geändert zu haben. Oder ich bin nur gut darin, wenn es darum geht, meinen Arsch zu retten.

Myles jubelt und zieht damit die Aufmerksamkeit des Professors auf sich.

»Mr. Dixon, ich wusste gar nicht, dass Sie sich derart für unterschiedliche Bodenarten begeistern.« Myles wird sofort knallrot und senkt den Blick.

»Ein guter Boden kann eine jubelreife Ernte bringen, Mr. Steele«, entgegne ich und helfe Myles aus der Patsche.

»Da haben Sie Recht, Ms. West. Aber freuen Sie sich beim nächsten Mal etwas leiser darüber.«

Ich recke den Daumen, bevor er sich stirnrunzelnd wieder seiner Präsentation zuwendet. Myles murmelt »Danke«, und ich zwinkere ihm zu. Seine Ohren sind noch immer hochrot. In den kommenden neunzig Minuten wird er sicher keinen weiteren Versuch unternehmen, mich auszuquetschen. Also lehne ich mich entspannt auf meinem Stuhl zurück, schlürfe meinen Pumpkin Spice Latte und konzentriere mich auf Anbaumöglichkeiten, die verschiedene Böden zulassen.

Erst als wir unsere Sachen nach der Vorlesung zusammenpacken, schneidet Myles das Thema erneut an.

»Du und Dexter Malone. Das ist endkrass. Ich dachte immer, ihr könnt euch nicht ausstehen. Aber gegen die Liebe bist wohl selbst du machtlos, was?«

Ich nicke und schenke ihm ein kleines Lächeln. »Ganz ehrlich? Ich hätte auch nie gedacht, dass ausgerechnet er meine inneren Schmetterlinge noch einmal zum Leben erweckt.« Die Worte hinterlassen einen schalen Geschmack auf meiner Zunge. Es fühlt sich falsch an, Myles anzulügen. Wir verstehen uns gut. Sind seit unserem ersten Tag an der *Silveroaks Park* befreundet, und ich würde ihm gern die Wahrheit sagen. Aber Dex und ich haben uns darauf geeinigt, nur den engsten Kreis einzuweihen. Nicht mal Polly und Flynn wissen davon. Wieso sollte ich bei ihm dann eine Ausnahme machen? Außerdem würde es den Sinn einer Fake-Beziehung zerstören, wenn jeder Dritte wüsste, dass sie nicht echt ist.

»Egal. Eure Kinder werden so hübsch aussehen.« Myles seufzt, und ich verdrehe die Augen.

»Wir sind erst seit Kurzem ein Paar. Niemand macht sich da Gedanken über Kinder.«

»Na gut. Aber immerhin wurdest du schon offiziell in die Familie aufgenommen, nicht wahr?« Er stößt mich mit der Schulter an, während ich ihn verständnislos anstarre.

»Wovon sprichst du?«

»Ihr seid doch zusammen beim Essen seiner Eltern gewesen.« Myles wackelt mit den Augenbrauen.

Überrascht sehe ich ihn an. »Woher weißt du das?«

Schulterzuckend öffnet der mir die Tür nach draußen. »Klatsch und Tratsch verbreitet sich hier schnell. Solltest du inzwischen ...« Er beendet den Satz nicht, sondern bleibt abrupt stehen. Langsam hebt er den Arm und zeigt auf jemanden auf der gegenüberliegenden Seite des Ausgangs.

»... wissen, ja. Ja, ich weiß. Was hast du denn?« Ich folge seinem Arm mit den Augen und verhindere im letzten Moment, dass mir die Kinnlade nach unten klappt, indem ich mir auf die Unterlippe beiße.

Direkt vor unserem Vorlesungsgebäude lehnt Dex mit verschränkten Armen an einem Baum. Er trägt verwaschene Bluejeans, ein weißes T-Shirt, das sich über seiner Brust spannt und jeder Frau verrät, wie gut er darunter gebaut ist. Die Cap sitzt verkehrt herum auf seinem Kopf. Wie immer sieht er verboten gut aus und als er sich abstößt und mir zuzwinkert, flattert mein Magen aufgeregt. Vor wenigen Minuten habe ich Myles weisgemacht, dass Dex Schmetterlingsflattern in mir auslöst und wollte mir einreden, dass das nicht wahr ist. Jetzt ist er hier und beweist mir das Gegenteil. Ich reagiere durchaus auf seine Anwesenheit. Und so wie es sich anfühlt, sind da nicht nur ein, zwei Schmetterlinge unterwegs, sondern ein ganzer Schwarm.

»Du hast nicht gesagt, dass ihr verabredet seid.« Myles hat seine Stimme wiedergefunden, aber sie klingt heiserer als sonst. Anscheinend gefällt nicht nur mir, was ich da sehe.

»Wusste sie nicht. Es ist eine Überraschung«, entgegnet Dex, als er vor uns steht.

»Hi«, erwidere ich leise und versuche dabei, die neugierigen Blicke der anderen zu ignorieren.

»Hey, Darling«, erwidert er ebenso gedämpft und zieht mich in seine Arme. Mein Herz schmilzt. Wie immer, wenn er diesen Kosenamen benutzt, der mir nichts bedeuten sollte.

Myles gibt ein Geräusch von sich, dass eine Mischung aus verzücktem Seufzen und leisem Aufkreischen ist. Ich hingegen weiß die Situation nicht richtig einzuschätzen. Mein Herz ist immer noch dabei von einem festen Aggregatzustand in einen flüssigen überzugehen, während mein Kopf versucht, zu verstehen, was hier passiert.

»Was tust du da?«, wispere ich. Dex grinst. Seine Lippen kommen meinem Mund dabei gefährlich nah. Sein frischer, warmer Atem trifft meine Haut.

»Ich biete den Zuschauern eine Show, damit sie unsere Beziehung für glaubhaft halten.« Noch bevor ich erwidern kann, dass wir auch ohne öffentliche Liebesbekundungen Gesprächsthema Nummer Eins sind, küsst er mich. Sofort sind meine Einwände weggeblasen, und ich vergesse, etwas gesagt haben zu wollen.

Heute schmeckt er nach Kaffee und einer süßlichen Note, was ich nicht genau einordnen kann. Seine Zunge schiebt sich in meine Mundhöhle und lädt meine zu einem neckischen Spiel ein. Ein zufriedenes

Seufzen verliert sich in seinem Mund, und ich spüre, wie seine Lippen sich zu einem Lächeln verziehen.

Automatisch schmiege ich mich näher an ihn. Merke, wie gut mein Körper in seine Arme passt.

»Nehmt euch ein Zimmer«, gluckst Myles und wird von lautem Grölen begleitet. Langsam löse ich mich von Dex und sehe einen Teil des Footballteams, die uns ungeniert anfeuern.

»Wie unangenehm«, murmle ich und sinke mit der Stirn gegen seine Brust. Dabei spüre ich die Vibration seines Oberkörpers, als er lacht.

»Ich dachte, du wolltest auffallen. Dafür ist der Center der *Silveroaks Snakes* genau richtig.« Er hebt mein Kinn an und zwinkert mir zu, bevor er meine Hand nimmt.

Wir verabschieden uns von Myles und gehen Richtung Parkplatz. Sobald wir außer Hör- und Sichtweite sind, lasse ich ihn los und werfe ihm einen belustigten Blick zu. »Erklärst du mir, was das sollte?«

Wir steigen in seinen Wagen und fahren los. »Ich habe über unser Gespräch nachgedacht. Darüber, dass wir auch anders zeigen können, dass wir ein Paar sind als nur über die körperliche Ebene.«

»Hat ja super funktioniert«, erwidere ich trocken.

Dex lacht. »Das hat sich angeboten. Sag nicht, es hätte dir nicht gefallen.«

Ich beiße mir auf die Unterlippe und bleibe ihm eine Antwort darauf schuldig. Natürlich hat es das. Seine Berührungen lösen immer etwas in mir aus. Mehr als sie sollten. Denn dann vergesse ich, dass unsere Beziehung nicht echt ist, sondern alles nur gespielt ist. Und das ist brandgefährlich. Vor allem, weil wir noch einige Wochen vor uns haben.

Ich räuspere mich. »Worauf wolltest du hinaus?«

Dex lenkt den Wagen auf die Straße, die aus der Stadt raus führt. »Ich weiß, dass es nicht im Vertrag steht, aber wir werden Dates haben.«

»Wie bitte?« Ich habe mich wohl verhört. Sein Schulterzucken sagt anderes.

»Wenn wir nur auf Partys und bei Footballspielen gesehen werden, merken die meisten schnell, dass etwas nicht stimmt. Deshalb hole ich dich, wann immer es mir möglich ist, von den Vorlesungen ab und bringe dich nach Hause.«

Mein Blick gleitet aus dem Fenster. »Dir ist aber klar, dass das nicht der Weg zum Wohnheim ist, oder?«

Er sieht mich mit einer hochgezogenen Augenbraue an. »Natürlich. Wir starten heute mit dem ersten Date.«

»Und wo? Irgendwo im Nirgendwo? Wer soll uns denn da sehen?« Ich verschränke die Arme vor der Brust und versuche, mir nicht anmerken zu lassen, wie nervös mich die Aussicht auf Zeit mit ihm allein macht.

»Bist du immer so anstrengend, wenn dir jemand helfen will?«

»Nein, sonst finden mich alle süß und liebenswert«, entgegne ich und klimpere mit den Wimpern.

Dex verdreht die Augen und hält den Wagen auf einem bereits gut besuchten Parkplatz an. »Damit du nicht weiter nervst: Wir picknicken an einer meiner Lieblingsstellen im Bayou.«

Ich sehe ihm einen Moment hinterher, nachdem er ausgestiegen ist. Mit den Fingerspitzen trommle ich auf meinem Oberschenkel herum. Unsicher darüber, was ich von seiner Eigeninitiative halten soll. Einerseits freut es mich, dass er diese Sache ernst nimmt und sich einbringt. Andererseits übernimmt er gerade die Kontrolle und gibt den Ton an. Überraschenderweise habe ich damit kein allzu großes Problem. Es gefällt mir, macht mich zeitgleich aber nervös. Weil ich nicht weiß, was auf mich zukommt und die Anzahl der vielen Autos zeigt, dass wir doch einige Menschen treffen könnten. Also beeile ich mich, ihm zu folgen.

Dex hat einen Rucksack geschultert und sobald ich bei ihm angekommen bin, gehen wir los.

»Bist du oft hier unterwegs?«, frage ich interessiert, nachdem wir eine Weile schweigend nebeneinander hergelaufen sind.

»Inzwischen nur noch selten. Neben Football, Lernen und Freunden bleibt nicht mehr viel Zeit. Aber manchmal tut es gut, abzuschalten und in die Natur zu verschwinden.«

»Ich hätte dich nicht für einen Naturburschen gehalten«, necke ich und stoße ihn mit der Schulter an. Allerdings treffe ich dabei nicht mal seinen Oberarm, sondern lediglich seinen Ellenbogen. Dex grinst, doch der unbeschwerte Ausdruck verschwindet genauso schnell, wie er gekommen ist.

»Darum geht es heute. Du siehst in mir nur den beliebten und erfolgreichen Footballspieler des Colleges, der reihenweise Frauen abschleppt. Aber das bin ich nicht. Zumindest nicht nur. Mir ist egal, wer uns sieht, sondern ich würde gern, dass wir uns ein bisschen besser kennenlernen. Wenn das hier funktionieren soll, brauchen wir detaillierte Infos übereinander.«

Ich bleibe stehen und sehe ihn an. »Du hast dir darüber wirklich viele Gedanken gemacht.«

Er hält ebenfalls an und erwidert meinen Blick kritisch. »Wenn ich etwas durchziehe, dann richtig.«

Meine Mundwinkel zucken nach oben, und mein Magen macht einen kleinen Salto. »Das gefällt mir«, murmle ich und bemerke, wie er sich daraufhin merklich entspannt.

»Gut.« Dex lächelt, und wir setzen unseren Weg fort. Es dauert noch eine Weile, bis wir den Zielort erreichen, doch wie schon in New Orleans genieße ich das einvernehmliche Schweigen.

»Wir sind fast da. Mach die Augen zu. Ich will, dass du die Magie des Ortes mit einem Mal siehst.« Er hält mir seine Hand hin, die ich, ohne zu zögern ergreife, bevor ich die Augen schließe.

Sofort werden meine anderen Sinne schärfer. Ich spüre den kühlen Wind deutlicher auf meiner Haut. Höre das Herabfallen der Blätter, als wären es Donnerschläge, die den Himmel erschüttern. Dex' Duft wird intensiver und mein Händedruck fester, als wir erneut beginnen, uns zu bewegen.

»Du passt aber auf, dass ich nicht stolpere, oder?«

Sein tiefes Lachen hallt in meinen Ohren wider. »Ich würde dich jederzeit auffangen, wenn du fällst«, verspricht er und gibt mir dadurch die nötige Sicherheit, ihm zu folgen. Ein angenehmes Kribbeln geht von unseren Händen aus und breitet sich über meinen Arm im ganzen Körper aus. Wie tausend kleine Ameisen, die mir über die Haut krabbeln. Selbst Jack hat es nicht geschafft, dass ich auf eine simple Berührung so reagiere. Wieso passiert es dann bei Dex? Bei demjenigen, mit dem ich lediglich vorgebe, in einer Beziehung zu sein, um meinen Ex-Freund davon zu überzeugen, ebenfalls einen Schritt weiter gegangen zu sein. Nicht mehr in der Vergangenheit festzustecken. Ich weiß, dass es kein Wettbewerb ist, wer schneller über den anderen hinweg kommt, aber als ich ihn und Cece in New Orleans gesehen habe, hat es sich genauso angefühlt. Als wäre er der Sieger und ich die Verliererin.

»Da wären wir.« Er lässt mich los. Augenblicklich verschwindet die Wärme, die mich eben noch geflutet hat, und meine Hand wird kalt. Am liebsten würde ich wieder nach ihm greifen, doch dann spüre ich ihn hinter mir und atme erleichtert aus. Sein Atem streift meinen Nacken und verursacht mir eine Gänsehaut. Mit seinen Händen streicht er über meine Seiten und platziert sie an meiner Hüfte. Ich unterdrücke ein Schaudern. Seine Nähe lässt mein Herz einen Marathon laufen. Es ist nicht gut, dass er so was in mir hervorruft. Ich sollte mich nicht danach sehnen, wieder von ihm berührt zu werden. Weil unsere Beziehung nicht echt ist. Es ist alles nur gespielt. Deshalb haben wir die Regeln aufgestellt. Damit ich mich daran erinnere, und trotzdem schafft Dex es immer wieder ein Schlupfloch zu finden. Berührungen waren nicht explizit verboten.

»Mach die Augen auf.« Ich folge seiner geflüsterten Anweisung und sehe auf einen langen Holzsteg, der so weit reicht, dass ich das Ende nicht erkenne. Rechts und links davon sind riesige Bäume, die sich aus den sumpfigen Mooren emporstrecken. Es ist wunderschön.

»Wie hast du diesen Ort gefunden?« Dex holt eine Decke aus dem Rucksack und breitet sie auf dem wettergegerbten Holz aus.

»Durch Zufall. Ich bin beim Wandern falsch abgebogen und plötzlich stand ich hier. Um ehrlich zu sein, glaube ich, dass niemand diesen Ort findet. Außer derjenige verirrt sich. Meistens habe ich den Steg für mich.« Er reicht mir ein in braunes Papier gewickeltes Brot, das sich als Sandwich entpuppt. Begeistert beiße ich hinein und stöhne entzückt auf.

»Das schmeckt gut. Hast du die gemacht?« Er schüttelt den Kopf.

»Im *Murphy's* gekauft. Bei mir brennen sogar Nudeln an. Kannst du kochen?«

»Grandma hat es mir früh beigebracht. Sie hat zwar immer versucht, pünktlich zu Hause zu sein, aber es gab viele Tage, an denen ich für mich selbst sorgen musste.«

Dex reicht mir eine Flasche Wasser und sieht mich dabei nachdenklich an. »Klingt, als wärst du früh erwachsen geworden. Was ist mit deinen Eltern?«

Ich lege das Sandwich beiseite und falte die Hände ineinander. Dieses Date dient dazu, dass wir mehr übereinander erfahren. Dazu gehören auch die weniger schönen Seiten des Lebens.

»Meine Eltern sind gestorben.«

Dex schluckt. Sein Blick wiegt schwer auf mir.

»Das wusste ich nicht. Tut mir leid. Was ist passiert?«

»Mom hat plötzlich keine Luft mehr bekommen. Also hat Dad sie ins Krankenhaus gebracht. Dort haben die

Ärzte eine Lungenembolie festgestellt. Ein keines Blutgerinnsel hat ihre Arterie verstopft. Sie haben zwar versucht, sie zu retten, aber es war leider zu spät.«

»Scheiße.«

»Dad ist im vorletzten Jahr meiner High School Zeit gestorben. Er wollte morgens die Ställe ausmisten und als er nicht zurückgekommen ist, hat Grandma nachgesehen. Er lag tot in einer der Boxen. Der Notarzt meinte, es wäre ein plötzlicher Herztod gewesen. Wir hätten nichts machen können, außer er wäre direkt neben uns zusammengebrochen.« Ein dumpfes Ziehen breitet sich in meiner Brust aus. Es ist eine Erinnerung an den Schmerz, der damals so übermächtig gewesen ist, dass ich dachte, darunter zu zergehen.

»Dir fällt es leicht, darüber zu sprechen. Zumindest macht es den Eindruck. Wie hast du es geschafft, an diesen Punkt zu kommen?« Dex klingt ehrlich interessiert. Ein winziges Lächeln umspielt meine Lippen, während ich die Wasserflasche in meinen Händen drehe.

»Jahrelange Therapie. Viele Gespräche mit Grandma und meinen Freunden. Es war nicht immer einfach. Bei Moms Tod war ich noch jünger. Da war es leichter, damit umzugehen, weil ich mir nicht viele Gedanken darüber gemacht habe. Bei Dad ... sein Tod hat sich angefühlt, als hätte jemand einen Teil von mir rausgerissen und mitgenommen. Ergibt das Sinn?«

Dex nickt. Er greift nach meiner Hand und drückt sie sanft. »Das tut es definitiv.« Unser Gespräch hat eine schwere Wendung genommen, trotzdem fühlt es sich zeitgleich befreiend an. Ich spreche inzwischen kaum noch über die Verluste in meinem Leben. Ich habe sie akzeptiert und gelernt, mein Leben weiterzuführen.

Durch Dex werde ich jetzt daran erinnert, dass es manchmal guttut, über Vergangenes zu sprechen. Auch wenn es keine schönen Dinge sind.

»Erzähl mir ein bisschen was von dir und deinen Zukunftsplänen. Siehst du dich lediglich in der Pflicht, die Destillerie zu übernehmen, weil Will es nicht mehr kann? Als Zweitgeborener wärst du ein logischer Nachfolger.« Ich beiße von meinem Sandwich ab und sehe ihn abwartend an. Dex schnaubt.

»Ganz ehrlich? Ich will von einem großen Verein eingekauft werden, um professionell Football zu spielen. In meine Augen sollte die Firma trotzdem an Will gehen, aber ...« Dex sieht mich nicht an. Stattdessen zerpflückt er das Papier seines Sandwiches. Mir ist klar, dass dieses Thema nicht besser ist als der Tod meiner Eltern. Trotzdem würde es mir helfen, wenn er mir davon erzählt. Dadurch könnte ich besser verstehen, wie er tickt.

»Hmm?«

Er seufzt. »Will liebt die Destillerie und dass er sich in der Produktion und im Marketing kreativ ausleben kann. Dann kam der Unfall und hat alles verändert.«

Ich rutsche näher an ihn heran und lege ihm die Hand aufs Knie. »Was ist passiert?«, frage ich leise.

Dex senkt den Blick.

»Er sollte mich von einer Party abholen. Sein bester Freund war auch dabei. Ich wollte noch nicht gehen. Also haben die beiden beschlossen zu bleiben. Es wurde immer später und irgendwann hatten wir die Idee zu schwimmen. Das Haus steht an einem riesigen See. Ein paar Mädchen aus meiner Stufe haben mit Will geflirtet, und es hat ihm gefallen, im Mittelpunkt zu stehen.

Sonst war er immer eher zurückhaltend. Ich war derjenige, der aufgefallen ist.« Er stockt und schluckt.

»Will und ich sind zusammen auf ein paar Felsen geklettert. Von dort aus wollten wir springen. Ich habe angefangen und einen Salto gemacht. Wir sind Brüder. Was der eine konnte, musste der andere überbieten. Will war sportlich. Er hätte problemlos einen doppelten Salto vollführen können, aber er hat die zweite Drehung nicht beendet. Er ist mit dem Kopf voran ins Wasser gestürzt und nicht mehr aufgetaucht. Das war der schrecklichste Moment in meinem Leben.« Inzwischen haben seine Finger sich um meine Hand geschlossen. Er drückt so fest zu, dass es wehtut, aber das ist mir momentan egal. Wenn ich der Halt bin, den er gerade braucht, dann bin ich für ihn da. Mit anzusehen, wie der eigene Bruder verunfallt, muss furchtbar sein.

»Meine Freunde und ich haben ihn rausgezogen. Er hatte eine schlimme Kopfverletzung und war bewusstlos. Im Krankenhaus wurde er in ein künstliches Koma versetzt. Er hatte viel Wasser geschluckt, und es war unklar, wie lange er ohne Sauerstoff gewesen ist. Außerdem hat er sich drei Halswirbel gebrochen, die ihn vom Hals abwärts gelähmt haben. Mom und Dad geben mir bis heute die Schuld dafür. Wenn ich direkt eingestiegen und er nicht noch geblieben wäre ...«

»Nein, so darfst du nicht denken. Er hätte genauso gut ohne dich fahren können. Es war Wills Entscheidung zu bleiben und in diesen See zu springen. Ein schrecklicher Unfall mit tragischen Folgen. Aber es war ganz sicher nicht deine Schuld.« Mit der freien Hand hebe ich sein Kinn an und zwinge ihn, mich anzugucken. Schmerz, Schuld und die Schatten der Erinnerungen toben in seinen Augen. Es tut mir beinahe körperlich weh, ihn so zu sehen.

»Verstehst du, weshalb ich das Erbe antreten muss? Egal, ob ich will oder nicht?« Seine Stimme klingt heiser.

»Ein bisschen besser, ja. Aber ich bin der Meinung, dass du es nicht tun solltest, weil du dich dazu verpflichtet fühlst. Außerdem finde ich es unmöglich, dass deine Eltern dir das Gefühl geben, Schuld zu tragen!«

Dex' Mundwinkel zucken. Eine minimale Bewegung, woraufhin ich erleichtert aufatme.

»Hat dir schon mal jemand gesagt, dass du wie eine Löwin bist?« Sein Griff um meine Hand lockert sich. Insgesamt scheint die Anspannung von ihm abzufallen.

»Nein, bisher nicht.« Plötzlich streicht er mir eine verirrte Strähne aus dem Gesicht. Seine Finger hinterlassen dabei eine angenehm warme Spur auf meiner Haut und ein Kribbeln, an das ich mich gewöhnen könnte.

»Kommen wir mal zu den leichteren Themen. Ich stelle dir fünf Fragen, und du musst mit dem ersten Gedanken, der dir in den Kopf kommt, antworten. Danach bist du dran.« Ich suche mir eine bequeme Sitzposition und nicke als Zeichen, dass ich bereit bin, anzufangen.

»Lieblingsmusikrichtung?«

»Country.«

Dex verdreht die Augen. »War klar. Lieblingseissorte?«

»Stracciatella.«

Jetzt verzieht er das Gesicht. »Die langweiligste Sorte auf der ganzen Welt. Was sagt das über dich aus?«

Ich strecke ihm die Zunge raus. »Stracciatella ist super. Du weißt nur nicht, was gut ist.«

»Wie du meinst … Was wärst du geworden, wenn du nicht studiert hättest?«

»Tänzerin«, entgegne ich verträumt und denke an die vielen schönen Momente zurück, die ich dadurch hatte.

»Wirklich? Ich habe dich noch nie tanzen sehen.« Dex' Augenbrauen schießen in die Höhe und bringen mich zum Lachen.

»Ich bin sehr gut in lateinamerikanischen Tänzen. Früher wollte ich immer zu *Dancing with the Stars* und wenn ich weitergemacht hätte, wäre das vielleicht sogar möglich gewesen.« Meine Stimme nimmt einen sehnsüchtigen Unterton an beim Gedanken an diese Zeit meiner Vergangenheit.

»Weshalb hast du aufgehört?« Dex klingt ehrlich interessiert.

»Es war ein großes Streitthema zwischen Jack und mir. Er mochte meinen Tanzpartner nicht und die Tatsache, dass wir bei den Proben viel Zeit miteinander verbracht haben, ist ihm übel aufgestoßen. Dann ist Dad gestorben und na ja … da hatte ich andere Probleme, als Profitänzerin zu werden.« Ich ziehe eine Grimasse.

»Jack ist ein Idiot«, grummelt Dex und bringt mich dadurch zum Lachen.

»In einigen Punkten definitiv, ja.«

»Favorisierte Bestellung bei Polly?« Dex nimmt seine kleine Fragerunde wieder auf.

»Im Herbst Pumpkin Spice Latte. Im Winter Cinammon Latte. Im Frühjahr einen stinknormalem Latte Machiato und im Sommer einen Iced Latte.«

Dex schmunzelt.

»Du stehst auf Latten, hm?« Ich vergrabe mein Gesicht in den Händen und stöhne. Das hat er nicht gesagt?

»Ist das deine fünfte Frage?« Herausfordernd sehe ich ihn an. Dieses Spiel kann ich auch.

»Nein! Vergiss das. Ich würde lieber wissen, mit wem du deinen ersten Kuss hattest.« Die Andeutung meines triumphierenden Grinsens verblasst. Stattdessen durchzuckt ein schmerzhafter Blitz meine Brust.

»Als ich vierzehn war mit Jack auf dem Heuboden unserer Scheune.« Ich lächle schwach. Auch wenn die Erinnerung schön ist, schmerzt alles, was mit Jack zu tun hat noch immer. Selbst nach einem Jahr Trennung. Er war meine erste große Liebe. Der Mann, von dem ich sicher war, den Rest meines Lebens mit ihm zu verbringen. Wir hatten Zukunftspläne. Wollten irgendwann Kinder.

»Entschuldige. Ich wollte dich nicht in Verlegenheit bringen.« Dex verzieht das Gesicht.

»Hast du nicht, keine Sorge. Das Ende unserer Beziehung war hässlich. Inzwischen denke ich nur noch ungern an unsere gemeinsame Zeit, auch wenn sie überwiegend schön war.« Schulterzuckend drehe ich die halb leere Wasserflasche in meinen Händen, als ein Lachen ertönt. Ein Lachen, das mir allzu vertraut ist.

Zwei Personen erscheinen auf dem Steg. Ein Mann und eine Frau. »Wenn ich es dir doch sage, Jack. Wir haben uns verlaufen!«

»Das ist jetzt nicht wahr«, murmle ich und auch Dex' Gesicht verdunkelt sich, als er bemerkt, wer auf uns zukommt. Wahrscheinlich habe ich einmal zu oft an meinen Ex gedacht und plötzlich taucht er an dem Ort auf, der sonst nur zufällig entdeckt wird.

»Ruby! Dexter! Wie schön euch zu sehen.« Cece strahlt, und ich komme nicht umhin, zu bemerken, dass ihr Bauch wieder etwas größer geworden ist. Erinnerungsfetzen blitzen auf, die Umgebung um mich herum verschwimmt und plötzlich höre ich wieder den Song, der damals im Radio lief, als ich panisch versucht habe, meinen Wagen auf der Straße zu halten. Ein lautes Krachen hallt in meinen Ohren wider. Das Geräusch eines Autos, das auf einen Baum trifft.

»Hi Cece«, murmle ich und versuche krampfhaft, meine Gedanken im Hier und Jetzt zu behalten. Dex tastet nach meiner Hand und sobald sich unsere Finger berühren, erfüllt mich eine herrliche Ruhe. Sie breitet sich wie ein Schutzschild in mir aus und schirmt mich von allen negativen Gefühlen ab, die Jack in mir auslöst.

»Seid ihr morgen bei dem Filmfestival auf dem Campus? Ich habe gehört, es soll wunderschön und romantisch sein.« Dex und ich tauschen einen unauffälligen Blick und nicken uns kaum merklich zu.

»Nein«, antworte ich fest.

»Ja«, entgegnet Dex inbrünstig. An der nonverbalen Kommunikation müssen wir dringend arbeiten.

»Wir sind offensichtlich noch unschlüssig«, erkläre ich mit gezwungenem Lächeln.

»Dabei liebe ich Filme und versuche, Ruby dafür zu begeistern.« Dex zwinkert mir zu. Mein Magen schlägt einen Salto.

»Viel Glück. Sie ist mehr der Serienjunkie. Bei Filmen schläft sie immer ein«, wirft Jack ein. Ich beiße die Zähne aufeinander und ärgere mich darüber, dass er recht hat.

»Menschen ändern sich«, entgegne ich kühl.

»Du dich diesbezüglich nicht.« Reflexartig drücke ich Dex' Hand fester, sonst wäre ich aufgesprungen und hätte Jack ins Wasser geschubst, in der Hoffnung, dass ihn ein Alligator frisst.

»Wir kommen«, beschließe ich spontan und spüre Dex' Blick auf mir.

»Super, dann sehen wir uns sicher. Bis morgen!« Cece winkt uns übertrieben freundlich zu, bevor die beiden ihren Weg fortsetzen.

»Verrätst du mir, was das gerade war?« Dex' Augenbrauen schießen in die Höhe.

»Eine Impulshandlung.« Ich seufze und massiere mir mit Daumen und Zeigefinger die Nasenwurzel.

»Mir gefällt die impulsive Ruby.« Seine Stimme wird rauer. Dunkler. Jagt mir eine Gänsehaut über den Körper.

»Gewöhn dich nicht zu sehr an sie. Nur Jack bringt diesen Teil in mir zum Vorschein.« Ich sehe auf, und Dex ist mir auf einmal ganz nah.

»Das ändere ich. Du wirst dich wundern, wie schnell *ich* diese Seite aus dir herauskitzle.« Sein Blick ist so intensiv, dass ein heißer Schauer meine Wirbelsäule hinabläuft. Seine Worte klingen ziemlich ernst gemeint, dass ich mich mal wieder frage, ob Dex unseren Deal auch manchmal vergisst. Oder spielt er lediglich ein gefährliches Spiel?

Kapitel 11

»Mr. Miller, denken Sie dran, Ihre Hüfte mehr zu bewegen. Soweit ich weiß, haben Sie noch Ihre eigene.«

Er macht eine lasche Handbewegung, um meinen Einwand beiseite zu wischen und konzentriert sich dann wieder auf die Schrittfolge seiner Rumba. Wenn ich in einem Seniorenheim leben würde, in dem ein Tanzkurs angeboten wird, hätte ich mich sicher nicht für Rumba angemeldet. Über die Hälfte meiner Teilnehmer haben künstliche Hüftgelenke, und dieser lateinamerikanische Tanz lebt von der charakteristischen Bewegung einer lockeren Hüfte. Aber die Heimleitung wollte etwas Ausgefallenes anbieten und da kam meine Tanzexpertise genau zum richtigen Zeitpunkt.

»So, noch mal von vorn! Die Herren starten nach rechts und die Frauen nach links. Eins, zwei, drei und Schritt zur Seite. Rückwärts treten, wieder zur Seite und nach vorn. Ja, super! Wieder zur Seite und an die Hüften denken, meine Lieben!«

Amüsiert beobachte ich die sechs Tanzpaare. Die Schrittfolge kann jeder von ihnen perfekt, jetzt muss noch mehr Schwung dazu. Ein Blick auf die Uhr zeigt allerdings, dass dafür heute keine Zeit bleibt. Als ich gestern für dieses blöde Filmfestival zugesagt habe, hatte ich komplett vergessen, dass ich vorher noch eine Tanzstunde gebe.

»Das war's für heute. Sie haben das alle klasse gemacht!« Ich klatsche in die Hände und lächle jeden der Reihe nach an, bevor ich zu meiner Tasche gehe und damit im Gäste-WC verschwinde. Dort tausche ich Leggings gegen Jeans, das dünne Funktionsshirt gegen einen Pullover, worüber ich meine geliebte braune Fransenjacke ziehe. Die Turnschuhe weichen Cowboystiefeln und so mache ich mich auf den Weg zum Campus.

Nebenbei texte ich Dex, dass ich in etwa zehn Minuten da bin und er einen Platz freihalten soll. Am liebsten würde ich noch einen kurzen Stopp bei Polly einlegen, um mir einen Kaffee zu besorgen, aber das würde zu lange dauern. Hoffentlich verkaufen sie auf dem Campus welchen, sonst könnte es wirklich passieren, dass ich einschlafe.

Bereits am Eingang entdecke ich Dex. Er trägt heute dunkle Hosen, einen Rollkragenpullover und darüber einen langen, braunen Mantel, der ihm direkt ein anderes Auftreten verleiht. Von dem erfolgreichen Footballer, der sonst eher in Jeans und T-Shirt rumläuft, ist nichts mehr zu sehen. Jetzt wirkt er vielmehr wie der reiche Sohn eines Whiskeyvertreibers aus New Orleans.

»Hey! Du hättest nicht auf mich warten müssen.« Ich lächle ihn an und versuche, die leise Stimme in mir zu ignorieren, die in Dauerschleife flüstert, wie sehr ich mich insgeheim darüber freue.

»Schon gut. Die anderen halten uns einen Platz frei.«

»Die anderen?« Irritiert sehe ich ihn an, weshalb er sich verlegen am Hinterkopf kratzt.

»O nein. Sag nicht, wir sitzen mit Jack und Cece zusammen. Das halte ich nicht den kompletten Abend aus!« Ich bin kurz davor auf dem Absatz kehrtzumachen und die Flucht zu ergreifen. Sich mal ein paar Minuten mit beiden zu unterhalten ist die eine Sache, aber ihnen mehrere Stunden ausgeliefert zu sein? Das überlebe ich nicht.

Dex muss die Bestürzung in meinem Gesicht gesehen haben, denn auf einmal bricht er in schallendes Gelächter aus.

»Nein, keine Sorge. Ich meinte Polly, Flynn, Eliza und Connor.« Er gluckst und schnappt sich meine Hand, bevor ich ausholen und ihm eine reinhauen kann. Wie konnte er mir einen derartigen Schreck verpassen?

Noch immer leicht geschockt folge ich ihm durchs Getümmel, doch je näher wir unseren Freunden kommen, desto entspannter werde ich.

»Warte, ich brauche einen Kaffee, bevor es losgeht!« Suchend sehe ich mich nach einem Stand um und werde langsamer. Dex achtet nicht auf meinen Einwand, sondern zieht mich gnadenlos weiter.

»Ist schon da.«

»Was?«, frage ich wenig intelligent und stolpere hinter ihm her.

»Dein Kaffee. Eliza meinte vorhin, dass du einen stressigen Tag hattest und direkt von deinem Nebenjob kommst. Da habe ich dir einen Cinammon Latte mitgebracht.«

»Einen Cinammon Latte?«

Er nickt. »Halloween ist vorbei. Damit ist in meinen Augen die Pumpkin Spice Latte Saison beendet.« Trotz der kühlen Temperaturen wird mir plötzlich warm. Es ist nur ein Kaffee, aber es zeigt, dass er sich meine Antworten aus unserem kleinen Spiel gestern gemerkt hat.

»Danke.« Er bleibt stehen und lächelt mich an. Wieder beginnt es in meinem Magen zu flattern und hört nicht auf, als wir bei unseren Freunden ankommen. Dex drückt mir den warmen Becher in die Hand und lässt sich hinter mir nieder, sodass ich zwischen seinen Beinen sitze. Eliza zwinkert mir zu und reckt begeistert den Daumen in die Höhe.

Ich grinse und schlürfe von meinem Kaffee, als mir zwei duftende Tüten unter die Nase gehalten werden. Dieses Aroma vermischt sich mit Dex' Parfum und ergibt eine Duftkombination, die süchtig macht. Für einen Moment schließe ich die Augen und atme tief ein, um diesen Geruch für immer in meinem Gedächtnis abzuspeichern. Ich verbinde Düfte gern mit schönen Momenten. So kann ich mich immer daran erinnern, wenn er mir wieder in die Nase kommt. Falls es so etwas wie ein Geruchsgedächtnis gibt, habe ich eine ausgeprägte Version davon.

»Ich wusste nicht, ob du dein Popcorn süß oder salzig isst. Deshalb habe ich beides gekauft.« Dex' Lippen streifen mein Ohr, und ich schlucke. Seine Nähe vernebelt meine Sinne, weshalb ich Gefahr laufe, alles andere um mich herum zu vergessen.

»Salziges Popcorn essen nur Serienmörder«, entgegne ich, nachdem ich mich geräuspert habe und ihm die rot-weiß gestreifte Tüte mit dem süßen Popcorn abnehme.

»Dann bist du wohl mit einem zusammen.« Connor grinst. Er hat eindeutig Spaß dabei Teil dieses Spiels zu sein. Ich sehe Dex über die Schulter hinweg an. Er zwinkert mir zu und schiebt sich eine Handvoll davon in den Mund.

»Keine Sorge, Darling. Dich bringe ich nicht um.«
Selbst mit einer Ladung Popcorn zwischen den Zähnen
klingt der Kosename aus seinem Mund noch immer anbetungswürdig. Eine wohlige Wärme breitet sich von
meiner Brust in den gesamten Körper aus. Werde ich
mich je daran gewöhnen, dass er mich so nennt?

»Moment mal. Ich dachte, es wäre ein Scherz, als ihr
meintet, dass Dex mit Ruby kommt. Seid ihr echt ein
Paar?« Flynn sieht mit großen Augen zwischen uns allen hin und her. Ich nicke und lehne mich gegen Dex'
Brust.

»Hinter welchem Baum lebst du denn? Das weiß inzwischen das ganze College.« Polly verdreht die Augen
und bringt mich damit zum Lachen.

Nur wenige Augenblicke später beginnt der Film.
»Was sehen wir uns eigentlich an?«, raune ich Eliza zu.
Soweit ich weiß, sind überall auf dem Campus Lein-
wände verteilt, wo Filme aus verschiedenen Genres gezeigt werden.

»*Für immer Liebe* mit Channing Tatum und Rachel
McAdams«, seufzt sie verzückt.

»Und worum geht es?« Der Titel kommt mir zwar
vage bekannt vor, aber den Inhalt kenne ich nicht.

»Die beiden sind verheiratet und haben einen Auto-
unfall, bei dem sie ihr Gedächtnis verliert. Dementsprechend erinnert sie sich auch nicht mehr an ihn oder
ihre Ehe. Also versucht er alles, damit sie sich wieder in
ihn verliebt.« Klingt traurig, romantisch und vorher-
sehbar. Aber gut, vielleicht überrascht mich der Film.

Ich halte bis zu der Stelle durch, wo Tatum einen
streunenden Kater bei sich aufnimmt, dann übermannt mich die Müdigkeit. Selbst der Kaffee kann

nichts mehr ausrichten und so kuschle ich mich tiefer in Dex' Arme und schlafe ein.

Erst durch ein Kitzeln an meiner Nase wache ich wieder auf. Ich niese und sehe danach in amüsiert funkelnde matschgrüne Augen.

»Jack hatte Recht. Du bist die schrecklichste Partnerin zum Filme gucken auf der Welt.«

Irritiert blinzle ich ein paar Mal. Auf der Leinwand läuft der Abspann. Rechts und links von mir schluchzen Polly und Eliza um die Wette.

»Tut mir leid«, erwidere ich und ärgere mich, dass Jack mal wieder richtig lag.

»Muss es nicht. Dir beim Schlafen zuzugucken, war deutlich interessanter als der Film.«

»Das ist gruselig.«

Dex grinst und steht auf, bevor er mich auf die Füße zieht. »Na, komm. Ich bring dich nach Hause.« Er macht Anstalten loszulaufen, doch ich bleibe stehen.

»Es ist nicht weit bis zum Wohnheim. Du kannst auch mit Connor und Eliza gehen.«

Dex verdreht die Augen. »Führen wir diese Diskussion jetzt jedes Mal? Ich bringe dich nach Hause. Das gehört bei einem Date dazu. Auch wenn es fake ist.« Den letzten Satz sagt er leiser, damit die anderen ihn nicht hören.

»Okay.« Für einen Augenblick habe ich überlegt, eine ähnliche Diskussion anzufangen wie in der Nacht nach der Halloween-Party. Genau wie damals wäre es unsinnig, wenn er mich begleitet. Aber inzwischen weiß ich, wie stur Dex ist und dass er so lange meine Argumente entkräftet, bis ich schließlich nachgebe. Also beginne ich gar nicht erst große Einwände zu erheben. Ich umarme Eliza und Polly zum Abschied, bevor wir uns unter die Studierenden mischen. Es ist so viel los, dass ich mich irgendwann bei Dex unterhake, um ihn nicht zu verlieren. Doch auch nachdem wir die Menschenmassen hinter uns gelassen haben, lasse ich ihn nicht los.

Die Straßenlaternen leuchten uns den Weg zum Wohnheim. Wir gehen langsam, weshalb uns immer wieder andere Leute überholen. Schon bald kommt mein Wohnkomplex in Sicht. Unser Spaziergang hat keine zehn Minuten gedauert, und ich will nicht, dass er endet.

»Ich glaube mir stehen noch fünf Fragen zu, die du mir beantworten musst«, erinnere ich ihn.

»Dann schieß mal los.« Er grinst und erwidert meinen Blick abwartend.

Für einen kurzen Moment sehe ich ihn nachdenklich an. »Was ist dein Lieblingsessen?«

»Einfache Sache: Das Jambalaya von meinem Grandpa.«

»Deine Lieblingsbestellung im *Murphy's*?« Dex schürzt die Lippen und kratzt sich hinterm Ohr.

»Das ist schwieriger. Entweder das Chicken-Curry-Sandwich oder der Hausburger. Ist beides gut.« Wir kommen bei mir an, und ich gehe zwei Stufen nach oben, um mit ihm auf Augenhöhe zu sein.

»Dein Lieblingsfilm?«

Seine Mundwinkel zucken. »Ich habe keinen. Serien finde ich besser.«

Erstaunt sehe ich ihn an. »Aber gestern hast du gesagt, dass du mich davon überzeugen willst.«

Jetzt lacht er leise. »Nur, um Jack eins auszuwischen. Da wusste ich nicht, dass du Serien ebenfalls lieber magst.«

»Du bist echt unglaublich«, murmle ich kopfschüttelnd.

»Unglaublich gerissen und charmant, ich weiß.«

Genervt verdrehe ich die Augen. »Nächste Frage: Was ist deine Lieblingseissorte?«

»Vanille. Schlicht, klassisch, lecker.«

»Nicht dein Ernst? Du verurteilst mich für Stracciatella und antwortest dann mit Vanille? Ich glaub es nicht!« Dex lacht und stützt sich mit den Händen am Treppengeländer ab.

»Es hat mir gefallen, wie du dich darüber aufgeregt hast. Da musste ich weiter sticheln.«

»Hm. Letzte Frage. Wer war deine High School Liebe?« Für einen Bruchteil der Sekunde habe ich ihn aus dem Konzept gebracht, und er sieht mich argwöhnisch an.

»Warum willst du das wissen?«

Ich zucke mit den Schultern.

»Du kennst Jack. Da werde ich wohl den Namen deiner ersten großen Liebe erfahren dürfen.«

Dex beißt sich auf die Unterlippe. Sein Verhalten kommt mir merkwürdig vor. Sonst ist er um keine Antwort verlegen. Wieso ziert er sich ausgerechnet jetzt, wenn es um einen simplen Namen geht?

Als er nach einer gefühlten Ewigkeit noch immer nichts gesagt hat, werfe ich genervt die Hände in die Luft. »Stell dich nicht so an. Ich kenne sie sowieso nicht.«

»Doch tust du.«

»Was?«

Er seufzt und weicht meinem Blick aus. Spätestens jetzt weiß ich, wer es ist.

»Bella«, flüstere ich und gehe eine weitere Stufe nach oben. Diesmal, um den Abstand zwischen uns zu vergrößern. »Es ist Bella.«

»Ja. Ich meinte ja, dass es kompliziert ist.«

Ich fühle mich, als hätte jemand einen Kübel Eiswasser über mir ausgeleert.

Bella und Dex.

Dex und Bella.

Die On-off-Beziehung der *Silveroaks Park* hat ihren Ursprung in der High School. Und ich bin neidisch. Darauf, was Dex und Bella für eine Verbindung haben. Eine Beziehung, die über Jahre hinweg anhält, weil sie nicht ohneeinander können. Dagegen komme ich niemals an.

»Wieso wolltest du es mir nicht sagen?« Meine Gedanken überschlagen sich, und meine Gefühle fahren Achterbahn. Ich bin enttäuscht, weil er es mir nicht direkt verraten hat. Dabei habe ich ihm nie einen Grund gegeben, mir nicht zu vertrauen. Ich bin auf unerklärliche Weise eifersüchtig, obwohl ich es nicht sein darf. Dex und ich sind nicht echt, auch wenn es bereits Momente gab, in denen ich das leicht vergessen konnte. Wir führen eine Beziehung auf Zeit. Haben ein Ablaufdatum, was mich plötzlich mehr beschäftigt, als es sollte.

Wir sind nicht echt.

Nicht echt. Nicht echt. Nicht echt.

Nicht für die Zukunft gemacht. Lediglich zwei Menschen, deren Weg sich gekreuzt hat und die sich bald wieder trennen.

»Manchmal fällt es mir schwer, darüber zu sprechen«, gibt er schulterzuckend zu. »Vor allem mit dir.«

»Warum? Weil du Gefühle für sie hast?« Die Art, wie er meinem Blick ausweicht, zeigt, dass ich Recht habe. Dexter Malone, der umschwärmte Footballstar des Colleges, ist nicht in der Lage zuzugeben, dass er Gefühle für seine Ex-Freundin hat. Warum in Dreiteufelsnamen hat er sich dann auf unseren Deal eingelassen?

Seufzend wende ich mich zum Gehen. »Gute Nacht, Dex. Danke fürs nach Hause bringen.« Bevor ich die nächste Stufe betrete, hält mich eine große, warme Hand zurück.

»Du bist sauer.« Es ist keine Frage, sondern eine Feststellung.

»Nein, bin ich nicht.« Höchstens auf mich. »Nur müde und ...« Ja, was? Enttäuscht? Verletzt? Verwirrt, weil ich meine Gefühle ihm gegenüber nicht einordnen kann.

»Warum gehst du dann?« In seinen Augen blitzt Unverständnis auf.

»Habe ich doch gesagt. Ich bin müde. Es war ein anstrengender Tag.« Ich sehne mich inzwischen nach den sicheren vier Wänden meiner Wohnung. Dort kann ich zur Ruhe kommen. Meinen Gedanken nachhängen und mir darüber klar werden, was das zwischen uns ist.

»Du hast die Hälfte des Films verpennt.« Aus Dex' Worten wird deutlich, dass er mir nicht glaubt. Verdammt. Ich glaube mir ja selbst nicht.

»Schlaf gut«, murmle ich, aber Dex lässt mich nicht los.

»Ruby.« Die Art, wie er meinen Namen ausspricht, jagt mir einen Schauer über den Rücken. Es hindert mich daran, mich loszureißen und ins Wohnheim zu stapfen. »War das unser erster, großer sinnloser Streit?« Ich bemerke sein kurzweiliges Lächeln, das für einige Sekunden anhält.

»Nein, weil es keinen Grund gibt, weshalb wir streiten sollten.«

Verwirrt zieht Dex die Augenbrauen zusammen.

»Es hat sich aber danach angefühlt.« Sanft löse ich seine Finger von meinem Handgelenk und halte sie fest.

»Es ist kein Streit, weil es mir egal ist, ob du noch Gefühle für Bella hast.«

Lüge. Lüge. Lüge.

Es laut auszusprechen, hilft mir dabei, es zu glauben. Seine Gesichtszüge verhärten sich.

»Hör zu, ich habe keine ...«

»Wir haben eine Geschäftsbeziehung«, fahre ich trotz seines Einwands fort und ignoriere das heftige Klopfen meines Herzens. »Mehr nicht. Spätestens im neuen Jahr gehen wir wieder getrennte Wege. Es ist nicht echt, auch wenn es leicht ist, das zu vergessen.« Mit zwei Schritten ist er bei mir. Die Arme stützt er auf dem Treppengeländer rechts und links von mir ab.

»Fühlt sich das für dich unecht an?« Ich schlucke und versuche, seinem Blick auszuweichen, doch seine matschgrünen Augen nehmen mich gefangen. Es gibt kein Entkommen. Ich bin ihm vollkommen ausgeliefert.

»Dex ...« Meine Stimme bricht. Er ist zu nah. Zu viel. Zu Dex.

Und ich bin Ruby. Zu distanziert. Zu verletzt. Zu gezeichnet. Nicht mehr in der Lage, mich zu verlieben.

Denn Liebe bedeutet Schmerz und davon hatte ich genug im Leben.

»Gute Nacht«, flüstere ich ein weiteres Mal, ohne ihm eine Antwort auf seine Frage zu geben.

»Schlaf gut«, erwidert er ebenso leise und gibt mich endlich frei.

Langsam entfernt er sich von mir und bedenkt mich mit einem letzten nachdenklichen Blick, bevor er sich umdreht und den schwach beleuchteten Weg zurückgeht, den wir gekommen sind. Ich sehe ihm hinterher. Noch lange, nachdem er verschwunden ist.

Mein Herz flattert nervös, während sich meine Knochen plötzlich anfühlen, als würden sie aus Blei bestehen. Dex' Worte geistern mir durch den Kopf.

Fühlt sich das unecht an? Nein, wäre die richtige Antwort darauf gewesen. Doch die kann ich ihm nicht geben. Niemals. Weil ich mir dann eingestehen müsste, dass Dex meine sorgsam hochgezogenen Mauern mit Rissen versehen hat. Dazu bin ich nicht bereit und werde es wahrscheinlich nie sein.

Kapitel 12

Die nächsten Tage ziehen ereignislos an mir vorbei. Ich bin ausgelastet mit Vorlesungen, dem damit zusammenhängenden Lernen, meinen Schichten im *Ruby's* und den Tanzstunden im Seniorenheim. Da bleibt kaum Zeit, um sich mit Eliza und Maddie zu treffen, um den neusten Klatsch austauschen zu können. Und ich habe noch weniger Kapazitäten, mich mit dem Gedanken an Dex und Bella auseinanderzusetzen.

Dex verzichtet darauf, mich von meinen Vorlesungen abzuholen und nach Hause zu bringen, weshalb die ersten Gerüchte darüber, dass unsere Beziehung wieder beendet ist, bevor sie richtig begonnen hat, schnell in Umlauf geraten. Aber im Moment ist mir das egal. Sollen die Leute denken, was sie wollen.

Heute ist Sonntag. Den ganzen Vor- und Nachmittag habe ich bei Myles verbracht, um mit ihm für die anstehenden Klausuren zu lernen. Anschließend wollte ich mich mit Eliza und Maddie treffen, damit wir den Abend entspannt auf dem Sofa mit Essen vom *Murphy's* ausklingen lassen. Stattdessen sitze ich in Maddies Mini und bin auf dem Weg nach New Orleans, weil Cal mich in die Bar zitiert hat.

Das *Ruby's* ist schon gut besucht, als ich eintreffe. Cal gibt mir ein Zeichen, in der Garderobe auf ihn zu warten. Also nehme ich auf einem der Sessel Platz und knabbere an dem Müsliriegel, den ich vor meinem übereilten Aufbruch schnell eingesteckt habe.

Gerade als ich das Verpackungspapier treffsicher im Mülleimer versenkt habe, wird die Tür aufgerissen und mein Chef poltert herein. Sein grimmiger Gesichtsausdruck verrät mir direkt, dass etwas nicht stimmt.

»Du musst heute wieder tanzen.« Mit verschränkten Armen baut er sich vor mir auf. Kein »Hallo«. Kein »Danke, dass du eingesprungen bist«. Er fällt direkt mit der Tür ins Haus und das passt mir überhaupt nicht. Vielleicht bin ich zu verwöhnt, weil in Texas Höflichkeiten an der Tagesordnung stehen. Generell sind Südstaatler für ihre Freundlichkeit bekannt, aber dieses Memo scheint bei Cal nicht angekommen zu sein. Wenn er nur ein bisschen freundlicher fragen würde, wäre meine Einstellung seiner Aufforderung direkt nachzukommen, eine andere. So schalte ich automatisch in den Konfrontationsmodus.

»Ich *muss* gar nichts«, entgegne ich und recke trotzig das Kinn nach oben. Er scheint zu vergessen, dass ich an einem meiner freien Abende einspringe, um ihm aus der Patsche zu helfen.

»Ruby ...« Ein warnender Unterton schleicht sich in seine Stimme, als er sich zu mir herunter beugt. Cal mag zwar wie der Leader der Hells Angeles aussehen und sehr furchteinflößend wirken, aber im Herzen ist er ein Schaf. Egal, wie schlecht er gelaunt ist. Heute ist er offensichtlich nicht in der Stimmung für Auseinandersetzungen. Die Ader an seiner rechten Schläfe pocht gefährlich, weshalb ich kurz darüber nachdenke, dieses eine Mal die Klappe zu halten und einfach zu tun, was er von mir verlangt.

»Wir hatten diese Diskussion bereits. Letztes Mal war eine einmalige Sache. Schick wen anders von der Theke hoch. Lourdes ist jung und kann sich gut bewegen. Problem gelöst.« Ich mache Anstalten aufzustehen, doch das lässt er nicht zu.

»Die Leute wollen nicht Lourdes sehen, sondern dich.«

»Was? Wovon redest du?« Inzwischen hat er sich so weit zu mir herunter gebeugt, dass wir auf Augenhöhe sind.

»Seit deinem letzten Auftritt bekomme ich eine Anfrage nach der anderen, wann du wieder tanzt. Die Gäste fanden dich super!« Mein Körper beginnt zu kribbeln. Als reichten seine Worte aus, um mir einen Adrenalinkick zu geben. Immerhin habe ich schon immer gern getanzt. Es macht mir Spaß. Lässt mich meine Sorgen und Probleme vergessen. Ich fühle mich frei, sobald Musik erklingt und ich meinen Körper dazu bewege. Wenn ich so darüber nachdenke ... was spricht dagegen, sich für etwas bezahlen zu lassen, was ich liebe?

Nachdenklich kaue ich auf meiner Unterlippe.

»Komm schon, Ruby. Was ist eine Coyotenbar ohne Coyote? Amanda kommt gar nicht hinterher da draußen. Beth liegt mit einem Magen-Darm-Infekt flach, und Colleen kann mal wieder nicht wegen ihres Sohnes. Ich stecke echt in der Scheiße.« Inzwischen sieht Cal weniger grimmig, sondern eher verzweifelt aus. Seufzend gebe ich meine Lippe frei und nicke. Ich mag meinen Job, diese Bar und meine Kollegen. Selbst Cal, auch wenn er an manchen Tagen unausstehlich ist. Mir ist klar, dass sich die Gäste abwenden, sobald sie merken, dass nicht genügend Coyoten da sind, die ihnen die Münder mit Schnaps füllen. Weniger Gäste bedeutet weniger Einnahmen und somit auch weniger Trinkgeld.

»Unter einer Bedingung: Morgen kümmerst du dich um einen vierten Coyoten, der im Zweifel einspringt. Das heute ist mein letztes Mal.« Er nickt sofort, und ich meine den Ansatz eines dankbaren Lächelns zu sehen. Aber das ist so schnell wieder weg, dass ich es mir wahrscheinlich eingebildet habe.

»Oh, und ich bekomme das Gehalt einer Tänzerin.«

»Das wären schon zwei Bedingungen«, knurrt Cal. Verschwunden sind Verzweiflung und Höflichkeit. Statt ihrer kommt der Geschäftsmann zum Vorschein.

»Deine Entscheidung«, erwidere ich beiläufig und betrachte mein Spiegelbild.

»Na gut. Aber dann will ich eine richtige Show sehen.«

»Kein Problem. Die bekommst du.« Unsere Blicke treffen sich im Spiegel, bevor er mich allein lässt. In Rekordgeschwindigkeit lege ich Make-up auf und betone meine Augen. Anschließend suche ich an den Kleiderstangen nach etwas Passendem zum Anziehen. Für den Job hinter der Theke habe ich immer ein Outfit in Reserve. Um darauf zu tanzen, müssen die Klamotten richtig zünden. Letztlich leihe ich mir Ledershorts von Beth und ein schwarzes Crop-Top von Colleen. Dazu kombiniere ich meine Cowboystiefel und finde auch noch einen passenden Hut. Mein langes Haar flechte ich zu zwei Zöpfen und schon habe ich eine Idee für meinen heutigen Auftritt.

Nachdem ich ein weiteres Mal tief durchgeatmet habe, begebe ich mich nach draußen in die grölende Menge. Eine Mischung aus Hitze, Schweiß und Zigarettenqualm schlägt mir entgegen, dabei dürfen die Gäste in den Räumen nicht rauchen. Ich bahne mir einen Weg zur Bar und stoße mit einem Typen zusammen, von dem ich sicher bin, dass er an der *Silveroaks Park* Football spielt. Aber es ist zu dunkel, um Genaueres zu erkennen und er ist längst wieder im Getümmel verschwunden, bevor ich einen zweiten Blick auf ihn erhasche.

»Heute als Cowgirl? Gefällt mir«, lobt Cal und greift zum Megafon. Amanda steht neben mir und stürzt eine Flasche Wasser herunter. Ihr Brustkorb hebt und senkt sich schnell. Schweißperlen glitzern auf ihrer hellen Haut. Sie hat den Gästen schon ordentlich eingeheizt, aber allein kann sie diese Menge niemals bändigen.

»Leute! Es hat mich einiges an Überredungskunst gekostet, doch weil so viele nach ihr gefragt haben, tritt sie heute noch mal auf!«

Ich verdrehe die Augen und ziehe eine Grimasse in Amandas Richtung, die daraufhin loslacht und beinahe an ihrem Wasser erstickt.

»Ihr kennt sie als Rekordmeisterin im Bierflaschenöffnen. Sie tanzt, als hätte sie jahrelang nichts anderes getan und ihr Name steht durch Zufall draußen über dem Eingang meiner Bar. Begrüßt mit einem kräftigen Applaus unser Texas-Girl Ruby!«

Unter lauten Pfiffen schwinge ich mich auf den Tresen. Aus den Lautsprechern dröhnt *Fake ID* von Big & Rich, weshalb ich Cal einen belustigten Blick zuwerfe. Ich lasse die Musik auf mich wirken. Spüre, wie sich mein Herzschlag dem Takt anpasst. Doch es fühlt sich nicht richtig an, keinen Line Dance zu diesem Song zu tanzen. Ich denke noch einen Moment darüber nach, bevor ich ihm unauffällig ein Zeichen gebe, dass er den Song von vorn spielen soll. Wenn er mich als Texas-Girl ankündigt, dann dürfen die Leute auch sehen, was wir aus Texas draufhaben.

Ich starte mit einem Grape Vine nach rechts und tippe erst mit der linken und anschließend mit der rechten Hacke auf die Thekenoberfläche. Ein schneller Klaps auf den Oberschenkel und ich kreuze die Beine voreinander, bevor ich mit dem rechten Bein Schwung hole, auf dem linken Fuß drehe und die begeistert aussehenden Leute ansehe.

Auf normalem Boden ist das deutlich einfacher, denn der Tresen ist schmal, weshalb ich mich extrem konzentrieren muss, um nicht runterzufallen. Glücklicherweise liegt mir Line Dance im Blut und durch die glatten Sohlen meiner Stiefel und der rutschigen Oberfläche wirble ich von links nach rechts.

Die Männer in der vordersten Reihe johlen und lachen, weichen aber vorsichtshalber einen Schritt zurück, um meine Stiefelspitze nicht ins Gesicht zu bekommen. Hinter ihnen versuchen einige die Schrittfolge zu wiederholen, andere kennen sie und tanzen direkt mit. Nach Ende des Liedes bin ich vollkommen erledigt, doch die durstigen Münder wollen gefüllt werden.

»In Texas trinken wir Whiskey!«, rufe ich und fange eine Flasche mit brauner Flüssigkeit, die Cal mir zuwirft. Auch Amanda kehrt auf den Tresen zurück und gemeinsam kippen wir den Schnaps direkt in unsere Gäste.

Lachend lasse ich den Blick schweifen und sehe erneut den Typen, von dem ich sicher bin, dass wir dasselbe College besuchen. Ich erhebe mich aus der Hocke und erstarre, als ich erkenne, wer neben ihm steht: Ryan. Mit großen Augen starrt er mich an. Und wo Ryan ist, ist Dex nicht weit.

Panisch sehe ich mich um. Das darf nicht wahr sein! Bisher habe ich es erfolgreich geschafft, diesen Nebenjob geheim zu halten. Selbst Eliza und Maddie wissen nur, dass ich in einer Bar in New Orleans hinter der Theke arbeite. Es ist nicht so, dass ich mich dafür schäme. Ich wollte lediglich das Getratsche meiner Kommilitonen verhindern. Einige fänden es sicher cool, andere würden sich das Maul darüber zerreißen.

Ich bin so damit beschäftigt, nach Dex Ausschau zu halten, dass ich kaum bemerke, wie sich immer mehr Männer gegen die Theke drängen. Plötzlich spüre ich eine warme, feuchte Hand an meiner Kniekehle, die versucht, mich nach vorn zu zerren. Das reißt mich aus meiner Panik und katapultiert mich gradewegs zurück in die Realität.

»Hey!« Mit dem freien Fuß versuche ich, ihn abzuschütteln. Bevor ich auch nur Anstalten machen kann, wird er nach hinten gerissen.

»Finger weg oder ich breche sie dir.« Trotz der lauten Musik höre ich Dex' Worte deutlich.

»Alter, was ist dein Problem? Ich wollte sie daran erinnern, wofür sie da ist. Zum Alkohol ausschenken und sexy aussehen. Chill mal.« Er schubst Dex von sich weg.

Ich bin wie erstarrt und kann nichts weiter tun, als ihm dabei zuzusehen.

»Ruby! Was soll der Mist? Beweg dich!«, blafft Cal, doch ich schaffe es nicht, mich zu rühren.

»Genau, Puppe! Beweg dich wieder. Nach Feierabend kannst du dich direkt auf mir weiterrekeln. Am besten nackt«, ruft der Kerl, der mich so ungeniert angefasst hat, und fängt sich prompt einen Schlag von Dex.

Cal flucht hinter mir. Immer mehr bekannte Gesichter tauchen vor mir auf und binnen Sekunden mischt sich das komplette Footballteam der *Silveroaks Park* in die Schlägerei ein. Das reißt mich endgültig aus meiner Starre. Ich ziehe den Wasserhahn aus seiner Halterung und mache jeden nass, der sich in meiner unmittelbaren Umgebung befindet. Leider auch Cal, der inzwischen selbst versucht, die Streithähne voneinander zu trennen. Das Wasser bringt die gewünschte Wirkung. Alle springen hektisch beiseite, um nicht vollkommen durchnässt zu werden, und so endet die Prügelei genauso schnell, wie sie begonnen hat.

Ich lasse den Hahn polternd auf den Tresen fallen und klettere runter, um zu Dex zu gelangen.

»Sag mal, spinnst du?«, keife ich und funkle ihn wütend an. Dex hat keine Ahnung, dass er damit gerade meine Kündigung besiegelt hat.

»Die Frage gebe ich gern zurück. Was soll die Scheiße hier?« Er klingt genauso aufgebracht wie ich.

»Die *Scheiße* ist mein Job!«, brülle ich.

»Seit wann? Du arbeitest in einem Seniorenheim oder war das eine Lüge?« Seine Nasenflügel blähen sich, und er sieht aus, als würde er mich am liebsten umbringen.

»Stell dir vor, es werden nicht alle Menschen mit einem goldenen Löffel im Mund geboren. Manche müssen für ihr Geld arbeiten. In zwei Jobs!«

»Und, da ist dir nichts Besseres eingefallen, als halb nackt vor einer Horde Kerle zu tanzen?« Dex schnaubt und verschränkt die Arme vor der Brust. Ich hingegen werfe meine in die Höhe und kann nicht glauben, was ich da höre. Er tut so, als würde ich mich an einer Stange rekeln.

»Ich arbeite hinter der Theke. Als Barkeeperin«, erkläre ich ruhig, doch am liebsten würde ich ihm die Augen auskratzen. Er hat kein Recht, sich darüber aufzuregen. Wir sind nicht mal richtig zusammen. Es kann ihm also egal sein, womit ich meine Freizeit verbringe und mein Geld verdiene!

»So sah das eben aus.« Jemand räuspert sich verlegen und erst da fällt mir ein, dass wir nicht allein sind, sondern in einem Raum voller Menschen, die uns teilweise belustigt, bestürzt oder verärgert anschauen. Letzteres betrifft Cal.

»Ist das dein Freund?«, knurrt er, und ich weiß genau, worauf er hinauswill.

»Nein«, entgegne ich schnell.

»Ja«, antwortet Dex überzeugend. Ich werfe ihm einen mörderischen Blick zu.

»Alles klar.« Cal nickt, und ich fahre mir mit den Händen übers Gesicht.

»Alle raus hier«, dröhnt er. »Jeder, der in die Schlägerei verwickelt war, hat Hausverbot! Raus!«

Gemeinsam mit den Türstehern schmeißt er das komplette Footballteam und den Unruhestifter samt seiner

Freunde aus der Bar. Danach wird es nicht wirklich leerer.

Ich ziehe mich hinter die Theke zurück und warte auf Cal. Nervös drehe ich den Hut zwischen meinen Fingern und stoße mich von der Wand ab, als mein Chef wiederkommt. Ohne mich eines Blickes zu würdigen, geht er zur Kasse, holt ein paar Scheine raus und drückt sie mir in die Hand.

»Dein Lohn für heute Abend. Du bist gefeuert.« Um ein Haar hätte ich das Geld fallen lassen.

»Cal, bitte. Ich brauche den Job.« Allein mit dem Gehalt des Seniorenheims kann ich Grams nicht ausreichend unterstützen. Ich muss Miete für die Wohnung zahlen. Lebensmittel. Meinen Handyvertrag. Außerdem lege ich jeden Monat etwas beiseite für den Fall, dass ich zum Arzt muss. Damit kann ich doch nicht aufhören! Einige Rechnungen von meinen letzten Online-Einkäufen sind ebenfalls noch offen. Ohne das zusätzliche Einkommen wird es auch nicht mehr möglich sein, so oft bei Polly vorbeizuschauen. Wo bekomme ich denn dann meinen Latte Macchiato her? Ohne Koffein überstehe ich keinen einzigen Tag! Und allein die Vorstellung von Instant-Kaffee lässt mich schaudern.

Cal zuckt mit den Schultern.

»Du kennst die Regeln, Ruby. Dein Freund hat sich daneben benommen und einen meiner Gäste angegriffen. Du bist raus. Keine Widerrede.« Ich beiße mir auf die Zunge und schlucke die Worte runter, die darauf liegen. Natürlich könnte ich ihm sagen, dass Dex nicht mein Freund ist, aber würde er mir das glauben? Eher nicht. Wahrscheinlich wäre er noch wütender, weil er dann denkt, dass ich mich mit einer Lüge versuche, aus der Affäre zu ziehen.

»Cal, komm schon.«

Er schüttelt den Kopf.

»Pack deine Sachen. Ich diskutiere nicht mit dir darüber.« Meine Schultern sacken hinab, und ich spüre, wie sich mir der Magen umdreht. Mit gesenktem Blick gehe ich in die Umkleide und werfe alles, was mir gehört, in meine Tasche.

Währenddessen wird draußen ausgelassen weitergefeiert. Um mich nicht noch einmal durch die Massen zu kämpfen, nehme ich die Hintertür, die direkt zum Parkplatz führt.

An Maddies Wagen lehnt eine hochgewachsene Gestalt, von der ich instinktiv weiß, dass es Dex ist. Sofort schlägt meine Niedergeschlagenheit in Wut um.

»Was willst du?« Ich verschränke die Arme vor der Brust und sehe ihn herausfordernd an.

»Unser Gespräch weiterführen.« Seine Stimme ist kalt wie Eis.

»Kein Bedarf«, entgegne ich und schiebe mich an ihm vorbei, um die Autotür zu öffnen.

»Kein Bedarf? Du hast mich vor meinem kompletten Team lächerlich gemacht! Die fanden es sehr amüsant, dass ich nicht wusste, was meine Freundin in ihrer Freizeit so treibt!« Mit einem lauten Rums fällt meine Tasche auf den Boden.

»Ich habe dich lächerlich gemacht? Wegen dir habe ich gerade meinen Job verloren!«, schreie ich und stoße ihn von mir weg, damit ich einsteigen kann. Überrascht stolpert Dex einen Schritt zurück.

»Gut. Du kannst mir nicht erzählen, dass dir das Spaß gemacht hat. Oder lukrativ war. Was hat der Typ dir bezahlt? Zehn Dollar die Stunde? Die kann ich dir auch geben.« Ich halte in der Bewegung inne. Meine Finger krallen sich in das kühle Metall der Autotür, um das Zittern zu unterdrücken.

»Was hast du grade gesagt?« Langsam drehe ich mich zu ihm um. Alles in mir steht in Flammen. Ich bin enttäuscht, weil ich gefeuert wurde. Wütend, weil er der Grund dafür ist. Stinksauer, weil ich es so weit habe kommen lassen.

Dex' Gesichtszüge entgleiten ihm. Er macht einen Schritt auf mich zu, doch ich hindere ihn mit erhobener Hand weiterzugehen.

»Das ... Also, ich wollte nicht ... Das ist jetzt falsch rübergekommen«, stammelt er, als ihm die Tragweite seiner Worte bewusst wird. Ich schüttle den Kopf. Wir wissen beide, dass er lügt.

»Doch, hast du. Du denkst, dass du mit Geld alle Probleme löst. Auch dieses hier. Spoileralarm: Du liegst falsch.«

»Es tut mir leid. Ich war nur so überrascht, dich hier zu sehen.«

Ich wende mich von ihm ab.

»Nein. Du warst gekränkt, weil deine Freunde dachten, dass ich sonst was treibe. Ich bin nicht deine Freundin, Dex. Ich kann tun und lassen, was ich will, ohne dich um Erlaubnis zu bitten.« Ich sinke auf den Fahrersitz. Seine Hand verhindert, dass ich die Tür schließe. Für Sekunden bin ich versucht, sie einfach zuzuknallen und ihm, wenn es gut läuft, ein paar Finger zu brechen, entscheide mich nach kurzer Überlegung dagegen. Er hätte es verdient, doch ich bin zu müde, um der Wut mehr meiner Kraft zu geben.

»Ruby, bitte. Lass uns nicht so auseinandergehen.«

Seufzend sehe ich ihn an. »Es waren ein paar lange letzte Stunden. Ich habe echt keine Lust, mich weiter mit dir zu streiten.«

Dex' Mundwinkel zucken, und ich frage mich ernsthaft, was er in dieser Situation lustig findet. Er beugt sich zu mir runter und sofort umhüllt mich sein vertrauter Karamellduft.

»Wir streiten? Dann scheint das zwischen uns wohl echter zu sein, als du dir eingestehst«, meint er leise und stößt sich vom Auto ab, bevor er in der Dunkelheit verschwindet. Ich hingegen bleibe mit geöffneter Tür im Wagen sitzen und lege die Stirn aufs Lenkrad.

Jetzt hat er es geschafft, meine eigenen Worte gegen mich zu verwenden. Vielleicht ist es an der Zeit, diese Fake-Beziehung oder zu was auch immer sie sich entwickelt hat, zu beenden, bevor ich mich noch tiefer darin verliere.

Kapitel 13

»Ruby! Du bist ja noch gar nicht umgezogen. Wir sind spät dran!« Maddie läuft hektisch zu meinen Kleiderstangen und sieht meine Klamotten durch.

»Ich komme nicht mit«, grummle ich und ziehe mir die Decke über den Kopf.

»Was? Warum? Es steht doch in eurem Vertrag. Beeil dich.« Maddies Stimme dringt nur gedämpft an mein Ohr und bevor ich reagieren kann, zieht sie meine warme Schutzhöhle weg und funkelt mich böse an.

»Der Vertrag ist hinfällig«, erkläre ich, während ich versuche, meine Decke zurückzubekommen. Aber meine liebenswerte Mitbewohnerin hat sie außerhalb meiner Reichweite geschmissen.

»Weiß Dex das? Zu einer Vertragsauflösung gehören immer zwei.« Genervt verdrehe ich die Augen.

»Er hat gegen die Regeln verstoßen.«

»Nein. Hat er nicht, und das weißt du. Du wirst es, wenn du nicht bei seinem Footballspiel auftauchst. Beweg dich!« Hartnäckig schüttle ich den Kopf und verschränke die Arme vor der Brust.

»Dann ist das Problem wenigstens gelöst. Ich bleibe hier und unser Deal platzt.«

Seufzend setzt Maddie sich zu mir aufs Bett. »Was hat er denn falsch gemacht?«

Mit hochgezogenen Augenbrauen sehe ich sie an. Sie kennt die Geschichte. Immerhin habe ich sie gestern nach meiner Rückkehr direkt geweckt und wie ein Rohrspatz über sein Verhalten geschimpft.

»Wegen ihm habe ich meinen Job verloren«, erinnere ich sie eindrücklich.

»Ja, das ist blöd gelaufen. Aber als ein anderer Gast übergriffig wurde, hat er dich verteidigt. Das wiederum ist echt romantisch.« Nachdenklich zupfe ich an einem abstehenden Faden meines Kopfkissens.

»Das habe ich nicht von ihm verlangt«, entgegne ich.

»Er hat seine Rolle gespielt, Ruby. Die, um die du ihn gebeten hast. Es wäre den Jungs doch merkwürdig vorgekommen, wenn er nichts unternommen hätte.«

Hm. Ich war so sauer, dass ich diesen Standpunkt gar nicht bedacht habe.

»Was ist der eigentliche Grund, weshalb du es beenden willst? Denn Dex hat sich vorbildlich verhalten.«

»Versprichst du es, für dich zu behalten?« Ich mag Maddie sehr. Sie ist eine meiner besten Freundinnen, aber sie kann manchmal die Klappe nicht halten. Und dann plappert sie Dinge aus, die nicht für die Öffentlichkeit bestimmt sind.

»Indianerehrenwort.«

»Es fällt mir schwer, zu unterscheiden, was echt ist und was nicht. Die Grenzen verschwimmen und dann fühlt es sich wie eine richtige Beziehung an. Nicht wie eine, die für einen gewissen Zeitraum auf dem Papier besteht.«

»Wäre das denn so schlimm? Eine echte Beziehung?« Maddie legt den Kopf zur Seite und sieht mich fragend an. Ich zucke mit den Schultern, weil ich die Antwort darauf nicht kenne.

»Ich bin nicht gut in der Liebe. Beziehungsweise ist die Liebe nicht gut zu mir. Warum sollte es diesmal anders sein? Und dann ausgerechnet mit Dex?«

»Du hast Angst«, stellt Maddie überrascht fest. Ich nicke widerwillig. Normalerweise mache ich diese Dinge mit mir selbst aus, aber es tut gut, mit jemandem darüber zu sprechen und eine andere Sichtweise zu hören.

»Ich würde mich nicht als Beziehungsexpertin bezeichnen, allerdings denke ich, die Angst verletzt zu werden ist normal. *Versuch macht klug* und inzwischen bin ich der Meinung, dass es mit Dex funktionieren könnte. Außerdem ... was eignet sich perfekter für den Probelauf als eine vorgetäuschte Beziehung?« Maddie klingt viel zu begeistert, allerdings fallen mir einige Gründe ein, die das unmöglich machen. Allen voran seine Gefühle für Bella. Das behalte ich jedoch für mich. Wenn Dex es sich selbst nicht einmal eingesteht, werde ich sicher nicht darüber sprechen.

Ich seufze, lege das Kissen beiseite und stehe auf. Maddie hat Recht. Ich habe Dex gebeten, sich als meinen Freund auszugeben. Da darf ich nicht wütend sein, wenn er seinen Pflichten nachkommt. Wenn ich einen richtigen Partner hätte, hätte der in der Situation sicher genauso gehandelt. Außerdem wäre es unfair, seinem Spiel fernzubleiben, da er sich bisher an alle Regeln gehalten hat. »Na, komm. Schauen wir uns das Footballspiel an! Über den Rest mache ich mir später Gedanken.«

***

Eine halbe Stunde nach unserem Gespräch sitzen wir auf der Tribüne des collegeeigenen Stadions und sehen dabei zu, wie die *Silveroaks Snakes* haushoch gewinnen.

»Du ziehst echt alle Register, was?«, meint Nate und betrachtet grinsend mein Shirt. Es ist das Trikot, das Dex mir auf der Party überlassen hat. Aus mir unerfindlichen Gründen habe ich es behalten und jetzt kommt es mir zugute.

»Es muss authentisch wirken«, erkläre ich schulterzuckend und klaue mir etwas Popcorn aus seiner Tüte.

»Euer Streit vor ein paar Tagen war auf jeden Fall sehr authentisch. Ich wusste gar nicht, dass du Tabledancerin bist.«

Ich schürze die Lippen und werfe ihm einen vernichtenden Blick zu.

»Bin ich auch nicht. Ich war Barkeeperin und teilweise Aushilfs-Coyote. Informier dich beim nächsten Mal besser«, knurre ich. Nate hebt abwehrend die Hände und tauscht einen schnellen Blick mit Keith, der uns heute ebenfalls Gesellschaft leistet. Der erwidert nichts, denn genau in dem Moment beobachten wir, wie Dex den Ball durch seine Füße an unseren Quarterback übergibt, ein paar Schritte zurückweicht und die Arme hebt, um die auf ihn zustürmenden Gegner abzublocken. Dadurch verschafft er ihm genug Zeit, um an seinen Running Back zu passen, der mit dem Ball in die Endzone rennt und einen Touchdown erzielt.

Die Fans der *Snakes* springen jubelnd auf. Auch mich hat es von meinem Platz gerissen. Gespannt sehe ich dabei zu, wie Ryan den Ball anschließend durch die

Field-Goal-Stangen schießt und damit einen weiteren Punkt holt.

Die Menge tobt. Nach zwei Vierteln steht es zehn zu drei für uns. In den darauffolgenden dreißig Minuten haben die Gegner keine Chance, ihren Rückstand aufzuholen. Unsere Defense blockt jeden Versuch ab, während die Offense die anderen gnadenlos überrollt.

Unser Quarterback erzielt einen weiteren Touchdown mit anschließendem Angriffsspielzug, der uns noch mal zwei Punkte beschert. Die Nummer Sechs kickt den Ball durch die Field-Goal-Stangen und holt damit zusätzliche drei Punkte. Kurz vor Schluss gelingt der gegnerischen Mannschaft ebenfalls ein Touchdown, aber das reicht nicht aus, um das Spiel zu wenden. Als der Schlusspfiff ertönt, steht es 21 zu 10 für die *Silveroaks Snakes,* und die Begeisterung ist grenzenlos.

Die Teammitglieder auf der Bank stürmen das Feld und fallen sich gegenseitig um den Hals. Auch einige Studierende rennen die Treppen nach unten, um den Sieg in der Nähe der Spieler zu genießen. Überwiegend Frauen, die hoffen, einen siegestrunkenen Footballer abzuschleppen.

»Na, Ärger im Paradies?« Ich zucke zusammen, als Jack sich auf den freigewordenen Platz links von mir setzt.

»Wie kommst du drauf?«, entgegne ich kühl und werfe einen verstohlenen Blick in Richtung meiner Freunde. Doch die sind so in ein Gespräch vertieft, dass sie gar nicht merken, wer sich zu uns gesellt hat.

Er zuckt mit den Schultern und faltet die Hände ineinander. »Weil du hier oben bist und er da unten.«

»Ich bitte dich. Das ist kein Grund, weshalb es schlecht läuft.« Genervt verdrehe ich die Augen.

»Wenn ich mich richtig erinnere, warst du auf der High School immer die Erste auf dem Feld, wenn ich ein Spiel gewonnen habe.« Sein Blick liegt bedeutungsschwer auf mir, und ich verfluche ihn innerlich für sein gutes Gedächtnis.

»Wo ist deine schwangere Freundin?«, frage ich stattdessen und stelle zufrieden fest, dass er diesmal derjenige ist, der zusammenzuckt. Er schaut betreten zu Boden. Schafft es nicht, mich anzusehen und verrät damit, wie unangenehm ihm die ganze Situation ist. Aber das hätte er sich überlegen sollen, bevor er mit Cece in Silveroaks aufgetaucht ist. »Sie hat sich nicht gut gefühlt. Außerdem ist Football nicht ihr Ding.« Unruhig rutscht er auf seinem Sitz hin und her. »Hör zu, wegen der Schwangerschaft ...«

»Ich will es echt nicht hören, Jack. Lass gut sein.« Erneut kommen Erinnerungen in mir hoch. Verschwommene Bilder von Rettungskräften, die mich aus meinem Wagen ziehen.

Ohne auf seine Antwort zu warten, stehe ich auf und mische mich in den Strom Studierender Richtung Spielfeld. Inzwischen sind so viele Leute auf dem Platz, dass es trotz Dex' Größe schwierig ist, ihn auszumachen.

Unschlüssig bleibe ich stehen. Ergibt es Sinn, ihn in diesem Chaos zu suchen? Oder sollte ich lieber im Gang bei den Umkleiden auf ihn warten? Vielleicht will er mich auch gar nicht sehen. Immerhin habe ich seit einer Woche auf keine seiner Nachrichten reagiert, weil ich ein sturer Dickkopf bin.

»Was mache ich hier?«, murmle ich und fahre mir durchs Haar. Ich bin nur nach unten gegangen, um Jack zu entfliehen. Wenn er nicht gewesen wäre, wäre ich bei meinen Freunden geblieben.

»Ruby!« Ich sehe auf und bemerke Dex, der sich einen Weg durch die Menge bahnt. Mein Herz macht einen Hüpfer, und meine Lippen verziehen sich zu einem Lächeln. In der linken Hand hält er seinen Helm, doch das hindert ihn nicht daran, mich mit Rechts hochzuheben, als wäre ich leicht wie eine Feder. Instinktiv schlinge ich meine Beine um seine Hüften und die Arme um seinen Nacken. Sein Gesicht liegt in meiner Halsbeuge, und sein warmer Atem kitzelt meine Haut.

»Ich war mir nicht sicher, ob du kommst«, murmelt er und hebt den Kopf.

»Ich auch nicht«, gebe ich ehrlich zu und bemerke die Erleichterung in seinem Blick. Mit den Fingerspitzen streiche ich ihm eine schweißnasse Strähne aus der Stirn.

»Du stinkst.« Ich rümpfe die Nase. Dex lacht, stellt mich wieder ab, lässt mich allerdings nicht los.

»Ich habe auch hart für unseren Sieg gearbeitet. Ist dir das nicht aufgefallen?« Nachdenklich neige ich den Kopf zur Seite.

»Nein, habe ich nicht bemerkt.«

»Merkwürdig, dabei müsstest du meine Spielernummer sehr gut kennen.« Er wackelt mit den Augenbrauen, und ich spüre, wie meine Wangen heiß werden.

»Es muss authentisch wirken«, erwidere ich und gebe ihm damit dieselbe Antwort wie Nate vorhin.

»Musste es das auch schon, als du mir dieses Trikot gestohlen hast?« Seine Lippen streifen mein Ohr. Eine Gänsehaut überzieht meinen Körper.

»Ich habe es nicht geklaut.« Meine Stimme klingt atemlos. Sein Griff um mich herum wird fester.

»Wie würdest du es dann bezeichnen?« Überall, wo wir uns berühren, kribbelt meine Haut.

»Ausgeliehen und vergessen zurückzugeben«, flüstere ich. Unsere Münder sind einander so nah, dass ich seine Lippen beim Sprechen streife. Gestohlene, zarte Küsse, die keine sind und trotzdem verursachen sie eine mir inzwischen bekannte Hitze zwischen den Beinen.

»Ich finde, du solltest es mir zurückgeben. Jetzt«, murmelt er.

»Du meinst, ich soll mich auf dem Footballfeld vor all diesen Leuten ausziehen, damit du dein Trikot wieder bekommst?« Ich schmunzle, denn natürlich wissen wir beide, dass es nicht darauf hinausläuft.

»Gott, nein. Komm mit mir duschen.« Mein Herz stockt, während es in meinem Bauch aufgeregt flattert. Ich ziehe mich ein Stück von ihm zurück, um ihn anzusehen. Seine Augen sind dunkler geworden.

»Die anderen sind hier noch eine Weile beschäftigt«, versucht er mich zu locken. Unentschlossen beiße ich mir auf die Unterlippe. Der Wunsch, ihn wieder zu küssen, ist unsagbar groß. Der Gedanke, ihn zu spüren, lässt meine Knie weich werden, und die Tatsache, dass uns jemand dabei erwischt, ist so aufregend, dass ich nicke.

»Gehen wir. Sex ist allerdings tabu.«

Dex seufzt und legt mir einen Arm um die Schulter, während er mich ins Innere des Gebäudes dirigiert.

»Das sagen sie alle und dann ... werden sie doch schwach.« Ich boxe ihm gegen die Brust und winde mich aus seinem Arm, bevor ich die Tür der Umkleide hinter mir schließe.

»Du bist ein Idiot, weißt du das?« Mit dem Rücken lehne ich mich dagegen.

Dex steht in einiger Entfernung und legt seinen Helm auf der mit Klamotten überhäuften Bank ab.

»Das höre ich öfter. Aber ich bin ein Idiot, den du magst. Das ist der entscheidende Unterschied.« In einer fließenden Bewegung zieht er sich das Trikot über den Kopf. Ein Prickeln läuft meine Wirbelsäule hinab. Die Hitze zwischen meinen Beinen nimmt zu. Ich beobachte ihn dabei, wie er seinen Brustpanzer und den Nackenschutz ebenfalls ablegt. Das, was ich da sehe, gefällt mir sehr.

Unsere Blicke treffen sich. Ein wissendes Lächeln umspielt seine Lippen. Seine matschgrünen Augen funkeln belustigt.

»Und du bist sicher, dass wir keinen Sex haben?« Ich nicke überzeugt, auch wenn mein Vorhaben bei seinem Anblick ins Schwanken gerät.

»Gäbe es etwas, um dich umzustimmen?« Er kommt auf mich zu. Langsam wie ein Raubtier, das seine Beute ins Visier nimmt.

»Nein.« Meine Stimme klingt heiser.

Dex' Grinsen wird breiter.

Mit den Händen stützt er sich rechts und links von meinem Kopf ab. Eine Schweißperle rinnt seine Schläfe hinab. Mit der Nasenspitze streicht er meinen

Hals hinauf, wobei seine Lippen zarte Küsse auf meiner Haut verteilen.

»Regel Nummer eins ist mir sehr wichtig«, flüstere ich erstickt und schlucke. Der Wunsch, ihm näher zu sein, ist fast unerträglich.

»Dann reizen wir Regel Nummer zwei jetzt aus.« Er küsst mich, und mein erleichtertes Stöhnen verliert sich in seinem Mund. Ich schlinge die Arme um seinen Nacken und schmiege mich an ihn. Seine großen, rauen Hände streichen über meine nackte Haut, bevor er den Saum meines Shirts packt und es mir mit Leichtigkeit über den Kopf zieht. Achtlos landet der Stoff hinter ihm auf dem Boden. Während er versucht, meinen Hosenknopf zu öffnen, streife ich mir die Schuhe von den Füßen und zerre an seiner eng anliegenden weißen Footballhose, die eindeutig nicht dazu geeignet ist, um sie schnell auszuziehen.

»Du deine, ich meine.« Dex lacht und tritt einen Schritt zurück. Inzwischen entledige ich mich meiner Jeans und stehe ihm in Slip und BH gegenüber.

Seine Augen werden merklich dunkler, als er mich betrachtet und auch mir gefällt, was ich sehe. Ein Sixpack, das zwar sichtbar, aber nicht zu ausgeprägt ist und dieses verflucht verführerische V, welches im Bund seiner engen Boxershorts verschwindet.

Sekunden vergehen, in denen wir uns ansehen. Vielleicht sind es auch Minuten. Oder unsere kleine persönliche Ewigkeit. Irgendwann bewegen wir uns wieder aufeinander zu. Wie vorhin auf dem Footballfeld hebt er mich hoch, als würde ich nichts wiegen und trägt mich in den angrenzenden Raum, wo sich die Duschen befinden. Entgegen meiner Erwartung sind die einzelnen Kabinen durch Trennwände voneinander abgeteilt.

»Du bist sicher, dass hier niemand hereinplatzt?«

»Ich kann nichts versprechen, aber die Jungs werden noch eine Weile damit beschäftigt sein, sich den Begeisterungsstürmen ihrer Fans auszusetzen«, entgegnet er und stellt mich in einer der Duschkabinen ab.

»Es wundert mich, dass du dich nicht anhimmeln lässt«, necke ich, um mich von der Tatsache abzulenken, dass hier jederzeit jemand auftauchen könnte. Immerhin garantieren uns die Wände in diesem Fall wenigstens ein bisschen Privatsphäre.

»Mir reicht es, wenn du das tust, Darling.« Dex zwinkert mir zu, weshalb mir die Knie weich werden. Vorsichtig lehne ich mich gegen die gefliese Wand.

»Du musst unbedingt aufhören, mich so zu nennen.«

»Wieso?« Er nähert sich mir wieder. Ich spüre die Körperwärme, die von ihm ausgeht und auf mich übergeht. Denn plötzlich ist mir furchtbar heiß.

»Weil ... mir das gefällt«, murmle ich.

»Oh, dann werde ich sicher nicht damit aufhören.« Ich seufze. Mit dieser Antwort hatte ich gerechnet.

Er greift hinter mich und dreht den Duschhahn auf. Warmes Wasser prasselt auf uns nieder.

»Dex! Wir sind noch angezogen!« Ich weiche dem Strahl aus, damit meine Unterwäsche nicht vollkommen durchnässt wird, aber er fängt mich mit seinen Armen ein und grinst.

»Das ändern wir. Kein Problem.« In einer schnellen Bewegung lässt er den Verschluss meines BHs aufschnappen und wirft ihn hinter sich. Mit seinen Fingern streicht er am Bund meines Höschens entlang und sieht mir direkt in die Augen.

»Das bleibt an«, bestimme ich und beantworte die unausgesprochene Frage.

»Zu schade«, murmelt er und entledigt sich dafür seiner Boxershorts. Mit aller Willenskraft, die ich aufbringe, halte ich meinen Blick auf seine Brust gerichtet. Wenige Sekunden später gebe ich auf und lasse meine Augen langsam an seinem Körper hinabwandern. Sie folgen den Wassertropfen, die mir den Weg nach unten weisen. Sein Penis reckt sich mir entgegen. Mit der Zungenspitze befeuchte ich meine Lippen und umspiele mit den Fingern seine Eichel.

Dex stöhnt, und dieses Geräusch entfacht die Hitze zwischen meinen Beinen von Neuem. Ich werde mutiger, umschließe ihn mit der gesamten Hand und bewege sie langsam auf und ab. Dex stützt sich hinter mir an der Wand ab und drängt mich mit seinem Körper sanft dagegen. Die kühlen Fliesen sind eine willkommene Abwechslung zu dem Feuer, das in meinem Inneren wütet.

Seine Härte zuckt in meiner Hand. Mein Blick ist die ganze Zeit auf sein Gesicht gerichtet. Seine Augen sind halb geschlossen. Die Lippen leicht geöffnet. Ich stelle mich auf die Zehenspitzen und küsse ihn, ohne seine Erektion dabei loszulassen. Ein ersticktes Stöhnen erklingt, und ich kann nicht sagen, ob es von mir oder ihm kommt. Vielleicht sind wir es beide.

Inzwischen bewege ich meine Hand immer schneller. Dex zieht scharf die Luft ein, und ich beginne zu lächeln. Er überlässt mir die Kontrolle. Bisher war mein

Eindruck, dass er alles daransetzt, um sie mir zu entziehen, damit er selbst die Oberhand hat und ich lerne, mich fallen zu lassen.

Etwas Warmes ergießt sich über meinen Fingern, und Dex unterbricht unseren Kuss, um sein Stöhnen zu dämpfen, indem er seinen Mund auf den Oberarm presst. Fasziniert beobachte ich das Spiel seiner Muskeln und lasse ihn los, um meine Hände unter dem Wasserstrahl der Dusche zu säubern. Ich habe noch nie jemandem einen Handjob gegeben, und obwohl wir keinen Sex hatten, war es das Aufregendste und Anziehendste, was ich jemals getan habe.

Als ich Dex' Hände wieder auf meiner Haut spüre, durchläuft mich ein vorfreudiges Zittern. Sanft dreht er mich um, sodass ich mit dem Rücken zu ihm stehe und die weißen Fliesen der Wand anschaue. Sein warmer Atem streift meine Wange. Seine Lippen kitzeln mein Ohr.

»Jetzt bist du dran.« Ein fast schon erleichtertes Seufzen entflieht mir, und ich lehne mich gegen ihn. Die Kuppen seiner Finger sind bereits im Bund meines Höschens verschwunden, als sich hinter uns jemand räuspert.

»Lös dich besser von deiner Freundin. Es sei denn, ihr seid scharf darauf, gleich mit dreißig verschwitzten Footballern zu duschen.«

Dex knurrt leise, und ich werfe einen Blick an ihm vorbei.

»Ruby.« Ryans Augen funkeln amüsiert, und er kann sich ein Grinsen nicht verkneifen.

»Ryan«, entgegne ich und spüre, wie meine Wangen rot werden.

»In fünf Minuten solltest du spätestens draußen sein.« Ich nicke, und er verschwindet. Dex stellt die Dusche aus und wickelt mich in ein Handtuch, bevor er sich selbst eins um die Hüften bindet.

»Nachher ist eine After Party im *Murphy's*. Komm doch vorbei, dann feiern wir mit den anderen zusammen unseren Sieg.« Ich schlüpfe aus meinem klatschnassen Slip und ziehe die Jeans an. Der leise Ton der Hoffnung bringt meine Antwort noch einmal ins Wanken.

»Ich würde gern. Aber Maddie und Eliza wollen den Mädelsabend von neulich nachholen.« Für den Bruchteil einer Sekunde sehe ich Enttäuschung in seinen Augen aufblitzen.

»Wo macht ihr das?«

»Bei Maddie und mir, wieso?« Irritiert ziehe ich die Augenbrauen zusammen.

»Dann komme ich später vorbei. Wir müssen reden. Über das, was in New Orleans passiert ist und über ...«

»... das«, ergänze ich leise, während ich mit dem Finger zwischen ihm und mir hin und her zeige. Er nickt und wirft mir sein Trikot zu, was er zurückhaben wollte. Lächelnd fange ich es auf und ziehe es mir über.

»Dann bis später.« Unsicher sehe ich ihn an. Mit zwei großen Schritten ist er bei mir und nimmt mein Gesicht in seine Hände, bevor er sich zu mir herunterbeugt und mich küsst.

Ein Kuss so intensiv, dass mir noch zu Hause auf dem Sofa die Knie zittern. Eliza und Maddie diskutieren über den Film, den wir uns gerade anschauen. Ich hingegen bin mit meinen Gedanken nicht bei der Sache. Je später es wird, desto mehr zweifle ich, dass Dex auftaucht. Irgendwann verabschiedet Eliza sich, und Maddie verschwindet ins Bett.

Ich bleibe auf dem Sofa sitzen, weil zumindest ein kleiner Funken Hoffnung besteht, dass es gleich an der Tür klopft.

Es passiert nichts. Denn welcher Footballspieler zieht eine Frau einer ausgelassenen Siegesfeier vor?

Kapitel 14

Das Einzige, was ich von Dex bekomme, ist eine diffuse Textnachricht, die überwiegend aus Smileys besteht. Welcher Mensch kommuniziert nur mit Emojis? Das versteht doch niemand.

Es wäre gelogen, wenn ich sage, dass es mir nichts ausmacht. Denn ich hatte mich auf dieses Gespräch gefreut. Dabei hätte ich wissen müssen, dass er mich nicht über Football stellt.

Auch am darauffolgenden Tag hellt sich meine Stimmung nicht auf. Maddie versucht alles, um mich von der Tatsache abzulenken, dass Dex sich selbst im nüchternen Zustand nicht gemeldet hat. Aber was habe ich erwartet? Er hat keinerlei Verpflichtungen mir gegenüber. Wir hatten den Moment in der Dusche und in der Abstellkammer. Beides hat sich nach mehr angefühlt und trotzdem habe ich kein Recht, sauer zu sein, dass er mich gestern sitzen gelassen hat. Trotzdem bin ich es, und das verkompliziert die Sache um ein Vielfaches. Gefühle sind nie Teil des Deals gewesen. Dex und ich haben lediglich eine Vereinbarung bis zum Jahresende getroffen. Wie konnte ich davon ausgehen, damit klar zu kommen? Ohne mich komplett in dieser Fake-Beziehung zu verstricken? Ich müsste mich gut genug kennen, um zu wissen, dass ich nicht so distanziert bin. Nach der Halloween-Party habe ich ihn davon überzeugen wollen, keinen Sex ohne Gefühle zu haben. Gestern unter der Dusche wäre es beinahe dazu gekommen. Wenn Ryan nicht aufgetaucht wäre und uns unterbrochen hätte, wäre ich sicher einen Schritt weiter gegangen. Und das erschreckt mich. Bedeutet das etwa, ich bin dabei, mich in Dex zu verlieben? Das würde all die verschiedenen Emotionen erklären, die ich durchlebe, sobald ich an ihn und Bella denke und daran, dass er mich gestern Abend versetzt hat. Gefühle für Dex zuzulassen, ist nicht gut. Ich weiß nicht, ob ich noch einmal ein gebrochenes Herz ertrage und darauf wird es hinauslaufen, wenn wir im Januar wieder zu unserem normalen Alltag übergehen.

Maddie hat einen weiteren Mädelsabend mit viel Wein vorgeschlagen, doch dafür bin ich nicht in der Stimmung. Also ist sie stattdessen zu einer Lerngruppe aufgebrochen. Ich liege seit einer halben Stunde auf dem Sofa und starre die Zimmerdecke an.

»Ruby, mach auf!« Elizas aufgeregte Stimme dringt durch die geschlossene Tür, und sie klopft so heftig dagegen, wie ich es noch nie erlebt habe. Blitzschnell bin ich auf den Beinen und öffne ihr die Tür.

»Du glaubst nicht, was mir passiert ist!« Sie rauscht an mir vorbei und sieht aus, als würde sie jeden Moment wie ein hyperaktives Kaninchen auf und ab hüpfen.

»Was ist denn los?« Erwartungsvoll sehe ich sie an, während die Tür wieder ins Schloss fällt.

»Ich war vorhin mit Keith in Covington, und da haben sie bereits eine Eislaufbahn aufgebaut, weil doch bald der Weihnachtsmarkt beginnt. Voll cool, oder? Natürlich musste ich das direkt ausprobieren. Es war wenig los, deshalb habe ich ein paar Drehungen und Sprünge gemacht, während Keith mich gefilmt hat. Als ich fertig war, ist eine Frau auf mich zugekommen.« Eliza redet so schnell, dass es mir schwerfällt, ihr zu folgen.

»Das war Oksana Tschertikowa. Sie hat mehrere Medaillen bei Olympia gewonnen und meinte, dass sie mich erkannt hat und es sie sehr freut, dass ich wieder auf dem Eis bin.« Ihre Augen funkeln mit den Lichterketten hinter ihr um die Wette.

»Das ist großartig!« Ich sinke aufs Sofa und bedeute ihr, sich ebenfalls zu setzen, doch sie schüttelt den Kopf und tigert weiterhin vor mir auf und ab. Ihre Wangen glühen vor Begeisterung.

»Es kommt noch besser. Sie ist der Meinung, dass meine Sprunggelenke mich nicht daran hindern, wieder auf Weltniveau zu laufen und will mich trainieren. Oksana Tschertikowa will mich trainieren. Hier in Silveroaks. Verstehst du, was das heißt?«

Ich schüttle den Kopf. Inzwischen springt Eliza aufgeregt von einem Fuß auf den anderen.

»Ich könnte es doch noch zu Olympia schaffen. Klar, das ist ein langer Weg, aber sie meinte, es sei nicht ausgeschlossen. Ich könnte wieder Profi werden!« Sie kreischt und erst jetzt verstehe ich ihre Aufregung. Ihr Traum ist erneut zum Greifen nah. Ich erinnere mich noch gut daran, wie niedergeschlagen sie war, als sie damals erzählte, dass die Ärzte ihre Karriere für beendet erklärt haben. Dass sie eine zweite Chance bekommt, ist grandios!

»Ich freue mich sehr für dich!« Auf einmal ist mein Trübsal wie weggeblasen. Als hätte Elizas Freude die dunklen Wolken über mir weggeschoben, um wieder Platz für Sonnenschein zu machen. Ein Kribbeln breitet sich in mir aus. Elizas Aufregung ist ansteckend und plötzlich habe ich das Gefühl, ebenfalls unter Spannung zu stehen und mich bewegen zu müssen, um die wieder loszuwerden.

Sie sieht mich an, und ich erkenne die aufflammende Leidenschaft in ihren Augen.

»Das muss ich sofort Connor erzählen! Ich habe Keith eben am Wohnheim abgesetzt und musste es mit noch jemandem teilen. Eure Wohnung war am nächsten! Jetzt muss ich aber los! Bis morgen!« Eliza stolpert beinahe über ihre eigenen Füße, als sie wie ein Wirbelwind aus der Wohnung fegt. Ich sehe ihr hinterher und obwohl ihr Besuch ruhig länger hätte sein können, verstehe ich, weshalb sie zu Connor muss. Ihre Neuigkeiten sind fantastisch und wenn ich sie wäre, würde ich sie am liebsten direkt mit der ganzen Welt teilen.

Mit Elizas Verschwinden verzieht sich mein Sonnenschein wieder hinter den dunklen Wolken von vorhin. Ich brauche dringend Ablenkung. Um nicht wieder Gefahr zu laufen, mich in einem Gedankenkarussell rund um Dex zu verlieren, beschließe ich, Grandma anzurufen. Seit unserem letzten Telefonat nach dem Bankett haben wir nicht mehr miteinander gesprochen, deshalb wird es höchste Zeit, den neusten Klatsch und Tratsch aus Brookeland zu erfahren.

»Ruby! Wie schön, dass du dich meldest.« Es fühlt sich gut an, ihre Stimme zu hören. Sie löst eine willkommene Ruhe in mir aus, die mir hilft, meine Sorgen zu vergessen. Ein Telefonat mit Grams ist ein Stückchen zu Hause und danach sehne ich mich gerade. Nach den weitläufigen Weiden. Der Natur. Meinem Zimmer im großen Farmhaus. Nach Normalität und Arbeit, die mich von dem Trubel ablenken, der aktuell in meinem Inneren herrscht.

»Tut mir leid, dass es so lange gedauert hat. Hier war viel los.« Seufzend schlendere ich ins Schlafzimmer und mache es mir auf meinem Bett gemütlich.

»Erzähl mir davon. Es gibt sicher einiges zu berichten, seit wir uns zum letzten Mal gehört haben.« Kaum zu glauben, dass das Bankett schon mehrere Wochen zurückliegt.

Also fange ich an und informiere sie über Jacks und Ceces plötzliches Auftauchen, plaudere von meinen Vorlesungen und dass ich meinen zweiten Nebenjob verloren habe.

»Das tut mir leid. Um ehrlich zu sein, war ich ohnehin nie begeistert davon, dass du in dieser Bar arbeitest. Allein der Gedanke an all die schmierigen Gäste, die sich dort womöglich rumgetrieben haben.« Ich kann ihr Schaudern förmlich hören.

»Das war keine runtergerockte Spelunke, Grams. Der Laden hatte Stil und war etwas Besonderes. Außerdem habe ich gutes Geld verdient. Bis ich etwas Neues finde, werde ich dir nur das Gehalt vom Seniorenheim schicken.« Dieser Verlust nagt noch immer hart an mir. Ich will Grandma nicht auf den Kosten sitzen lassen, weshalb ich mich spätestens morgen mit dem Arbeitsmarkt in New Orleans und Umgebung auseinandersetze.

»Ich habe dir schon oft gesagt, dass du mir kein Geld schicken musst, Ruby. Deine Bildung liegt mir am Herzen und wenn ich dafür ein bisschen zurückstecken muss, ist das vollkommen in Ordnung. Es geht um deine Zukunft. Die ist mir jeden Penny wert, auch wenn ich ihn zweimal umdrehen muss.« Ich sehe Grandmas warmes Lächeln vor meinem inneren Auge. Es bedeutet mir viel, dass sie bereit ist, alles allein zu finanzieren, damit ich ein gutes Leben auf dem College führen kann. Aber ich will nicht, dass sie deswegen auf Aktivitäten verzichten muss, denen sie gern nachgehen würde. Ich stehe auf, um mir in der Küche etwas zu trinken zu holen.

»Wieso bist du rausgeflogen? Das passt gar nicht zu dir«, fragt Grams plötzlich.

»War auch nicht meine Schuld. Dex hat sich daneben benommen«, knurre ich und nippe an meinem Wasser.

»Wer ist Dex noch mal?« Sie klingt ehrlich verwirrt, was ich ihr nicht verübele. Manchmal werfe ich mit so vielen Namen um mich, zu denen sie kein Gesicht hat.

»Der Sohn der Malones. Mit dem ich zu dem Essen gegangen bin.« Ich lehne mich gegen die Küchenzeile.

»Dann habt ihr euch danach noch ein paar Mal gesehen?« Die Neugier in ihrer Stimme ist unüberhörbar.

Ich seufze. »Das ist eine längere Geschichte.«

»Wie gut, dass ich heute Abend nichts vorhabe.« Ich höre ihr Zwinkern förmlich durchs Telefon, weshalb ich zu lachen beginne.

»Trifft sich gut. Ich auch nicht.« Doch bevor ich anfangen kann zu erzählen, klopft es erneut an der Tür.

»Warte kurz. Eliza war eben hier, vielleicht hat sie etwas vergessen.« Ich stelle mein Glas ab und öffne die Tür. Es ist nicht meine Freundin, die mir gegenüber steht.

»Was machst du hier?« Verblüfft starre ich Dex an.

»Klingt nicht nach Eliza«, murmelt Grandma.

»Es ist Dex. Ich rufe dich später zurück, Grams.« Plötzlich schnellt sein Arm vor, und er nimmt mir das Handy ab, bevor ich auflegen kann.

»Mrs. West? Hier ist Dexter Malone. Es freut mich, endlich Ihre Bekanntschaft zu machen, wenn auch nur via Telefon. Ruby hat viel von Ihnen erzählt.« Eine kurze Pause entsteht. Dex lacht. Ich hingegen verschränke die Arme vor der Brust. Wut mischt sich unter die Überraschung seines unangekündigten Besuchs.

»Was soll das?«, will ich leise wissen. Er grinst und konzentriert sich wieder auf das Telefonat.

»Wäre es okay, wenn Ruby erst morgen zurückruft? Super. Ja, genau. Ich entführe sie jetzt. Hat mich auch gefreut. Bis dann!« Dex legt auf und wirft mir mein Handy zurück, was ich geschickt auffange.

»Was sollte das?«, frage ich eine Spur gereizter.

»Ich wollte nur, dass sie sich keine Sorgen macht, wenn du dich heute nicht mehr meldest.« Betont lässig zuckt er mit den Schultern und steckt seine Hände in die Hosentaschen.

»Wie kommst du drauf, dass ich mit dir mitkomme?«

»Weil ich ein liebenswerter Trottel bin, dem du nicht lange böse sein kannst.« Abwartend ziehe ich eine Augenbraue nach oben. Wenn das seine einzige Begründung ist, ist sie nicht besonders gut.

»Ich wollte mich entschuldigen. Für … gestern Abend.« Meine Schultern lockern sich, und ich gehe an ihm vorbei ins Schlafzimmer.

»Schon gut. Irgendwann wusste ich, dass du nicht mehr auftauchst.« Dass es trotzdem wehgetan hat, muss er nicht wissen.

»Lass es mich wieder gut machen.« Sein Karamellduft streicht um meine Nase. Ich spüre seinen Körper hinter mir.

»Es ist okay«, meine ich leise und versuche, den Schauer zu unterdrücken, den seine Nähe in mir auslöst.

»Aber ich will.« Ein Déjà-vu überkommt mich. Diesen Wortwechsel haben wir schon so oft geführt. Seufzend drehe ich mich zu ihm um.

»So einfach ist das nicht, Dex. Du kannst nicht etwas sagen, es dann nicht tun und anschließend denken, es wäre alles in bester Ordnung und jeder verzeiht dir sofort.« Nachdenklich schiebt er den Unterkiefer von links nach rechts. Mit dem Arm hat er sich im Türrahmen abgestützt und sieht mich eingehend an. Sein Blick ist dabei so intensiv, dass es in meinem Bauch zu kribbeln beginnt.

»Gib mir wenigstens eine Chance. Wenn es dir nicht gefällt, bringe ich dich direkt wieder nach Hause.« Ich hadere mit mir. Führe einen inneren Kampf, in dem Herz und Verstand sich bekriegen. Es wäre vernünftig, ihn wegzuschicken und die Sache auf sich beruhen zu lassen. Wir sollten nicht noch tiefer in diesem Spiel versinken als ohnehin schon. Andererseits würde ich gern wieder Zeit mit ihm verbringen. Allein, um herauszufinden, wohin das alles führt.

»Bitte, Ruby.« Seine Stimme ist leise, flehentlich und gibt meinem Verstand damit den Todesstoß.

»Einverstanden. Muss ich mich dafür umziehen?« Seine Mundwinkel zucken nach oben, während seine Augen meinen Körper hinabwandern, der unter einem viel zu großen Pullover und Leggings versteckt ist.

»Nein, das ist perfekt.«

Daraufhin schnappe ich mir den Schlüssel und folge ihm nach draußen. Vor dem Wohnheim steht sein Wagen, mit dem wir zu ihm fahren. Eine Strecke, die wir auch locker zu Fuß hätten gehen können, aber ich will mich nicht beschweren.

Im dritten Stock angekommen, öffnet er die Tür und dreht sich zu mir um. Sein breiter Oberkörper versperrt die Sicht ins Innere.

»Mach die Augen zu.«

»Da stehst du drauf, oder?«

Er grinst. »Nur dann entfaltet sich die Wirkung der Überraschung vollkommen.«

»Wenn du meinst.« Ich schließe die Augen und spüre kurz darauf seine Hand in meiner. Vorsichtig folge ich ihm in der konstanten Angst, jeden Moment über etwas am Boden Liegendes zu stolpern. Doch dann fallen mir seine Worte aus dem Moor wieder ein, und ich entspanne mich. Er würde mich auffangen. Immer.

»Alles klar. Du darfst gucken.« Ich öffne die Augen und brauche einen Moment, um mich zu orientieren. Wir stehen in seinem Wohnzimmer. Das Licht ist gedimmt und LED-Kerzen flackern auf den Fensterbänken. Mehrere Decken liegen ausgebreitet auf dem Sofa, von denen ich sicher bin, dass sie in die Nachbarwohnung gehören. Der Geruch von Essen lässt mir das Wasser im Mund zusammenlaufen. Auf dem Couchtisch stehen Unmengen von Schalen mit verschiedensten Gerichten.

»Ich gehe nicht davon aus, dass du gekocht hast?« Fragend sehe ich ihn an.

»Natürlich nicht. Aber ich habe sie persönlich in Auftrag gegeben.« Schmunzelnd sehe ich ihn an.

»Wieso machst du das? Nur um dich für gestern zu entschuldigen?« Er schüttelt den Kopf und zieht mich mit sich aufs Sofa.

»Nicht nur für gestern. Auch für die Sache in der Bar neulich. Es war nicht richtig, mich so zu verhalten, und es tut mir leid, dass du deinen Job verloren hast.« Er senkt den Blick und sieht ehrlich mitgenommen aus.

»Ich habe inzwischen verstanden, weshalb du es getan hast.« Beruhigend drücke ich seine Hand. Es fühlt sich vertraut an, ihn zu berühren, dass ich erst gar nicht bemerkt habe, dass unsere Finger noch immer miteinander verschränkt sind.

»Ach ja?«

Ich nicke. »Du hattest keine andere Wahl. Immerhin dachten deine Teammitglieder, dass ich deine Freundin bin. Wäre merkwürdig gewesen, wenn du nichts getan hättest.«

»Das war es nicht nur.«

Überrascht sehe ich ihn an. »Was meinst du?«

Unruhig rutscht er auf seinem Platz hin und her.

»Ich war schockiert, als ich dich da auf dem Tresen gesehen habe, ja. Aber auch fasziniert. Als der Typ dich dann angefasst hat, ist was in meinem Kopf durchgebrannt. Da habe ich keine Sekunde drüber nachgedacht, was andere davon halten.«

»Willst du damit sagen, dass du eifersüchtig warst?« Meine Mundwinkel zucken. Dieses indirekte Geständnis erfreut mich mehr, als es sollte.

»Vielleicht«, erwidert Dex leise und schiebt sich etwas von dem Fingerfood in den Mund, um nicht weitersprechen zu müssen. Ich folge seinem Beispiel, obwohl es in meinem Bauch so heftig kribbelt, als wäre Tausende Schmetterlinge darin, die keinen Platz für etwas zu Essen lassen.

»Dex?«, frage ich irgendwann leise. Inzwischen liegen wir auf dem Sofa. Über den Fernsehbildschirm flimmert eine Komödie, der ich keinerlei Beachtung schenke.

»Hm?« Seine Finger spielen mit meinem Pferdeschwanz und allein diese Berührung reicht aus, um mir wieder einen heißen Schauer über die Wirbelsäule zu schicken.

»Hast du manchmal das Gefühl, dass die Grenzen verschwimmen?« Ich schaue ihn an und höre für einige Sekunden auf zu atmen, als ich den Ausdruck in seinen matschgrünen Augen bemerke.

»Du meinst, dass es sich realer anfühlt, als es sollte?« Die Schmetterlinge halten inne. Mein Herz gerät aus dem Takt. Ich atme aus. Er spürt es auch. Vorsichtig nicke ich.

»Ständig«, gesteht er leise und bringt meine Welt damit zum Stillstand. Kann es sein, dass Dex die Person ist, die mir zeigt, dass Liebe auch ohne Schmerz möglich ist? Dass aus einer Notlüge etwas Echtes entstehen kann?

Ich drehe mich auf die Seite und sehe ihn direkt an. Nehme jeden kleinen Fleck seines Gesichts in mich auf. Speichere es ab, damit ich mich immer daran erinnere.

»Was, wenn es echt werden könnte?«, wispere ich und reiße meine Mauern dadurch ein. Ich kehre mein Innerstes nach außen und präsentiere ihm die Verletzlichkeit, die ich nach Jack tief in mir vergraben hatte.

Dex streicht mir eine Strähne aus dem Gesicht und für eine Sekunde meine ich Schmerz in seinen Augen aufblitzen zu sehen.

»Ich würde es mit keiner anderen Person lieber herausfinden als mit dir«, flüstert er. »Aber es gibt da etwas, dass du wissen musst.«

Ich schüttle den Kopf und lege ihm meinen Finger auf die Lippen. »Nicht jetzt. Nicht heute. Lass uns alle Regeln über Bord werfen. Vergessen, dass diese Beziehung mit einem Ablaufdatum begonnen hat. Ich will an nichts anderes denken als daran, dass wir eine Chance haben. Eine Chance, die ich nie für möglich gehalten habe.«

Und damit lasse ich alle Zweifel hinter mir und küsse ihn. Es dauert nur einen Wimpernschlag, bis er es erwidert. In einer fließenden Bewegung zieht er mich auf seinen Schoß. Ich stütze meine Arme rechts und links neben seinem Kopf auf dem Sofapolster ab und schiebe meine Zunge zwischen seine Lippen, als er Luft holt.

Er schmeckt nach dem Wein, den er zum Essen getrunken hat und nach dem Zucker der Churros. Sein ersticktes Stöhnen verliert sich in meinem Mund. Ich spüre, wie sich seine Härte durch den dünnen Stoff meiner Leggings zwischen meine Beine drückt. Seine rauen Hände wandern unter meinen Pullover. Ich erschaudere.

»Was zur … hast du keinen BH an?« Mit weit aufgerissenen Augen starrt er mich an, und ich verkneife mir mühevoll ein Grinsen.

»Du meintest, ich kann bleiben, wie ich bin. Also habe ich keinen angezogen.« Ich zucke mit den Schultern und in null Komma nichts liegt mein Oberteil am Boden. Durch die plötzlich fehlende Wärme stellen sich meine Nippel auf, die Dex daraufhin abwechselnd in den Mund nimmt und ausgiebig liebkost.

Ich schließe genüsslich die Augen und lege den Kopf in den Nacken. Meine Hände fahren durch sein Haar und zerren an seinem Shirt. Denn für meinen Geschmack hat er zu viel an.

Nur widerwillig lässt er von meinen Brüsten ab, sodass ich ihn ausziehen kann. Anschließend prallen unsere Münder direkt wieder aufeinander.

Haut an Haut.

Ein Herzschlag jagt den anderen.

»Du musst aus dieser Hose raus«, murmelt er an meinen Lippen und obwohl ich ihn lieber noch viel länger geküsst hätte, nicke ich. Etwas ungeschickt erhebe ich mich von seinem Schoß und versuche, so elegant wie möglich aus der Leggings zu steigen. Aber das ist unmöglich. Stattdessen stolpere ich über meine eigenen Füße und falle beinahe hin. Im letzten Moment finde ich mein Gleichgewicht wieder und trete aus dem Stoff heraus.

»Du hättest dich ruhig langsamer ausziehen können.« Dex grinst. Er steht inzwischen nur noch in Boxershorts vor mir, und ich erlaube mir seinen Anblick einige Momente lang zu genießen. Die gebräunte Haut. Seine breiten Schultern. Die starken Arme, die mich schon so oft gehalten haben. Eine schmale Spur dunkelblonder Haare führen in den Bund seiner Boxershorts, die vorn schon deutlich ausgebeult ist.

Langsam kommt er auf mich zu. Mein Herz rast. Vorfreude breitet sich in mir aus.

Wie gestern hebt er mich mühelos mit einer Hand hoch. Automatisch schlinge ich meine Beine um seine Hüften.

»Was hast du vor?«, frage ich und beiße sanft in sein Ohrläppchen. Ein Ruck geht durch seinen Körper, während er hart schluckt.

»Letztes Mal hatten wir Sex auf der Rückbank meines Wagens. Da werde ich diesmal sicher nicht die Couch wählen.« Er drückt mir einen Kuss in die kleine Kuhle unterhalb meines Ohrs und trägt mich in sein Schlafzimmer, wo er mich sanft auf dem Bett ablegt.

Seine Lippen wandern von meinem Hals zu meinen Brüsten. Hinterlassen federleichte Küsse auf meinem Bauch und verursachen ein schmerzhaftes Ziehen zwischen den Beinen, als er die Innenseiten meiner Oberschenkel liebkost. Mit jedem Kuss nähert er sich meiner feuchten Mitte, und es ist beinahe eine Erleichterung, als er das letzte hinderliche Stück Stoff entfernt.

In freudiger Erwartung sehe ich nach unten und fange seinen Blick ein. Das Grün seiner Augen wirkt dunkler und mir stockt der Atem, als er eines meiner Beine über seine Schulter legt und mit dem Kopf zwischen meinen Schenkeln verschwindet. Seine Zunge trifft auf meine Klitoris und entlockt mir ein lautes Stöhnen.

Meine Hände krallen sich in das kühle Bettlaken, was einen angenehmen Kontrast zu meinem heißen Körper bildet. Seine Zungenschläge werden schneller. Präziser. Und als er zusätzlich einen Finger in mich schiebt, sehe ich Sterne. Ich beuge den Rücken durch und greife mit einer Hand in sein Haar.

»Soll ich aufhören?« Seine Stimme dringt wie durch einen dichten Nebelschleier zu mir durch. Ein Nebel der Lust, der mich schon lange nicht mehr so eingehüllt hat.

»Untersteh dich«, keuche ich und spüre ihn gleich darauf wieder am empfindlichsten Punkt meines Körpers.

Ein Schauer jagt den nächsten. Meine Muskeln ziehen sich zusammen, doch Dex ist ein Meister des Herauszögerns. Gerade, als ich denke, vollständig zu explodieren, lässt er von mir ab.

Irritiert öffne ich die Augen. »Was ist los?«

Er zwinkert mir zu und küsst mich. Ich stöhne erstaunt auf. Mich selbst an seinen Lippen zu schmecken, turnt mich mehr an, als ich dachte.

»Ich lasse dich nicht kommen, ohne dass ich in dir bin«, raunt er leise und zieht sich zurück, um seine Boxershorts auszuziehen. Genauso schnell, wie er weg ist, ist er auch wieder da. Ich spüre seine Härte zwischen meinen Beinen und schnappe aufgeregt nach Luft.

»Warte kurz. Bist du gesund?« Einen Augenblick lang sieht er verwirrt aus. Dann scheint er zu verstehen.

»Bin ich. Aber, keine Sorge, wir benutzen ein Kondom.« Er angelt nach etwas auf seinem Nachttisch, und ich höre das charakteristische Reißen der Packung.

Gebannt beobachte ich, wie er es sich überrollt und im nächsten Augenblick in mich eindringt. Mein Stöhnen wird durch seinen Kuss erstickt. Langsam beginnt er sich zu bewegen, denn auch wenn wir schon einmal Sex hatten, müssen wir uns erst wieder aneinander gewöhnen. Bald findet er den richtigen Rhythmus, und wir sind im Einklang miteinander.

Ich schlinge mein Bein um seine Hüften und vergrabe mein Gesicht in seiner Halsbeuge, während er mit heftigen, erbarmungslosen Stößen in mich eindringt. Meine Muskeln ziehen sich zusammen, und meine Libido tanzt, als wäre heute der schönste Tag in ihrem Leben. Dex packt mein Bein und legt es sich wieder über die Schulter. Da explodiert ein Feuerwerk in mir, und ich kralle mich an ihm fest, um dadurch nicht zu Asche zu zerfallen.

Mir liegt sein Name auf den Lippen, doch er bleibt unausgesprochen, weil Dex mich küsst, als gäbe es kein Morgen. Als wäre diese Nacht unsere erste und einzige.

Er zuckt in mir und trotz des Kondoms fühle ich die Wärme, die plötzlich in mich schießt. Schwer atmend zieht er sich zurück und fällt neben mich, bevor er das Kondom entsorgt.

Sobald er wieder da ist, rolle ich rüber und schmiege mich an ihn. Mein Bein platziere ich zwischen seinen und male kleine Kreise auf seine nackte, harte Brust.

»Ich hatte es nicht so gut in Erinnerung.« Grinsend sehe ich zu ihm hoch. Seine Mundwinkel zucken.

»Es war auch wesentlich besser. Hier können wir uns mehr bewegen als auf der Rückbank eines Autos.«

Ich lache und spüre seine Lippen an meiner Schläfe.

»Hast du Lust auf eine Dusche?«, murmelt er und streicht mit den Fingern über meinen unteren Rücken.

»Kannst du dich da noch besser entfalten?«, necke ich lächelnd.

»Finde es raus.« Seine Augen funkeln verschmitzt und mir wird heiß, wenn ich an unsere letzte gemeinsame Dusche denke.

»Was ist mit Ryan? Kommt er bald nach Hause?« Auf eine weitere nackte Begegnung mit ihm verzichte ich gern.

»Vor Mitternacht ist er nicht da«, verspricht Dex und sieht mich auffordernd an.

»Dann zeig mir mal, wie talentiert du unter der Dusche bist«, erwidere ich und springe lachend aus dem Bett.

Kapitel 15

Am nächsten Morgen erwache ich wieder in einem Knäuel aus Armen und Beinen. Dex liegt halb auf mir. Sein schwerer Körper drückt mich in die Matratze und ist so heiß, dass ich darunter beinahe zergehe. Vorsichtig versuche ich, ihn beiseitezuschieben, doch dieser Berg aus Knochen und Muskeln bewegt sich keinen Zentimeter.

Seufzend gebe ich auf und erwische mich zeitgleich bei dem Gedanken, dass es überraschenderweise schön ist, mit ihm auf diese Weise in den Tag zu starten.

»Dex?« Sanft streiche ich ihm durchs Haar. Er grummelt leise und schließt seinen Arm fester um mich. Nicht der Effekt, den ich erzielen wollte.

»Dex, wach auf! Du erdrückst mich.« Ich beginne erneut damit an ihm herumzuschieben, als er die Augen aufschlägt.

»Was tust du da?«, fragt er verschlafen und rollt sich von mir herunter. Sofort kann ich freier atmen, vermisse aber zugleich seine Wärme. Irritiert runzle ich die Stirn. Seit wann sind meine Gedanken derart paradox?

»Ich versuche, nicht von dir plattgedrückt zu werden«, erkläre ich und beobachte, wie Dex sich mit der Hand übers Gesicht fährt.

»Gestern hat es dir gut gefallen, wenn ich über dir war. Und unter dir. Hinter dir.« Unsere Blicke treffen sich und prompt meldet sich ein lustvolles Ziehen in meinem Unterleib.

»Da hattest du deine Muskeln unter Kontrolle.« Meine Stimme klingt rau. Allein beim Gedanken an letzte Nacht ist mein Kopf wie leergefegt, und mein Körper übernimmt die Führung. Oder vielmehr meine Libido, die inzwischen auch erwacht ist und sich nach Dex' Nähe sehnt.

»Dann ... sollten wir vielleicht die Plätze tauschen.« In einer schnellen Bewegung hat er mich auf sich gezogen. Mir entflieht ein überraschtes Japsen.

Er grinst.

»Wenn ich es richtig in Erinnerung habe, hattest du eine Vorliebe für Latten, oder?« Dex bewegt sich unter mir und drückt sein Becken fester gegen meins.

Ich verdrehe die Augen und beuge mich zu ihm runter. Mein langes, dichtes Haar umrahmt uns dabei wie ein Schleier, der uns von der Außenwelt abschirmt.

»Muss ich mir diesen Satz für den Rest meines Lebens anhören?«, frage ich und streife beim Sprechen seine Lippen.

»Vielleicht nicht ganz so lang, aber das ein oder andere Mal werde ich den sicher noch bringen.« Er bewegt sein Gesicht meinem entgegen und küsst mich. Mein zufriedenes Seufzen verliert sich in seiner Mundhöhle. Daran könnte ich mich gewöhnen. Mit Dex einzuschlafen und aufzuwachen. Jeden Morgen so von ihm begrüßt werden und mit einer Runde Sex in den Tag zu starten. Jemanden zu haben, an den ich mich nachts schmiegen kann, wenn mich schlechte Träume heimsuchen. Es ist offiziell: Ich bin rettungslos verloren und dabei, mich unwiderruflich in Dexter Malone zu verlieben.

Plötzlich wird die Tür aufgerissen. Blitzschnell rolle ich mich von Dex herunter und wickle die Decke um meinen nackten Körper.

»Seid ihr angezogen?« Ryan kommt mit geschlossenen Augen ins Zimmer und ertastet sich den Weg zum Bett.

»Nein, aber du kannst mir nichts weggucken«, entgegne ich, woraufhin er die Augen öffnet und erleichtert ausatmet.

»Morgen, Ruby.« Sein Grinsen reicht von einem Ohr zum anderen. »Dex, du hast Besuch.«

»Ich bin mit niemandem verabredet.«

Wenn möglich, wird Ryans Grinsen noch breiter. »Eltern entscheiden sich zu so was gern spontan.«

Dex wird blass, und ich kann es ihm nicht verübeln. Augenblicklich wird mir schlecht.

»Hast du gerade Eltern gesagt?«, krächze ich. Ryan nickt.

»Sie sitzen im Wohnzimmer und haben Frühstück dabei.«

Im Wohnzimmer. Da, wo wir gestern in Windeseile unsere Klamotten verteilt haben.

Stöhnend vergrabe ich mein Gesicht in den Händen. Der Tag hat so gut begonnen.

»Keine Sorge. Ich habe aufgeräumt. Zu lange solltest du deine Mom nicht warten lassen, sonst ...«

»Ryan! Es ist sehr lobenswert, dass du Dex einen peinlichen Moment ersparen willst, aber ich habe ihn und Bella schon oft im Bett erwischt. Auf einmal mehr kommt es da nicht an.« Bevor Ryan in der Lage ist, es zu verhindern, schiebt sich Mrs. Malone ins Zimmer.

Wie bereits bei unserer letzten Begegnung ist die Ähnlichkeit zu Dex unverkennbar. Ihre blonden Haare umrahmen ihr Gesicht in perfekt liegenden Wellen, und ich muss ihr zugute heißen, dass ihre Augen sich nur für den Bruchteil einer Sekunde weiten, als sie mich sieht. Danach hat sie ihren Ausdruck wieder im Griff.

»Ruby.« Sie klingt überrascht, verbirgt den kühlen Unterton allerdings nicht.

»Guten Morgen, Mrs. Malone«, entgegne ich so würdevoll wie möglich.

»Mom! Kannst du dich an unser letztes Gespräch über Privatsphäre erinnern?« Dex reibt sich mit Zeigefinger und Daumen über die Nasenwurzel, während ich noch immer peinlich berührt neben ihm sitze. Mein Magen will sich nach außen stülpen, aber ich schaffe es erfolgreich, nicht zu kotzen.

Hilfesuchend sehe ich zu Ryan, doch der kleine Verräter ist längst aus dem Zimmer verschwunden und hat sich Gott weiß wo verkrümelt.

»Privatsphäre, papperlapapp! Stell dich nicht so an. Sie bleiben zum Frühstück, Ruby?« Mrs. Malone formuliert es zwar als Frage, ihr Tonfall lässt allerdings keinen Widerspruch zu.

Ich nicke verkrampft lächelnd und versuche, die hämmernden Gedanken zu verdrängen, die wie ein Werbebanner durch meinen Kopf laufen. Wieso ist sie davon ausgegangen, dass sie Dex mit Bella vorfindet? Während des Banketts haben die beiden kein Wort miteinander gesprochen und dass sie danach noch mal gemeinsam im *Murphy's* waren, kann sie unmöglich wissen. Oder?

Als sie uns zum Anziehen allein lässt, atme ich erleichtert auf.

»Ich hatte keine Ahnung, dass sie kommen«, beteuert Dex, während er in eine Jeans schlüpft.

»Ich weiß«, seufze ich und wünschte, mich gestern Abend doch umgezogen zu haben. Denn Leggings und das übergroße T-Shirt von Dex sind nicht gerade Kleidungsstücke, in denen ich seinen Eltern gegenübertreten will. Leider bleibt mir keine andere Wahl.

»Wieso hat deine Mom Bella hier erwartet?« Die Frage brennt mir auf der Zunge seit ihr Name zum ersten Mal gefallen ist. Dex fährt sich verlegen durchs Haar. Seine Wangen überzieht eine leichte Röte.

»Weil ...«

»Kommt ihr?« Mrs. Malones Stimme unterbricht ihn. Er seufzt und wirft mir einen entschuldigenden Blick zu, bevor wir sein Schlafzimmer verlassen.

Der Esstisch ist gedeckt, als wir das Wohnzimmer betreten und das Frühstück sieht teuer aus. Sein Dad begrüßt mich freundlich, aber auch von ihm geht eine gewisse Missbilligung darüber aus, dass ich nicht Bella bin.

Wir setzen uns, und ich wünschte, Ryan wäre ebenfalls geblieben. Dann wäre die Situation vielleicht weniger verkrampft.

»Ruby, wir hatten beim letzten Mal nicht wirklich ausreichend Zeit uns zu unterhalten. Was studieren Sie?« Dex' Vater sieht mich neugierig an.

»Agrarwissenschaften. Wie bereits erwähnt möchte ich die Farm meiner Grandma übernehmen.« Ich entspanne mich etwas. Mit dieser Frage hat er mich auf sicheres Terrain geführt. Hoffentlich bleiben wir noch eine Weile dort.

»Bauen Sie neben Wacholder auch andere Dinge an? Oder halten Sie Nutztiere?« Mr. Malone scheint aufrichtig an meinem Leben interessiert zu sein, während seine Frau die Nase rümpft. Womöglich war mein erster Eindruck von ihm durch die Gesamtsituation getäuscht.

»Baumwolle, ja. Die Rinder sind eher zum Eigenbedarf.« Ich lächle, und er nickt.

»Ich gehe davon aus, Ihre Eltern sind auch … Bauern?« Mrs. Malone spricht das letzte Wort aus, als hätte sie Ungeziefer sagen wollen. Es ist ihr anzumerken, dass sie mich für jemanden aus der Arbeiterklasse hält, der nicht mit ihrem Sohn verkehren sollte. Ich umfasse mein Buttermesser fester.

»Sie waren es, ja. Inzwischen sind sie tot.« Dex verschluckt sich an seinem Kaffee. Seinem Dad fällt ein Stück Brötchen aus der Hand, doch seine Mom zuckt nicht mal mit der Wimper.

»Das tut mir leid.«

Sicher. Mitgefühl klingt anders. Stille breitet sich am Tisch aus, während seine Mom und ich uns ein erbittertes Blickduell liefern.

»Und arbeiten Sie neben dem Studium noch? Ich kann mir vorstellen, dass es in Ihrer Lage schwerer ist, die Studiengebühren aufzubringen.«

In meiner Lage? Ich stelle die Tasse ab und falte meine Hände ineinander. Es fällt mir schwer, ruhig zu bleiben, dabei merke ich genau, dass sie mich mit diesen Fragen aus der Reserve locken will. Was sie damit bezwecken möchte, ist mir bisher schleierhaft, aber ich bin gewillt, in dieses Spiel einzusteigen. Sie hält mich für einen Bauerntölpel? Zu unzureichend für ihren Sohn? Dann bekommt sie jetzt die Antworten, die sie hören will. »Ja, ich arbeite in New Orleans in einer ...«

»Sie arbeitet in Silveroaks im Seniorenheim.« Dex legt mir die Hand auf den Oberschenkel und funkelt seine Mom wütend an. »Was ist der Grund eures Besuchs?«

Ich muss ihn nicht ansehen, weil ich höre, dass sein Geduldsfaden kurz vorm Reißen ist.

»Es geht um Will.« Mr. Malone lehnt sich auf dem Stuhl zurück und verschränkt die Arme vor der Brust.

»Ist was passiert?« Alarmiert sieht Dex seine Eltern an, doch die schütteln glücklicherweise den Kopf.

»Nein. Wir wollen über die Destillerie sprechen. Er möchte wieder einsteigen. Als Erbe. Wie es ursprünglich geplant war.« Mrs. Malone seufzt. Ich nippe an meinem Kaffee und nehme mir einen Augenblick Zeit, sie zu beobachten. So garstig sie sich mir gegenüber auch verhält, sie scheint sich um ihren Sohn zu sorgen. Allerdings erkenne ich den Grund dafür nicht. Will hat mir während des Banketts bewiesen, dass er sich bestens mit ihren Produkten auskennt. Was spricht dagegen, dass er zurückkehrt?

»Und? Das ist großartig! Ich habe ohnehin kein Interesse daran, die Destillerie zu leiten, und es war immer Wills Traum.«

Unruhig rutsche ich auf meinem Stuhl hin und her. Dieses Gespräch geht eindeutig nur seine Familie etwas an, und ich fühle mich höchst deplatziert.

»Aber Will ist ...« Seine Mom ringt nach Worten, und ich habe das Gefühl, sie bringt es nicht über sich, auszusprechen, was sie sagen möchte.

»Körperlich behindert«, brummt Dex. »Sein Kopf funktioniert dennoch einwandfrei. Was ist euer Problem?«

»Wie sieht das denn aus? Jemand Behinderten als Führungskraft einzustellen?« Es platzt förmlich aus seiner Mom heraus. Als hätte sie diese Worte zu lange zurückgehalten.

»Sag mal, hörst du dich selbst reden? Er ist dein Sohn! Sei froh darüber, dass er sich ins Leben zurückgekämpft hat, und versucht, es so normal wie möglich zu führen!« Diesmal bin ich diejenige, die Dex die Hand aufs Knie legt und leicht drückt. Rote Flecken breiten sich auf Mrs. Malones Hals und Wangen aus. Es ist ihr eindeutig peinlich, darüber zu sprechen, und dann auch noch in meiner Gegenwart.

»Haben Sie schon mal daran gedacht, dass Sie durch Will in der Führungsposition ein Vorreiter werden?«, frage ich und sehe die beiden direkt an.

»Inwiefern?« Mr. Malone beugt sich etwas vor.

»Das geht Sie nichts an, Ruby.« Und schon ist Mrs. Malone wieder im Angriffsmodus.

»Ich würde Ihren Vorschlag gern hören«, entgegnet ihr Mann beharrlich.

Ich lächle ihn dankbar an.

»Inklusion wird ein immer größeres Thema. Dex hat natürlich recht damit, dass Sie Will bei seinen Wünschen unterstützen sollten. Aber es wäre natürlich auch eine schöne Art zu sagen, dass Sie offen für alle sind. Ich habe Will während des Essens kennengelernt. Ohne sein Talent Produkte anzupreisen, hätte ich den Texas Rosso niemals als Getränk gewählt.«

»Ihre Sichtweise gefällt mir, Ruby.« Mr. Malone lächelt mich an, und ich habe das Gefühl, dass er weitaus weniger Probleme damit hätte, Will wieder als Erben einzusetzen. Seine Frau hingegen sieht aus, als könne sie nicht glauben, dass ich etwas Kluges gesagt habe.

»Es sollten bei dieser Entscheidung außerdem alle an einem Tisch sitzen. Will hat ein Recht, ebenfalls dabei zu sein.« Dex sieht seine Eltern auffordernd an, nachdem er mich mit einem Lächeln bedacht hat. Daraufhin wird mir ganz warm ums Herz. Es ist schön, dass er nicht direkt davon abgeschreckt ist, dass ich mich in Familienangelegenheiten einmische. Das gibt mir das Gefühl dazuzugehören. Dass er meine Meinung hören will. Vor ein paar Wochen habe ich noch gedacht, wir beide würden nicht zusammenpassen, weil unsere Welten zu unterschiedlich sind. Die Farmersenkelin und der Destillerie-Erbe. Aber je mehr Zeit wir miteinander verbracht haben, inklusive der letzten Nacht und dieses Morgens desto überzeugter bin ich davon, dass wir es schaffen könnten. In der vergangenen Nacht haben wir eine Grenze überschritten und mich beschleicht der Gedanke, dass es kein Zurück mehr gibt.

Mein Handy beginnt zu klingeln. Maddies Gesicht leuchtet auf dem Display auf. Damit sie nicht direkt wieder einen Suchtrupp losschickt, entschuldige ich mich kurz und verschwinde ins Badezimmer, um den Anruf anzunehmen. Ich muss ohnehin auf die Toilette.

»Hey, Maddie.« Ich setze mich auf den geschlossenen Klodeckel und schlage die Beine übereinander.

»Wo bist du?« Irritiert runzle ich die Stirn.

»Ich habe dir eine Nachricht geschickt.«

»Nein. Ich habe keine ...« Sie hält abrupt inne, und ich höre, wie sie laut einatmet.

»Hier ist sie. Ich habe sie komplett überlesen. Bist du immer noch bei Dex?« Ihre Neugier ist unüberhörbar.

»Ja, bin ich. Gemeinsam mit seinen Eltern.«

»Nicht dein Ernst?« Maddies Stimme überschlägt sich beinahe. Ich nicke, auch wenn sie es nicht sieht.

»Ich erzähle es dir später, okay? Jetzt muss ich zurück zu diesem Horrorfrühstück. Seine Mom hasst mich.« Seufzend lege ich den Kopf in den Nacken und starre an die weiße Decke über mir.

»Na, wie gut, dass du seinen Eltern nicht gefallen musst«, schmunzelt Maddie und legt auf, nachdem wir uns voneinander verabschiedet haben. Ihre Worte hallen jedoch weiter in mir nach, während ich mir die Hände wasche. Natürlich spielt es keine Rolle, was sie von mir denken. Viel wichtiger ist es, dass Dex mich mag.

Leise schließe ich die Tür hinter mir und bin fast wieder im Wohnzimmer, als ich meinen Namen höre. Im Schutz des Flures bleibe ich stehen.

»Was soll diese Sache mit Ruby? Wir haben Bella zum Frühstück erwartet.« Mrs. Malone klingt alles andere als begeistert.

»Bella und ich sind nicht mehr zusammen«, entgegnet Dex genervt.

Jemand seufzt.

»Wir wussten, dass das College schwierig für euch sein würde, aber muss dieses Drama wirklich sein?« Wieder Mrs. Malone. Ich höre, wie eine Tasse laut auf der Tischoberfläche auftrifft.

»Ich war nicht derjenige, der sich ausleben wollte und jetzt werft ihr mir vor, dass ich dasselbe tue?«

Mein Herz wird schwer.

»Ist Ruby das denn? Eine Phase, in der du dir die Hörner abstößt?« Mr. Malone klingt überraschend einfühlsam. Dex schweigt. Mein Magen zieht sich zusammen und droht das Brötchen rauszudrücken, das ich mir reingequält habe.

»Sie ist ein nettes Mädchen, Dex. Ich mag sie. Sie ist nicht auf den Mund gefallen. Hatte auf jede meiner Fragen eine knackige Antwort parat ...« Seine Mom stockt und mir entflieht ein Schnauben. Wer's glaubt. Sie hat nicht den Eindruck gemacht, als würde sie mich sonderlich mögen. »Ruby ist nicht deine Zukunft. Das ist Bella. Ihr seid seit der High School ein Paar und ihr wolltet heiraten. Denk an die Firma und die Fusionierung. Das ist wichtig. Selbst wenn Will wieder als Erbe eingesetzt werden sollte, hat sich an diesem Plan nichts geändert.«

Für einen Moment wird mir schwarz vor Augen. Ich presse mir die Hand vor den Mund, weil ich inzwischen wirklich kurz davor bin, mich zu übergeben.

»Damals waren wir achtzehn, Mom. Die Zeiten ändern sich.« Stuhlbeine kratzen über den Boden, und ich sehe Dex unruhig hin und herlaufen. Mit dem Rücken presse ich mich gegen die Wand. Das muss ein schlechter Scherz sein!

»Es ist wichtig für die Familie und für unser Geschäft. Ruby ist nett, aber nicht deine Liga.« Mrs. Malone klingt so unnachgiebig, dass ich instinktiv weiß, dass Dex keine Widerworte geben wird, und dem ist auch so. Also löse ich mich von der Wand und trete ins Wohnzimmer. Drei Augenpaare richten sich auf mich. Nur eines davon weitet sich, nachdem klar wird, dass ich Zeuge dieser Unterhaltung geworden bin.

»Ruby ...« Dex macht einen Schritt auf mich zu, doch ich schüttle den Kopf.

»Ist das wahr?«

Er schürzt die Lippen und senkt den Blick. Eine eiskalte Hand durchbricht meine Brust und schließt sich um mein Herz. Das ist Antwort genug, denn manchmal sagt Schweigen mehr als tausend Worte.

Ich atme tief durch und kämpfe weiter gegen die Übelkeit. Dann straffe ich die Schultern und sehe ihn direkt an.

»Der Vertrag ist hinfällig. Wir gehen ab jetzt getrennte Wege.« Ich bin stolz darauf, wie fest meine Stimme klingt, wenn doch alles in mir zittern und zusammenbrechen will.

»Was für ein Vertrag?«, fragt seine Mom verwirrt.

»Das geht Sie nichts an.« Ich schleudere ihr dieselben Worte entgegen, wie sie mir zuvor und mache auf dem Absatz kehrt, um die Wohnung zu verlassen.

Lautstark hämmere ich gegen die danebenliegende Tür. Die meisten aus Elizas WG haben vormittags Vorlesungen, aber irgendjemand ist immer zu Hause.

»Ruby, warte!« Dex' Stimme ertönt hinter mir. Ich drehe mich nicht um. Sonst bestünde die Gefahr, dass meine Wut ins Wanken gerät.

»Ich will es nicht hören«, murmle ich und starre noch immer auf die geschlossene Tür vor mir.

»Ich muss es dir erklären.« Als ich seine Hand auf meiner Schulter spüre, wirble ich herum.

»Du bist verlobt und hast dieses kleine Detail vergessen zu erwähnen. Ich denke, da gibt es nichts weiter zu besprechen«, keife ich. Hätte er von Anfang an mit offenen Karten gespielt, hätte ich diesen dämlichen Vertrag gar nicht vorgeschlagen. Ich wäre nicht mal mit ihm zu diesem verdammten Abendessen gegangen!

»Du bist was?«, nuschelt jemand hinter mir. Ich werfe einen Blick über die Schulter und sehe Connor mit schäumendem Mund und Zahnbürste in der Hand im Türrahmen stehen.

»Ich habe dir nichts mehr zu sagen, Dex«, murmle ich leise und drehe mich wieder um.

»Ich hingegen noch eine Menge. Ist ja nicht so, als würde Bella sich wie eine Vorzeigeverlobte verhalten«, ruft er mir hinterher, doch da bin ich schon an Connor vorbei gestürmt und in der Wohnung verschwunden.

Der sieht mich mit großen Augen an.

»Ist Eliza da?«

Er schüttelt den Kopf.

»Was ist denn hier los?« Ein verschlafen aussehender Ethan kommt vorbeigeschlurft, doch als er mich sieht, ist er plötzlich hellwach.

»Das ist Dex' Trikot. Deine Haare sind nicht gemacht, und du bist zu einer Zeit hier, in der du Vorlesungen hast.«

Ich schlucke. Ethan mag der liebenswerte Clown in unserer Runde sein, aber er hat eine gefährlich scharfe Auffassungsgabe.

»Ethan lass gut sein.« Connor klingt noch immer so, als wäre sein Mund voller Zahnpasta.

»Ihr hattet Sex! O mein Gott. Ich wusste es! Du schuldest mir zwanzig Dollar!« Ethan zeigt erst auf mich und dann auf Connor. Ich beiße mir auf die Unterlippe und plötzlich fühlt es sich an, als hätte jemand einen Schalter umgelegt. Jegliche Anspannung, die mich zuvor aufrecht gehalten hat, fällt von mir ab. Mein Magen sackt dumpf nach unten, sodass es sich anfühlt, als würde er mir in den Kniekehlen hängen. Mein Herz bekommt gefährlich viele Risse und droht auseinanderzubrechen.

Meine Augen werden feucht und Tränen fließen mir ungehindert über die Wangen. Meine Beine geben nach, und ich sinke auf den Boden. Jemand zieht scharf Luft ein, doch durch meine verschwommene Sicht, erkenne ich nicht wer.

»Ruby ... das mit den zwanzig Dollar war nicht so gemeint, ehrlich«, stammelt Ethan erschrocken.

Ein Spuckgeräusch ertönt und weil ich mein Frühstück überraschenderweise noch immer bei mir behalte, muss Connor sich von der Zahnpasta befreit haben. Nur Sekunden später spüre ich eine große Hand auf meiner Schulter und höre seine Stimme.

»Ich rufe Eliza an.«

Kapitel 16

Jetzt verstehe ich, weshalb Eliza hier so gern wohnt. Ihre Mitbewohner sind Gold wert.

Ethan begleitet mich zum Sofa, macht es mir gemütlich und breitet eine Decke über mir aus. Connor wimmelt Dex mehrmals ab, bevor er Tee kocht und mir etwas zu Essen anbietet. Doch allein der Gedanke daran lässt erneut Übelkeit in mir aufsteigen.

Ich starre auf den dunklen Fernsehbildschirm, umklammere die warme Tasse in meinen Händen und bin froh, dass sie mich nicht mit Fragen löchern. Meine Tränen sind inzwischen versiegt. Nur vereinzelt wird mein Körper noch von stummen Schluchzern geschüttelt.

»Eliza ist bestimmt gleich da.« Connor schenkt mir ein beruhigendes Lächeln, obwohl er nervös auf seinem Platz hin und her rutscht. Er war nie ein Mann vieler Worte oder großer Emotionen. Das brauche ich im Moment auch nicht. Es reicht, dass er da ist und durch seine Anwesenheit die Ruhe ausstrahlt, die ich dringend benötige. Denn in meinem Inneren herrscht großes Chaos. Ich weiß nicht, was ich von den Geschehnissen der letzten Stunde halten soll. Alle Gespräche zwischen Dex und mir jagen wie ein Wirbelsturm durch meinen Kopf. Kein Wort ist wirklich greifbar. Sie mischen sich mit den Aussagen seiner Mutter, die mir den Boden unter den Füßen weggerissen haben. Ich wusste, ich würde ein Wagnis eingehen, wenn ich mich auf Dex einlasse. Gefühle zulasse. Ihm mein Herz schutzlos offenbare. Jetzt musste ich den Preis dafür zahlen und wurde wieder einmal daran erinnert, dass Liebe Schmerz bedeutet. Dass ich nicht dafür gemacht bin, beziehungsweise das Universum kein Happy End für mich vorgesehen hat.

Als hätte Eliza auf ihr Stichwort gewartet, wird die Tür aufgerissen, und meine Freundin stürzt in die Wohnung. Gefolgt von Maddie und Nate, die das Memo von meinem Zusammenbruch wohl ebenfalls bekommen haben.

»Was ist passiert?« Alarmiert sieht Eliza von mir zu ihrem Freund, dann zu Ethan und wieder zu mir.

»Ruby und Dex hatten Sex«, erklärt Ethan mit einem gewissen Triumph in der Stimme. Mein Gott, waren die etwa alle in diese Wette verwickelt?

»Dann hat sich herausgestellt, dass Dex verlobt ist«, ergänzt Connor und wirft mir einen schnellen Blick zu. Wahrscheinlich um sicherzugehen, dass ich bei der Erwähnung seines Namens nicht direkt wieder in Tränen ausbreche.

»Was?« Maddie, Nate, Eliza und Ethan sehen uns mit offenen Mündern an. Connor nickt.

»Mit ... Bella«, murmle ich.

»Ich glaube, ich kotze gleich.« Meine beste Freundin fällt neben mir aufs Sofa.

»Ging mir ähnlich«, entgegne ich leise. Auch Eliza setzt sich neben mich. Mitfühlend legt sie mir den Arm aufs Knie.

»Es ist mehr als kurzweiliges Fake-Dating, oder?«

Neue Tränen sammeln sich in meinen Augen. »Es war immer irgendwie mehr.«

Eliza nickt und tauscht einen Blick mit Connor. Auch Maddie scheint zu verstehen, dass Dex etwas in mir ausgelöst hat, das lange geschlafen hat.

»Zwischenfrage: Ich dachte, ihr könnt euch nicht ausstehen.« Ethan klingt verwirrt. Ich sehe zu den Jungs, die sich auf das kleinere Sofa gequetscht haben und mich an drei Hühner auf einer Stange erinnern.

»Es ist nicht so, dass wir uns nicht leiden konnten. Eher, als hätten wir eine stumme Vereinbarung getroffen, einander aus dem Weg zu gehen«, versuche ich zu erklären.

»Also ich habe zwischen euch immer eine gewisse Spannung gespürt und die hatte sicher nichts mit Abneigung zu tun.« Maddie sieht mich nachdenklich an. »Es war eher was unterschwellig Sexuelles. Als würdet ihr euch gegenseitig umgarnen, wie bei einem lange andauernden Paarungsritual.«

»Du guckst zu viele Tierdokumentationen«, schmunzle ich und muss trotz dieser negativen Situation lachen. Sofort entspannt sich die Stimmung. Die anderen werden sichtlich lockerer.

»Maddie hat Recht«, wirft Nate ein. »Ich habe das auch seit Längerem bemerkt. Immer, wenn du einen Raum betrittst, gehört Dex’ Aufmerksamkeit dir. Sobald er merkt, dass du ihn nicht beachtest, sucht er sich jemand anderen. Fast so, als würde er dir irgendwas beweisen wollen. Aber das ist ja Schwachsinn.«

Verlegen kratze ich mich am Kinn und schürze die Lippen.

»Wann habt ihr euch eigentlich kennengelernt?«, hakt Maddie nach.

»An den Tagen, wo ich mir das College angeschaut habe, hat Maddie mich zu einer eurer Partys geschleppt.« Die Jungs nicken, und ich erinnere mich ebenfalls daran, als ob es gestern gewesen ist. »Ich hatte einen schlechten Tag, und Dex hat die richtigen Worte gesagt. Es war entspannt, sich mit ihm zu unterhalten. Mit jemandem, der nichts von mir wusste, außer meinen Namen. Eins hat zum anderen geführt, und wir hatten Sex. Als ich dann angefangen habe, hier zu studieren, haben wir uns wieder getroffen. Er meinte, dass er wieder mit seiner Ex-Freundin zusammen wäre, also sind wir übereingekommen, dass es eine einmalige Sache war. Ich wollte mich nirgends zwischendrängen. Hatte genug damit zu tun, mich ins Studium einzufinden und mich an die neue Umgebung zu gewöhnen. Die Spannungen sind aber nie weggegangen.«

Es ist still im Wohnzimmer. Alle sehen mich mit großen Augen an. Maddie wirkt beleidigt. Wahrscheinlich, weil ich erst jetzt damit rausrücke.

Ethan knirscht mit den Zähnen. Ich schätze, dadurch hat er die Wette verloren. Nates Augen dagegen funkeln vergnügt.

»Ihr schuldet mir alle zwanzig Dollar«, flötet er.

»Verrät mir mal jemand, was es mit dieser Wette auf sich hat?« Auch wenn der Spaß auf meine Kosten geht, bin ich froh über die Ablenkung. Alles ist besser, als daran zu denken, dass ich meine Mauern für Dex zum Einsturz gebracht habe und dafür bitter bezahle.

»Ist doch glasklar: Wir haben gewettet, wie lange es dauert, bis ihr im Bett landet. Nate war der Einzige, der meinte, dass ihr vorher schon Sex hattet«, erklärt Connor enthusiastisch, dass ich glaube, er interessiert sich insgeheim mehr für Klatsch und Tratsch, als er zugibt. Denn solch große Emotionen bin ich sonst nicht von ihm gewohnt. Normalerweise benimmt er sich nur Eliza gegenüber so offen.

»Schön, dass meine Fake-Beziehung euch erheitern konnte«, erwidere ich trocken. Eliza tätschelt mir entschuldigend den Arm.

»Es war lustig, solange meine Chancen auf Gewinn standen«, murmelt Ethan und verschränkt beleidigt die Arme vor der Brust.

Ich grinse.

»Wie geht es denn jetzt weiter?« Maddie sieht mich fragend an. Sofort gleiten meine Mundwinkel nach unten. Ein Engegefühl breitet sich in meiner Brust aus. Der Druck hinter meinen Lidern nimmt wieder zu. Ich schlucke.

»Wie soll es weitergehen? Gar nicht. Dex ist verlobt. Da verbringe ich keine weitere Sekunde mit ihm.« Mein Herz stolpert protestierend. Die Worte kommen mir leicht über die Lippen. Sie auszusprechen ist kein Problem. Sie zu verstehen und zu akzeptieren ist dagegen viel schwieriger.

»Denkst du denn, Dex nimmt das einfach so hin?« Eliza sieht mich zweifelnd an.

»Er muss.« Meine Stimme klingt erstaunlich fest, wobei erste Tränchen mir den Blick verschleiern. »Ich habe dieser Beziehung Leben eingehaucht, also kann ich es auch wieder nehmen. Dafür brauche ich seine Erlaubnis nicht.«

Meine Freunde sehen mich an. Kritisch. Erschrocken. Bestätigend. Überrascht. Meine Entscheidung steht trotzdem. Vielleicht bin ich irgendwann bereit, mit Dex über die Geschehnisse dieses Morgens zu sprechen. Aber aktuell sehe ich keine Möglichkeit, wie er das Ruder herumreißen könnte. Wir sind Vergangenheit, und es hätte mir von Anfang an klar sein sollen, dass wir keine Zukunft haben.

***

Er lässt nicht locker. Die nächsten Tage bombardiert er mich mit Nachrichten und Anrufen, die ich allesamt ignoriere. Ich überlege sogar, seine Nummer zu blockieren, aber das bringe ich nicht übers Herz.

Nach den Vorlesungen schicke ich immer jemanden vor, um zu schauen, ob Dex auf mich wartet. Wenn das der Fall ist, nehme ich die Hintertür. Ich will mich ihm aktuell nicht stellen. Dafür sitzt der Schmerz noch zu tief. Für einen Außenstehenden mögen diese Vorkehrungen albern aussehen. Übertrieben. Drastisch. Für mich sind sie gerade reiner Selbstschutz. Er könnte Dinge sagen, die meine Wut verrauchen lassen. Mich erweichen, damit ich ihm verzeihe. Doch jetzt muss ich zuerst an mich denken. Irgendwann wird der Tag kommen, an dem ich mich wieder mit ihm in einem Raum aufhalten kann. An dem es nicht mehr so wehtut wie jetzt. Aktuell muss mein Herz sich erst mal von den Strapazen des Versuchs erholen, sich erneut geöffnet zu haben.

Dieses Gedankenkarussell verhagelt mir sogar die Tanzstunde am heutigen Abend. Ich bin so mit mir beschäftigt, dass ich Tanzschritte falsch ansage und vergesse, Tipps und Verbesserungsvorschläge zu geben.

Resigniert klatsche ich in die Hände und habe ein furchtbar schlechtes Gewissen deswegen. »Es tut mir leid. Ich bin heute nicht ganz auf dem Damm.«

Meine zwölf Lieblingssenioren schauen mich mitfühlend an. Haben aber genug Anstand, nicht weiter nachzufragen.

»Gute Besserung, Ruby. Wir sehen uns nächste Woche.« Harold und seine Frau Harriet lächeln mich freundlich an, bevor sie als Letzte den Saal verlassen.

Ich packe meine Sachen zusammen und steuere ebenfalls den Ausgang an. Der parkähnliche Garten des Seniorenheims liegt ruhig und friedlich vor mir. Bis nächste Woche muss ich das Thema Dex unbedingt abgeschlossen haben. So einen Fauxpas wie heute kann und will ich mir nicht noch einmal erlauben. Ich darf diesen Job nicht verlieren.

Das Klingeln meines Handys reißt mich aus meinen negativen Gedanken, die sofort weggeblasen sind, als ich den Namen meiner Kindergartenfreundin Rachel auf dem Display lese.

»Müsstest du nicht gerade planen, an welchem Strand du deine Flitterwochen am liebsten verbringen würdest?«, begrüße ich sie.

Rachel lacht und automatisch verziehen sich auch meine Lippen zu einem Lächeln.

»Das habe ich. Stell dir vor, wir fliegen nach Kalifornien! Da kann ich sonnenbaden ohne Ende.«

Ich grinse.

»Weshalb rufst du an? Bestimmt nicht, um mir davon zu erzählen.«

»Nein, nein. Wir sind morgen in der Nähe von New Orleans unterwegs. Da dachte ich, wir kommen in Silveroaks vorbei.« Ihre Worte lösen eine verloren geglaubte Wärme in mir aus. Nach den letzten Tagen in vollkommener Dunkelheit lässt die Aussicht auf ihren Besuch die Sonne in mir aufgehen.

»Das würde mich sehr freuen.« Meine Stimme klingt erstickt. Mit der freien Hand wische ich mir über die Augen und nehme mir fest vor, nicht auf offener Straße loszuheulen. Rachels Besuch brächte ein bisschen zu Hause nach Silveroaks, was ich dringend brauche.

»Ruby, ist alles in Ordnung?« Meine Freundin klingt ehrlich besorgt.

»Ist viel passiert in den letzten Tagen. Ich erkläre dir morgen alles in Ruhe.«

Sie schweigt einen Moment. »Okay, einverstanden. Ich schreibe dir noch mal, wenn ich weiß, wann wir ankommen.«

Wir verabschieden uns, und ich lege auf. Diese guten Neuigkeiten haben mir den Tag gerettet.

»Hey, Ruby! Warte mal!«

Ich erstarre und bleibe aus Reflex stehen. Langsam drehe ich mich um und atme erleichtert aus, als ich sehe, wer hinter mir steht. Im ersten Moment dachte ich, Dex hätte es geschafft, mich auf dem Nachhauseweg abzupassen. Keine Ahnung, wann ich so paranoid geworden bin, aber allein der Gedanke an eine Begegnung mit ihm ist wie ein Schlag in die Magengrube.

Aber es ist nur Jack. Die Tatsache, dass ich ihn als das kleinere Übel abtue, zeigt, wie tief mich die Geschichte mit Dex verletzt hat. Vor ein paar Wochen war Jack derjenige, dem ich nicht begegnen wollte. Dem ich weismachen wollte, dass ich ein großartiges neues Leben ohne ihn führe. Was ich auch tue. Ich kann stolz auf das sein, was ich nach unserer Trennung erreicht habe, obwohl es mir hundsmiserabel ging. Wieso bin ich überhaupt auf die Idee gekommen, Dex mit ins Boot zu holen? Wenn ich auf dem Bankett wie eine Erwachsene mit Jacks Auftauchen umgegangen wäre und ihm die Wahrheit gesagt hätte, weshalb ich eingeladen gewesen bin, würde ich jetzt nicht in diesem Schlamassel stecken.

»Was gibt's?« Ich versuche, meinen Tonfall so neutral wie möglich zu halten. Vielleicht sogar etwas abweisend zu klingen, damit er merkt, dass er unerwünscht ist. Nur weil ich froh bin, dass er nicht Dex ist, heißt das nicht, ich bin an einem Gespräch interessiert.

»Ich dachte, wir reden noch mal.« Jack schlendert locker neben mir her, nachdem ich mich wieder in Bewegung gesetzt habe.

»Worüber?« Ich sehe ihn nicht an, sondern halte den Blick starr auf die Straße vor mir gerichtet.

»Über uns. Und ich würde dir wirklich gern die Sache mit Cece erklären.« Für einen Augenblick bin ich versucht stehen zu bleiben und ihm eine reinzuhauen. Das ist hoffentlich nicht sein Ernst.

»Erstens: Es gibt kein *uns* mehr. Dafür hast du gesorgt. Zweitens: Was soll mit Cece sein? Sie ist schwanger. Na und? Vor einem Jahr hast du gesagt, dass ein Kind dein Leben zerstören würde. Deine Pläne durcheinanderbrächte. Keine Ahnung, was sich in der Zwischenzeit geändert hat, aber offensichtlich warst du dir wegen deiner Zukunft ohnehin unsicher. Sonst würdest du jetzt an der *Texas University* studieren, statt bei deinen Eltern zu arbeiten. Oder du wärst direkt in Brookeland geblieben, ich wäre allein aufs College gegangen und wir hätten es mit einer Fernbeziehung versucht!« Mein Herz galoppiert und meine Hände zittern. Ich schiebe sie in die Taschen meiner Jacke, damit Jack es nicht bemerkt. Keine Ahnung, wo das jetzt herkam, aber ich bin mindestens so überrascht, wie Jack aussieht. Er bleibt stehen. Runzelt die Stirn. Der Blick aus seinen braunen Augen intensiv. Früher hätte das ein Kribbeln im mir ausgelöst. Heute bereitet es mir Bauchschmerzen.

»Ich kenne dich, Ruby. Ich *sehe*, dass die Schwangerschaft dir etwas ausmacht und ich würde mich gern erklären. Vielleicht verstehst du meine damaligen Beweggründe dann auch besser!« Er klingt genauso aufgebracht wie ich zuvor. Ich lache, auch wenn es vollkommen unpassend in dieser Situation ist.

»Würde es etwas ändern?«

Jack zuckt zusammen. Überlegt. Nickt zaghaft. »Damit könnten wir unseren Streit aus der Welt schaffen und damit beginnen, wieder normal miteinander umzugehen. Wie früher.«

»Du willst bloß dein Gewissen erleichtern, Jack. Wenn ich dir verzeihe oder deine damaligen Gründe verstehe, hast du deine Absolution, und das wird nicht passieren.«

»Es ist fast ein Jahr her. Denkst du nicht, dass ein klärendes Gespräch auch dir helfen würde abzuschließen?« Seine Worte dringen zu mir durch, doch ich bin nicht bereit, sie zu akzeptieren.

»Das würde es sicher«, entgegne ich leise. Unwissend, ob er mich hört. Also erhebe ich meine Stimme um eine winzige Nuance. »Aber nicht heute. Nicht morgen. Nicht in der nächsten Woche oder im kommenden Monat.«

Damit setze ich meinen Weg fort und höre keine mir folgenden Schritte. Sobald ich um die nächste Ecke biege, lehne ich mich mit dem Rücken gegen die Hauswand, lege den Kopf in den Nacken und schließe die Augen. Mein Herz schmerzt. Diesmal aus einem anderen Grund. Mein Bauch rumort, während ich gegen die aufsteigende Übelkeit ankämpfe.

Ich krümme mich vorn über und denke an die letzten Worte, die ich Jack entgegengeschleudert habe. Einen Satz hätte ich hinzufügen sollen. Den wohl wichtigsten überhaupt. Wie könnte ich zu einem klärenden Gespräch bereit sein, wenn er offensichtlich vergessen hat, was sich morgen zum ersten Mal jährt.

Kapitel 17

Rachels Besuch ist Balsam für meine Seele. Es tut so gut, sich bei jemandem auszukotzen, der mich vor meiner Zeit in Silveroaks kannte. Der bedingungslos auf meiner Seite steht und nicht versucht, Dex auch nur ansatzweise zu verstehen.

Während Matt sich den Campus anschaut, reden Rachel und ich in meinem kleinen Appartement. Maddie schaut kurz vorbei, um »Hallo« zu sagen und uns später ins *Murphy's* einzuladen. Wenn auch sonst nicht viel los ist in Silveroaks, einmal im Monat steppt in unserem einzigen Restaurant der Bär, und das lässt sich niemand freiwillig entgehen.

»Bist du sicher, dass du heute ausgehen willst?« Rachel betrachtet mich nachdenklich, als ich meine Kleiderständer nach einem passenden Outfit durchsuche.

»Absolut. Ich bin bereit, mich volllaufen zu lassen, um jeden Mann zu vergessen, der jemals in der Nähe meines Herzens war.« Kritisch beäuge ich die schwarze Jeans, von der ich nicht wusste, dass ich sie besitze.

Rachel seufzt.

»Sicher, dass es dir nur darum geht?« Sie spricht leise und trotzdem verursachen ihre Worte ein ungutes Ziehen in meinem Bauch.

Mit der Hose in der Hand sinke ich neben ihr aufs Bett.

»Nein«, gebe ich ehrlich zu. »Aber ich kann nicht allein zu Hause sitzen und mich meinen Gedanken hingeben. Nicht heute. Dieses was-wäre-wenn-Spiel habe ich im vergangenen Jahr zu oft gespielt.«

Rachel greift nach meiner Hand und drückt sie sanft. Mitgefühl glitzert in ihren warmen braunen Augen. »Ich weiß, ich wollte lediglich sichergehen, dass eine Bar voller Menschen das Richtige ist.«

»Ist es. Danke, dass du dir Sorgen machst.« Wieder einmal wird mir klar, weshalb Rachel und ich schon so lange befreundet sind. Während ich dazu neige, erst zu handeln und dann zu denken, steht sie immer hinter mir und sorgt dafür, dass ich meine Entscheidungen infrage stelle. Sie ist mein Fels in der Brandung. Im *Murphy's* ist bereits die Hölle los, als wir gegen neun Uhr eintreffen.

»Wow! Ich hätte gar nicht gedacht, dass hier so viele Menschen wohnen.« Matt muss uns anschreien, damit wir ihn verstehen.

»Universitätsstadt!«, rufe ich zurück und halte Ausschau nach meinen Freunden. Doch in der Menge ist es beinahe unmöglich, jemanden zu finden.

Eliza und Connor entdecke ich hinter der Theke. Mit ausgefahrenen Ellenbogen kämpfen wir uns durch die Menschenmassen. Obwohl es draußen angenehm kühl war, ist es hier drinnen stickig und heiß. Der Schweißgeruch lässt mich die Nase rümpfen, und ich meine, Zigarettenqualm zu riechen, dabei darf in diesem Lokal nicht geraucht werden.

Auf der kleinen Bühne hat ein DJ sein Mischpult aufgebaut und heizt den Gästen mit seinen Beats ordentlich ein. Der abgenutzte Dielenboden vibriert unter meinen Füßen, als ich endlich Maddie entdecke. Sie sitzt gemeinsam mit ihrem Bruder, Ethan, Polly und Flynn an dem großen Ecktisch und winkt hektisch.

»War es bei diesen Veranstaltungen schon immer so voll?«, frage ich, nachdem wir uns gesetzt haben. Nate schüttelt den Kopf, während seine Schwester heftig nickt.

»Du bist noch zu nüchtern.« Sie lallt bereits ein wenig. »Aber das ändern wir jetzt!«

»Wie lange seid ihr schon da?«

Ethan kratzt sich nachdenklich am Hinterkopf, während ich den Shot runterkippe, den Maddie mir rüberschiebt.

»Seit sieben. Wir konnten dabei zusehen, wie der Laden immer voller wurde.« Eliza hechtet mit einem Getränke beladenen Tablett an uns vorbei. Sie wirkt gestresst, trotzdem verspüre ich einen Anflug von Stolz. Vor einigen Wochen war es noch undenkbar, sie in derartigen Menschenmassen zu sehen. Dass es heute wieder möglich ist, freut mich sehr. Vor allem für sie.

»Was willst du trinken?« Matt stupst mich an, und ich bestelle ein Bier.

»Nein! Wir wollen Shots. Ganz viele süße, winzige Gläser mit durchsichtigen und bunten Flüssigkeiten drin«, protestiert Maddie. Ich lache.

Matt erfüllt ihr den Wunsch und kommt mit einem Tablett voller Schnaps zurück. »Wenn wir schon mal hier sind, lassen wir es richtig krachen«, antwortet er und zwinkert mir zu.

»Und wie kommt ihr nach New Orleans zurück?« Ich stütze das Kinn in die Handinnenfläche und warte gespannt auf seine Antwort.

»Ich habe bei meinem Stadtrundgang ein B&B entdeckt. Die haben sicher noch ein Zimmer frei.«

»Lasst das lieber bleiben«, erklären wir unisono und lachen aufgrund der verwirrten Gesichter meiner Freunde.

»*Bob's B&B* ist speziell«, erklärt Flynn.

»Ich kann euch fahren. Ich trinke heute sowieso nicht«, bietet Polly anschließend an. Matt denkt kurz über ihren Vorschlag nach.

»Danke, aber wir sind mit einem Mietwagen unterwegs. Es wäre unsinnig, ihn hier stehen zu lassen«, entscheidet er und wirft einen letzten sehnsüchtigen Blick zum Tablett, bevor er erneut loszieht, um sich ein Wasser zu holen.

Zwei Stunden später habe ich etwa das Level erreicht, das Maddie um neun hatte. Die ist zwischenzeitlich eingenickt, jetzt jedoch wieder voll dabei.

»Hey, Rachel! Erzähl uns einen Schwank aus Rubys Jugend«, ruft Ryan, der sich vor einigen Minuten zu uns gesellt hat. Glücklicherweise ohne Dex. Ich hätte es nicht ertragen, mit ihm an einem Tisch zu sitzen. Trotzdem suchen meine Augen permanent den Raum ab, seit sein Mitbewohner aufgetaucht ist. Bisher konnte ich ihn nicht finden. Vielleicht ist diese Party die erste, die er schwänzt.

»Da fällt mir direkt was ein!« Rachel lacht und wechselt einen Blick mit ihrem Mann, der nach dieser stummen Konversation ebenfalls grinst.

»Während unserer Zeit auf der High School hat Ruby auf Partys immer diese eine Sache gemacht.«

»Rachel, ich warne dich.« Drohend hebe ich den Zeigefinger. Meine Freundin ignoriert das geflissentlich.

»Was genau?« Alle am Tisch beugen sich interessiert vor.

»Kennt ihr den Film *Coyote Ugly von David McNally*?« Abwechselndes Nicken und Kopfschütteln. Maddie sieht mich mit untertellergroßen Augen an.

»Nicht dein Ernst. Du hast auf High School Partys auf Tischen getanzt und anderen Alkohol direkt aus der Flasche in den Mund gekippt?«

Ich nicke, während Matt mir auf den Rücken klopft.

»Jeder war begeistert davon. Außer Jack.« Der Höflichkeit halber stimme ich ins allgemeine Gelächter mit ein, doch die Erinnerung an die darauf folgenden Streits mit meinem Ex trübt meine Stimmung.

»Bitte zeig es uns.« Ethan hat seinen besten Welpenblick aufgesetzt.

»Vergiss es. Ich denke nicht, dass Ed das erlaubt.« Zumindest hoffe ich das. Manchmal fällt es mir schwer, den Besitzer des *Murphy's* einzuschätzen. Ryan sieht mich nachdenklich an, immerhin weiß er, dass meine Zeit als Coyote nach der High School nicht vollkommen aufgehört hat, während die anderen mich lediglich für eine Barkeeperin halten.

»Wenn ich mit ihm rede und er zustimmt, machst du es dann?« Ethan sieht mich herausfordernd an. Einer guten Challenge konnte er noch nie widerstehen.

»Versuch dein Glück. Sagt Ed Ja, stehe ich auf der Theke.« Er stolpert beinahe über seine eigenen Füße, als er Richtung Tresen davon hechtet.

»Machst du es echt, falls er einwilligt?«, fragt Ryan zögerlich.

»Wird er nicht«, erwidere ich. Ethan kann in solchen Dingen sehr überzeugend sein. Allerdings halte ich Ed nicht für jemanden, der damit einverstanden wäre, angetrunkene Studierende auf seiner Theke tanzen zu lassen. Vorsichtshalbar leere ich trotzdem das letzte vor mir stehende Shot-Glas.

Es dauert keine fünf Minuten, bis Ethan grinsend zurückkommt. »Für einen Song gehört die Theke dir, und ich darf dich ankündigen.«

Vor Schreck verschlucke ich mich an meinem Bier. Das kann nicht sein! Der zufriedene Ausdruck in seinem Gesicht zeigt, dass ich seine Überredungskünste unterschätzt habe.

Seufzend erhebe ich mich und folge ihm zur Theke. Ryan begleitet uns. Dabei ist ausgerechnet Dex' Stimme in meinem Ohr. *Spielschulden sind Ehrenschulden.* Und ich stehe zu meinem Wort.

»DJ! Dreh mal die Musik runter!« Ethan versucht, gegen die Beats anzukommen, aber es ist unmöglich. Also bahnt er sich einen Weg zur Bühne, während Ryan und ich zurückbleiben.

»Du gehst da jetzt echt hoch?«

Ich sehe ihn an, und ein flüchtiges Lächeln huscht über mein Gesicht.

»Du klingst ziemlich überrascht. Dabei weißt du, dass ich zumindest ein paar Mal mein Geld damit verdient habe.«

Ryan tritt unruhig von einem Fuß auf den anderen. »Ich weiß auch, wie der Abend endete.«

»Na ja, Dex ist nicht hier, um mich runterzuholen oder jemandem eine reinzuhauen. Was soll schon passieren?« Ein merkwürdiger Ausdruck huscht über sein Gesicht. Sofort beschleunigt sich mein Puls. Er hat sich den ganzen Abend nicht blicken lassen. Wieso sollte er ausgerechnet dann auftauchen, nachdem ich mich bereit erklärt habe, auf die Theke zu steigen? Würde seine Anwesenheit etwas ändern? Wir gehen ohnehin getrennte Wege, da sollte er mir egal sein, ob er da ist oder nicht. Trotzdem betrachte ich die anwesende Meute, kann Dex allerdings nicht entdecken.

»Er ist doch nicht da, oder?«

Der Footballspieler öffnet den Mund. Das Buhen der Gäste, als die Musik plötzlich erstirbt, verschluckt allerdings seine Antwort.

»Beruhigt euch, beruhigt euch.« Ethans Stimme hallt durchs Mikrofon. Jemand drückt mir eine Flasche Wodka mit Ausgießer in die Hand.

»Durch Zufall habe ich erfahren, dass sich ein waschechter Coyote unter uns befindet. Weil ich natürlich kein Unmensch bin, habe ich alles dafür getan, um sie zu überreden, für einen Song zu zeigen, was sie kann.« Ethan klingt so begeistert wie ein kleines Kind, das gerade ein neues Spielzeug entdeckt hat.

»Der Junge labert einen Mist«, brummt Ed neben mir und schüttelt grinsend den Kopf. Ich bin versucht, ihn zu fragen, weshalb er zugestimmt hat, aber da ergreift Ethan schon wieder das Wort.

»Lasst mal einen kräftigen Applaus für unsere Ruby hören!« Die Menge johlt, und ich klettere auf den Tresen.

»Wer hat Lust auf Wodka?«

Es ist, als hätte jemand einen Schalter umgelegt. Sobald ich von oben auf die vielen Menschen blicke, sind all meine Zweifel und Unsicherheiten darüber, dass Dex anwesend sein könnte wie weggeblasen. Ich blende aus, dass einige meiner Professoren diese Veranstaltungen ebenfalls besuchen. Alles, was in diesem Moment zählt, ist die Musik, zu der ich meinen Körper bewege. Die offenen Münder, die ich mit Wodka fülle und die ausgelassene Stimmung, die im *Murphy's* herrscht.

Durch meine Adern fließt kein Blut mehr, sondern Adrenalin. Gepaart mit dem Alkohol, den ich heute selbst getrunken habe.

Drei Minuten frei sein.

Drei Minuten loslassen.

Drei Minuten leben.

Als der Song vorbei ist, grölt und applaudiert die Menge. Die Flasche ist leer, und ich bin durchgeschwitzt. Gut fühle ich mich trotzdem.

Lachend lasse ich den Blick schweifen. Meine Freunde hinten links in der Ecke johlen und jubeln mir zu. Direkt vor der Theke entdecke ich Dex, der mit verschränkten Armen und zusammengebissenen Zähnen neben Ryan steht. Wie kann es sein, dass ich ihn vorhin nicht einmal gesehen habe? Mit seiner Größe überragt er die meisten Gäste um ein Vielfaches. Oder ist er womöglich gerade erst gekommen, als ich auf den Tresen gestiegen bin? Meine gute Laune gerät ins Wanken und bricht schließlich völlig, als ich wenige Schritte entfernt Jack und Cece bemerke. Letztere reckt begeistert beide Daumen in die Höhe. Ihr Freund sieht aus, als müsse er sich gleich übergeben. Diesen Gesichtsausdruck kenne ich bereits. Den hatte er damals schon.

Mit einer letzten Verbeugung verabschiede ich mich, doch plötzlich überkommt mich ein Gefühl des Schwindels. Vielleicht ist es das Adrenalin, das nachlässt. Oder der Alkohol. Auf jeden Fall dreht sich der Raum. Ich gerate ins Wanken und trete ins Leere, als ich einen Schritt nach vorn machen. Die Flasche gleitet mir aus den Händen und zerspringt klirrend am Boden. Bevor ich ihr folge, fangen mich zwei starke Arme auf. Der Duft von Karamell und Moschus steigt mir in die Nase. Mein Herz macht einen Hüpfer. Obwohl ich die Augen geschlossen habe, weiß ich, wer mich aufgefangen hat. Der Mann, der es mir schon mehrmals versichert hat und sein Versprechen trotzdem hält, obwohl ich mich in letzter Zeit so abweisend ihm gegenüber verhalten habe.

»Hab dich.« Dex' heißer Atem kitzelt mein Ohr. Gänsehaut breitet sich über meinem kompletten Körper aus. Ich öffne die Augen. Bin unfähig zu sprechen. Wo ist die mutige, vorlaute Person von eben hin, die auf dem Tresen getanzt und die besten drei Minuten ihres Lebens hatte.

Vorsichtig stellt er mich auf dem Boden ab und hält mich weiter fest, um sicherzugehen, dass ich nicht falle. So wie er es versprochen hat. Er würde mich immer auffangen.

Seine Hände brennen wie Feuer auf meiner Haut. Aber es ist keines, das mich zu verschlingen droht, sondern eher eins, das sich mit der Hitze in meinem Inneren vereint.

Unsere Blicke treffen sich. Ich will sagen, dass er mich loslassen und gehen soll, doch kein Ton kommt mir über die Lippen. Wir stehen nur da und sehen uns an, während die Party um uns herum weitergeht.

»Das war so cool, Ruby! Ich wusste gar nicht, dass du so was kannst!« Ceces Stimme reißt mich aus der kleinen Blase, in der Dex und ich uns befinden. Langsam drehe ich mich um und bemerke, dass sie in den letzten Wochen deutlich an Gewicht zugenommen hat. Vor allem ihr Gesicht ist rundlicher geworden. Ihrer Attraktivität hat das keinen Abbruch getan. Manchen Frauen steht es, schwanger zu sein, und Cece gehört eindeutig dazu. Jack ist hinter ihr. Die Lippen zu einem dünnen Strich zusammengepresst.

»Du machst das also immer noch.« Seine Missbilligung ist deutlich zu hören, als er den Mund aufmacht. Ich zucke zusammen und ärgere mich darüber. Seine Worte und seine Abneigung sollten mich nicht mehr interessieren. An einem anderen Tag hätte ich damit leichter umgehen können. Heute allerdings nicht. Heute nähren seine Worte meine Wut. Eine Wut, die sich seit einem Jahr in mir aufstaut und endlich raus muss.

»Du wagst es ernsthaft, mich für etwas zu verurteilen, was absolut nicht verwerflich ist? Ich tanze angezogen auf einer Theke und rekle mich nicht nackt an einer Stange!« Jacks Augenbrauen schießen nach oben. Ceces Augen werden größer, während sie abwechselnd von Jack zu mir sieht.

»So hat er das sicher nicht gemeint, Ruby«, wirft sie versöhnlich ein. Ich achte nicht auf sie, sondern spreche einfach weiter.

»Du hast kein Recht mehr, mir deine Meinung ins Gesicht zu sagen. Das hast du an dem Tag verloren, als wir im Krankenhaus waren!« Inzwischen schreie ich ihn an, doch die Musik dämpft meine Lautstärke. Aus den Augenwinkeln sehe ich, wie Matt und Rachel sich einen Weg zu uns bahnen.

»Was ist denn los mit dir? Ich habe lediglich eine Aussage getätigt.« Jack zuckt mit den Schultern, was meine Wut auf ihn weiter befeuert.

»Alter, lass gut sein. Leg dich nicht mit ihr an. Nicht heute.« Matt sieht seinen Freund warnend an. Der wirft genervt die Hände nach oben.

»Was habt ihr alle mit dem heutigen Tag? Es ist ein stinknormaler Freitag, Herrgott noch mal!« Jack sieht erst Matt und dann mich an. Ich erstarre. Auf einmal ist die Luft hier drin noch dünner geworden. Matt schüttelt fassungslos den Kopf. Rachel fährt sich mit der Hand übers Gesicht. Dex' Anwesenheit in meinem Rücken ist mir überdeutlich bewusst. Cece schaut uns alle ratlos an.

»Du hast es ihr nicht erzählt«, stelle ich nüchtern fest. »Oder es tatsächlich vergessen.«

Jack runzelt die Stirn und macht einen Schritt auf mich zu. Ich spüre, wie sich Dex hinter mir anspannt. Keine Ahnung auf was er sich vorbereitet, aber Jack würde mir nie körperlich wehtun.

»Wovon sprichst du?« Statt zu antworten, beginne ich zu lachen. Die Situation ist so surreal, dass mein Körper mit einer absurden Reaktion daherkommt.

»Ruby ...« Rachel legt mir eine Hand auf den Arm und binnen Sekunden wird aus dem Lachen ein Schluchzen. Tränen laufen mir über die Wangen. Verschleiern meinen Blick.

»Gestern hast du es selbst gesagt. Es ist fast ein Jahr her«, flüstere ich. In Jacks Blick verändert sich etwas. Für einen Augenblick flammt Schmerz darin auf.

»Allerdings jährt es sich heute auf den Tag genau. Und du bringst deine schwangere Freundin hier her. Nach Silveroaks. In mein Leben. In mein zu Hause.« Meine Stimme bricht. Cece sieht aus, als verstünde sie die Welt nicht mehr.

»Es tut mir leid, Ruby. Ich habe nicht daran gedacht.« Er schluckt. Die Reue steht ihm deutlich ins Gesicht geschrieben. Mir liegt ein »Ich weiß« auf der Zunge, doch ich spreche es nicht aus. Stattdessen wische ich mir die Tränen von den Wangen.

»Was ist vor einem Jahr passiert?«, will Cece wissen. Sie stemmt die Hände in die Hüften und funkelt ihren Freund wütend an. »Mir reicht es langsam mit dieser Geheimniskrämerei. Ich habe lange alles positiv gesehen und versucht, mich mit der Situation zu arrangieren, aber jetzt will ich endlich wissen, was hier abgeht!«

Jack sieht erst sie und dann mich an.

»Das geht mir genauso«, murmelt Dex. Ich lehne mich gegen ihn. Suche Halt für die kommenden Worte und finde ihn in seinen Armen.

»Heute vor einem Jahr habe ich Jack gesagt, dass ich schwanger bin.«

Cece sieht ihren Freund mit großen Augen an. Unglauben, Überraschung, Wut und Trauer huschen binnen Sekundenbruchteilen über ihr Gesicht. Dex Griff um mich wird stärker. Ich spüre seine Anspannung in jeder Faser meines Körpers.

»Und kurz nach diesem Gespräch habe ich das Kind verloren.«

Kapitel 18

Es ist frisch, als wir nach Hause gehen. Rachel und Matt haben sich bereits am *Murphy's* von uns verabschiedet und daraufhin hat es ein stilles Übereinkommen gegeben, dass Maddie und ich bei Eliza und den Jungs übernachten.

Die anderen laufen einige Meter vor mir. Nur Dex ist an meiner Seite geblieben. Seit wir die Bar verlassen haben, spüre ich seine unausgesprochenen Fragen in meinen Ohren widerhallen.

»Willst du drüber reden?« Er spricht leise, als hätte er Angst, mich zu verschrecken, sobald er die Stimme erhebt. Ich schüttle den Kopf und beobachte, wie Nate Maddie huckepack nimmt, damit sie nicht weiterlaufen muss. Eliza und Connor halten Händchen. Ein sehnsüchtiger Stich durchzuckt meine Brust. Auch wenn Dex bei mir geblieben ist, klafft eine breite Lücke zwischen uns. Ein Sicherheitsabstand, damit wir uns nicht zu nahe kommen und etwas tun, was einer von uns später bereuen könnte. Ich für meinen Teil vertraue mir nach dem Desaster im *Murphy's* gerade nicht. Dafür bin ich emotional zu aufgeladen. Der Streit mit Jack hat mich ausgelaugt. Durch das Weinen fühle ich mich gerädert, ausgetrocknet und verletzlich. Ein richtiges Wort. Eine Berührung, und ich würde meine Widerstandshaltung über Bord werfen. Mein Herz sehnt sich nach Dex, während mein Kopf unnachgiebig schreit, dass er verlobt ist. Oder versprochen. Oder was auch immer. Auf jeden Fall nicht frei. Dabei könnte alles so einfach sein. Wenn wir nicht den Ballast unserer Vergangenheit mit uns herumschleppen würden.

»Willst du dann vielleicht über das sprechen, was nach unserem letzten gemeinsamen Frühstück passiert ist?«

Wieder verneine ich. Alles, was ich gerade möchte, ist ins Bett. Oder auf die Couch. Je nachdem, was die Jungs uns anbieten.

Also legen wir den Rest der Strecke schweigend zurück. Erst als wir im Flur vor den Wohnungen stehen, ergreift Dex wieder das Wort. Die anderen sind längst verschwunden. Er friemelt an seinem Schlüsselbund herum und reicht mir etwas Silbernes. Das kühle Metall fühlt sich angenehm auf meiner warmen Handinnenfläche an.

»Falls du es dir anders überlegst, weißt du, wo du mich findest.« Er wirft mir einen letzten bedeutungsschweren Blick zu und betritt seine Wohnung. Ich hingegen bleibe noch einen Moment länger im Flur stehen und betrachte den Schlüssel, den er mir gegeben hat.

Mein Herz klopft heftig in meiner Brust. Minutenlang schaue ich zwischen meiner Hand und der geschlossenen Tür hin und her, bevor ich mich umdrehe und in der Nachbarwohnung verschwinde.

Maddie liegt schnarchend in Elizas Bett, als ich reinkomme. Da unsere Freundin die meiste Zeit über bei Connor schläft, ist ihr Zimmer quasi unbewohnt. Nachdem ich mich neben Maddie gelegt habe, starre ich an die dunkle Decke. An Schlaf ist nicht zu denken. Dafür herrscht in meinem Inneren zu viel Aufruhr.

Ich lasse die Gespräche mit Jack Revue passieren. Erinnere mich an seinen Gesichtsausdruck, als er begriffen hat, wovon ich rede. An Ceces Reaktion. An Matts und Rachels mitleidige Blicke. Ich denke an Dex und seine schützende Anwesenheit, als unser Streit ausgebrochen ist. Wie froh ich darüber gewesen bin, dass er da gewesen ist. Dadurch ist mein Ärger auf ihn ein wenig verpufft. Als hätte er durch diese Geste einen Anfang von Wiedergutmachung geleistet. Womöglich sind wir doch noch nicht vollkommen verloren.

Unruhig wälze ich mich hin und her. Ich hätte doch mit jemandem darüber sprechen sollen. Dann würde mir das Einschlafen jetzt um einiges leichter fallen.

»Hey, Maddie.« Ich rüttle an ihrer Schulter. »Maddie, wach auf. Ich muss mit dir reden.«

Sie grummelt leise und schlägt meine Hand weg, um sich auf die andere Seite zu drehen. Seufzend sehe ich sie an. In der restlichen Wohnung ist es ebenfalls still. Vor morgen werde ich dieses Gespräch also nicht führen können. Vielleicht hilft klassisches Schäfchen zählen. Ich suche eine bequeme Liegeposition und schließe die Augen. Mindestens hundert Schafe hüpfen über den Zaun, der Schlaf übermannt mich trotzdem nicht.

Ich drehe mich von einer Seite auf die andere. Maddie bekommt davon nichts mit. Wenn sie getrunken hat, schläft sie wie ein Stein.

Seufzend setze ich mich irgendwann auf. Mein Handydisplay zeigt, dass es inzwischen fast halb drei ist. Seit einer geschlagenen Stunde versuche ich, einzuschlafen. Kurz spiele ich mit dem Gedanken, mir eine heiße Milch mit Honig zu machen. Das hat bisher immer geholfen. Aber bis ich im Küchenchaos der WG alles Notwendige zusammengesucht habe, ist sicher das komplette Appartement wach.

Durch den Spalt der noch leicht geöffneten Vorhänge dringt Mondlicht und fällt auf Elizas Nachttisch. Direkt auf den Schlüssel, den Dex mir gegeben hat.

Nachdenklich kaue ich auf meiner Unterlippe. Es hilft immer, sich etwas von der Seele zu reden, und ich würde wirklich gern schlafen. Dex kennt sich mit dem Jack-Drama gut aus. Er war von Beginn an involviert. Ich drehe den Schlüssel zwischen meinen Fingern. Außerdem hat er im *Murphy's* einen Schritt auf mich zugemacht. Er hätte sich raushalten und den Abend genießen können. Immerhin habe ich klar gemacht, dass ich nichts mehr mit ihm zu tun haben will. Trotzdem ist er bei mir geblieben. War mir eine Stütze. Mein Fels in der Brandung während dieser Auseinandersetzung.

Ich setze mich auf. Wenn ich jetzt zu Dex gehe und sein Angebot annehme, bin ich dann auch gewillt, ihm zu verzeihen? Kann ich über die Bella-Sache hinwegsehen? Mir eine Zukunft mit ihm vorstellen?

Schließlich springe ich von meinem Gedankenkarussell ab und verlasse so leise wie möglich die Wohnung. Ich weiß nicht, ob ich von jetzt auf gleich an den Punkt zurück kann, an dem Dex und ich uns vor dem Frühstück mit seinen Eltern befunden haben, aber ich will es versuchen.

Nicht mal eine Minute später stehe ich vor Dex' Zimmertür und klopfe zaghaft an.

»Dex? Bist du noch wach?« Vorsichtig öffne ich die Tür. »Dex? Ich bin's Ruby.« Es dauert einige Augenblicke, bis er sich aufsetzt und das Licht anknipst. Er blinzelt ein paar Mal und fährt sich übers Gesicht. Die Müdigkeit und Verwirrtheit sind ihm deutlich anzusehen, doch sobald er realisiert, dass ich in seinem Zimmer stehe, klärt sich sein Blick.

»Willst du jetzt drüber sprechen?« Seine Stimme klingt rau und obwohl ich nicht gekommen bin, um meine Probleme durch Sex zu vergessen, spüre ich ein sehnsüchtiges Ziehen zwischen meinen Beinen.

Schnell verdränge ich den Gedanken und beantworte seine Frage mit einem Nicken. Daraufhin klopft er auf die freie Seite seines Bettes, wo ich mich im Schneidersitz niederlasse. Aufmerksam sieht er mich an, sagt aber kein Wort, sondern überlässt mir den Anfang. Ich darf entscheiden, wo ich beginne und was ich erzähle, auch wenn ich viele Fragen in seinen Augen lese.

»Jack und ich waren seit der High School ein Paar. Es stand früh fest, dass wir den Rest unseres Lebens miteinander verbringen wollen, also haben wir das so geplant. Gemeinsam auf dasselbe College gehen, zusammen wohnen.« Bei dem Gedanken an die jüngeren, naiveren Versionen von uns muss ich lächeln. Unsere Beziehung war nie schlecht. Wir hatten viele schöne Momente. Sie hat nur leider mit einem unvorhergesehenen Knall geendet.

»Kurz vor meinem Abschluss waren wir auf einer Party. Er war bereits an der *Texas University* und ist am Wochenende vorbeigekommen, um mich zu besuchen. Es wurde viel getrunken. Die Stimmung war ausgelassen und im Eifer des Gefechts, getrieben von Alkohol, den Hormonen und dem bevorstehenden Sommer hatten wir Sex. Ohne Kondom.« Ich verziehe das Gesicht. Dieser »Fehler« ist uns vorher nie passiert.

»Zunächst ging alles seinen gewohnten Gang. Ich habe meinen Abschluss gemacht, den Sommer genossen und bin nach Austin gezogen, wo ich ebenfalls an der *Texas University* eingeschrieben war. Während des Umzugs habe ich bereits gemerkt, dass ich deutlich mehr Appetit hatte. Allerdings war mir dadurch auch häufiger schlecht. Zu dem Zeitpunkt habe ich es auf den Stress und die Veränderung geschoben.«

»Aber das war es nicht«, mutmaßt Dex. Ich nicke und spiele mit einem losen Faden an einem der Kopfkissen.

»Irgendwann ist mir aufgefallen, dass ich spät dran bin mit meiner Periode. Also habe ich einen Schwangerschaftstest gemacht, der positiv gewesen ist. Du kannst dir vorstellen, wie überrascht ich gewesen bin. Wenn ich mich erbrochen habe, dann immer im Laufe des Tages oder abends. Mir ist niemals in den Sinn gekommen, schwanger zu sein. Dabei wollten Jack und ich Kinder. Nur nicht so früh.« Ich schlucke und spüre, wie der Druck hinter meinen Augen zunimmt. »Ich war bei einer Ärztin, um absolute Gewissheit zu haben. Danach bin ich zu Jack.«

Meine Hände zittern, bis Dex sie in seine nimmt und sanft drückt. »Er hat es nicht gut aufgenommen?«

»Das ist noch milde ausgedrückt. Er ist komplett ausgeflippt. Hat gesagt, dass ein Baby alles kaputtmacht. Unsere ganzen Pläne durcheinanderbrächte.« Meine Stimme bricht. Tränen laufen mir über die Wangen. Dieser Tag gehört zu den dunkelsten in meinem Leben. Für mich ist es auch ein Schock gewesen. Immerhin war ich kurz davor, mein Studium zu beginnen. Da hat ein Kind nicht reingepasst, aber als die Frauenärztin mir die Schwangerschaft bestätigt hat, war alles andere unwichtig. Ist in den Hintergrund gerückt. In mir wuchs ein neues Leben heran, und ich war noch nie glücklicher. Vielleicht hätte ich nicht von mir auf Jack schließen sollen. Das war mein Fehler. Aber ich dachte, er freut sich ebenfalls. Nachdem er das erste Überraschungsmoment überwunden hat.

»Jack hat verlangt, dass ich abtreibe«, flüstere ich und werde von so heftigen Schluchzern geschüttelt, dass ich für eine ganze Weile nicht weitersprechen kann. Ein Jahr habe ich über dieses Gespräch geschwiegen. Nicht mal Rachel weiß davon.

Dex zieht mich auf seinen Schoß und hält mich fest. So lange, bis ich wieder normal atme. Bis mein Körper nicht mehr zittert.

»Was ist dann passiert?«, fragt er leise, während er beruhigend über meinen Rücken streicht.

»Wir haben uns heftig gestritten, bis ich es nicht mehr ausgehalten habe und gegangen bin. Ich habe mich ins Auto gesetzt und wollte nach Brookeland, bin allerdings nicht weit gekommen. Es regnet selten in Texas, aber wenn, dann richtig. Auf der Straße war Aquaplaning. Der Wagen ist mir ausgebrochen, und ich hatte einen Unfall.«

Dex' Hand bewegt sich nicht mehr. Er hält mich nur fest, damit ich durch die Erinnerungen nicht auseinanderbreche. Ich höre noch immer das Quietschen der Bremsen. Spüre die Vibrationen meines Körpers, als der Wagen sich wieder und wieder gedreht und mich durchgeschüttelt hat, bis er schließlich von einem

Baum gebremst wurde. Der krachende Aufprall erklingt wie eine Explosion in meinen Ohren. Ich schlucke. Versuche, meine Gedanken zu klären und erinnere mich daran, dass die Situation längst vergangen ist. Trotzdem erlebe ich sie in manchen Momenten erneut, als wäre ich noch immer auf der Straße, die mich aus Austin wegbringen sollte.

»Was hat Jack gemacht?« Dex' Atem kitzelt mein Ohr. Ich schmiege meine Wange an seine Schulter.

»Er kam ins Krankenhaus. Natürlich war er um mich besorgt. Hat jedoch nicht einmal nach dem Fötus gefragt. Es kam erst zur Sprache, als die Ärztin meinte, dass ich es verloren hätte.« Ich schlucke. Wie ein Film laufen die Bilder des damaligen Gesprächs vor meinem inneren Auge ab. Ich habe geweint und mich zeitgleich gefragt, wie ich so traurig über den Verlust von jemandem sein kann, den ich noch nie gesehen habe.

»Kannst du dir vorstellen, was er gesagt hat?«, frage ich leise.

»Ich weiß nicht, ob ich das wissen will«, entgegnet Dex.

»Er meinte, dass es gut ist. Jetzt könnte ich mich auf meine Genesung konzentrieren.« Ich habe um Jack und mich geweint, denn mit dieser Aussage hat er das Ende unserer Beziehung besiegelt. Und ich habe um mich geweint, weil ich mir nicht vorstellen konnte, zum normalen Alltag überzugehen. Anzufangen zu studieren. Mein Leben weiterzuleben, wohl wissend, welchen Verlust ich ertragen musste.

Dex spannt sich unter mir an. Ich höre das Knirschen seiner Zähne und spüre seine zuckenden Kiefermuskeln an meiner Schläfe.

»Dafür würde ich ihm gern eine reinhauen.«

Meine Lippen verziehen sich zu einem flüchtigen Lächeln.

»Das wollte ich auch, glaub mir. Ich habe ihn rausgeschmissen und die Beziehung beendet. Danach konnte ich mir nicht mehr vorstellen, am selben College zu studieren wie er und habe mir im Frühling die *Silveroaks Park* angesehen.« In diesen Monaten hatte ich genug Zeit, um alles zu verarbeiten. Habe gelernt, damit umzugehen und mithilfe von Grandma einen neuen Plan für meine Zukunft gefunden.

Langsam rutsche ich von seinem Schoß und lege mich mit dem Gesicht ihm zugewandt hin. Dex spiegelt mich. Wir sehen uns an, und ich lasse das Flüstern der Stimme in meinem Kopf zu, die immer wiederholt, wie richtig sich dieses Zusammensein anfühlt.

»Das meintest du letztens also mit der anderen Ausgangssituation«, flüstert er und streicht mir eine Strähne aus dem Gesicht.

Ich nicke.

»Jack hat mir kurz vor meiner Abreise nach Silveroaks noch einige Sachen vorbeigebracht und versucht, mit mir zu sprechen. Ich habe es abgeblockt. Ihm den Karton abgenommen und ihm die Tür vor der Nase zugeschlagen. Danach ging es mir nicht gut. Aber ich wollte auf keinen Fall meinen Trip nach Silveroaks absagen. Immerhin sollte das der Grundstein für meine neue Zukunft werden. Als ich hier war, habe ich versucht, das Treffen mit Jack zu vergessen. Und mit dir war es leicht. Du hast die richtigen Worte gesagt. Ich habe mich seit Langem wieder gut gefühlt. Und der Sex war … so anders als mit Jack. Leidenschaftlicher. Es hat mir mehr Spaß gemacht.« Ich halte inne. Dex sieht mich aufmerksam an. Ich hätte mit einem amüsierten Grinsen gerechnet. Einem Spruch, der mich zum Lachen bringt. Die Situation auflockert. Aber er bleibt still. Stattdessen hat sein Gesicht einen grüblerischen Ausdruck angenommen.

»Wieso haben wir es dann nicht fortgeführt, als du hergezogen bist?« Seine Frage trifft mich unvorbereitet. Mir ist nie in den Sinn gekommen, dass das eine Option gewesen wäre. Beziehungsweise bin ich nicht davon ausgegangen, dass Dex das gewollt hätte.

»Ich hatte ein schlechtes Gewissen. Jack hat mir mehr wehgetan als sonst jemand. Ich sollte keine Rücksicht auf seine Gefühle nehmen und trotzdem kam es mir falsch vor, dass der Sex mit dir so viel mehr in mir ausgelöst hat, als Jack es je konnte. Und das auf der Rückbank eines Autos!« Ich hebe den Blick und betrachte das amüsierte Funkeln in seinen Augen. Seine Mundwinkel sind zu einem leichten Lächeln verzogen, und ich weiß, dass er sich genau wie ich bestens an diese Nacht erinnert.

»Außerdem warst du Anfang des Semesters mit Bella zusammen.« Meine Stimme bricht. Plötzlich fällt mir wieder ein, weshalb Dex und ich uns entfernt haben. Und trotzdem will ich nirgendwo anders sein.

»Geht es dir besser?« Er sieht mich forschend an, ohne auf meinen Kommentar zu Bella einzugehen. Ich horche in mich hinein und merke, dass die vorhin noch vorherrschende Unruhe verschwunden ist.

»Jack ist kein Monster, weißt du?«, erkläre ich, um zum Ursprungsthema zurückzukommen. »Aber in diesem Moment war er es. Seine Worte verfolgen mich seit einem Jahr und als er beim Essen deiner Eltern mit Cece aufgetaucht ist, konnte ich es nicht fassen.«

Dex nickt verständnisvoll.

»Wie kann er innerhalb eines Jahres seine Meinung so derart ändern?«

Dieser Gedanke kreist seit Wochen in meinem Kopf, und der Einzige, der mir darauf eine ehrliche Antwort geben kann, ist Jack. Irgendwann wird der Tag kommen, an dem ich mit ihm darüber spreche. Mir seine Sicht der Dinge anhöre und dann womöglich verstehe, weshalb er so gehandelt hat. Jetzt, in diesem Moment kann ich mir jedoch nicht vorstellen, mit ihm zu sprechen. Unser letzter Streit ist zu frisch. Der Jahrestag unserer Trennung zu nah. Ich muss erst noch ein wenig Abstand gewinnen, um mich während einer Aussprache nicht von Gefühlen leiten zu lassen. Vielleicht wird es in ein paar Wochen möglich sein. Vielleicht erst in einigen Monaten. Auf jeden Fall muss ich emotional vollkommen bereit dafür sein, und das bin ich momentan nicht. Dafür bin ich noch in zu viel anderes verstrickt.

»Vielleicht wollte er denselben Fehler kein zweites Mal machen«, überlegt Dex, woraufhin ich mit den Schultern zucke.

»Schon möglich.« Er nickt und streicht mir eine Strähne aus dem Gesicht.

»Du weißt, dass du keine Schuld daran hast, oder? Ebenso wenig wie Jack. Es war eine Reihe unglücklicher Umstände, die in diesem Unfall gipfelten.«

Mir wird warm ums Herz. Es hat einige Monate gedauert, bis ich diese Erkenntnis ebenfalls hatte, aber es ist süß, dass er mir diese Last zusätzlich nehmen will.

»Kann ich heute Nacht hierbleiben?« Ich weiß, dass es ein Fehler ist, weil zwischen uns so viel ungeklärt ist. Jetzt habe ich allerdings nicht die Kraft für ein weiteres kräftezehrendes Gespräch. Stattdessen habe ich endlich das Bedürfnis zu schlafen und bei Dex fühle ich mich sicher. Geborgen. Genau das, was ich diese Nacht brauche.

»Natürlich. Willst du dich vorher umziehen«

Ertappt sehe ich an mir runter. »Ich habe nichts anderes dabei.«

Dex verdreht die Augen.

»Mein Kleiderschrank steht dir zur Verfügung.« Mit einer ausladenden Geste deutet er auf die gegenüberliegende Seite des Zimmers. Ich stehe auf und schnappe mir eines seiner T-Shirts. Ohne groß darüber nachzudenken, ziehe ich mich aus. Dex gibt einen erstickten Laut von sich, und ich spüre seinen Blick auf mir. Doch es stört mich nicht. Er hat mich bereits nackt gesehen. Dreimal. Wieso sollte ich mich jetzt plötzlich zieren und den Raum verlassen, nur um mich umzuziehen?

Sobald ich das Shirt anhabe, schlüpfe ich zu ihm ins Bett. Starke Arme empfangen mich, in die ich mich zu gern einkuschele.

»Danke«, flüstere ich.

»Immer«, erwidert er. Seine Lippen streifen dabei meine Schläfe. Ich schließe die Augen und bin erfüllt von einer inneren Ruhe. Diesmal muss ich keine Schäfchen zählen, denn mit Dex an meiner Seite und einer erleichterten Seele, lässt es sich wunderbar einschlafen.

***

Am nächsten Morgen weckt mich ein Klopfen. Wobei es eher einem Hämmern gleicht. Alarmiert richte ich mich auf. Dex' Arm rutscht von meinem Bauch. Trotzdem schläft er seelenruhig weiter.

»Dex. Wach auf.« Ich rüttle an seiner Schulter. Langsam öffnet er die Augen. Das kräftige Hämmern ertönt erneut. Gefolgt von einem Rufen, das durch die geschlossenen Türen dumpf zu uns durchdringt.

»Wenn das wieder deine Eltern sind, schreie ich.« Es ist ein kläglicher Versuch, witzig zu sein, doch mein Bauchgefühl sagt mir, dass es kein unerwarteter Besuch seiner Mom ist.

»Wir werden es gleich erfahren.« Er schlägt die Decke zurück und steht auf. Ich bleibe im Bett.

»Was zur Hölle ist denn los?«, fragt Dex wütend, nachdem ich gehört habe, wie die Tür gegen die Wand geschlagen ist.

»Ist Ruby bei dir?« Das ist eindeutig Nate, aber er klingt nicht so locker und losgelöst wie sonst. Eher aufgewühlt. Angespannt. Emotional. Sofort schrillen meine Alarmglocken.

»Maddie hat einen Zettel hinterlassen, dass sie etwas zum Frühstücken einkaufen wollte und weil Ruby auch nicht da ist, dachten wir, sie hätte sie begleitet. Ihr Handy liegt noch in Elizas Zimmer. Ich erreiche sie nicht und eben hat die Polizei angerufen. Sie haben nichts von Ruby gesagt, sondern nur von Maddie und ...« Nate redet so schnell, dass ich von meinem Platz aus nicht alles verstehe. Aber der Subtext ist deutlich: Etwas ist passiert.

Ich springe aus Dex' Bett und hechte in den Flur. Bei meinem Anblick atmet Nate erleichtert aus. Seine Schultern sacken hinab, und er schließt für einige Sekunden die Augen.

»Gott sei Dank«, murmelt er, während Dex und ich einen kurzen Blick tauschen.

Nate sieht blass aus. Erschöpft. Dabei dürfte er noch nicht lange wach sein. Samstags fällt das frühmorgendliche Training aus. Aber dieser Anruf, von dem er eben gesprochen hat, hat ihn um Jahre altern lassen.

»Was ist passiert?« Mein Herz schlägt unnatürlich schnell. Mein Bauch gluckert vor Nervosität.

Nate fährt sich mit der Hand übers Gesicht. Öffnet den Mund, schließt ihn direkt wieder. Ihm scheinen die richtigen Worte nicht einzufallen.

»Die Polizei hat mich als Maddies Notfallkontakt angerufen«, sagt er schließlich leise.

»Hatte sie einen Unfall?« Mir gefriert das Blut in den Adern.

Er schüttelt den Kopf.

»Es war ein Überfall auf einen Supermarkt in Covington. Mit Todesopfern«, fügt er leise hinzu. Reflexartig greife ich nach Dex' Hand und drücke sie fest. Der Hauch Erleichterung, der mich kurz durchzuckt hat, als Nate einen Unfall verneint hat, ist sofort wieder verschwunden.

In meinem Kopf kreisen derweil nur zwei Worte: Maddie und Todesopfer.

»Wenn du sagst, dass Maddie zum Einkaufen gefahren ist ...« Allein bei der Vorstellung wird mir übel, sodass ich den Satz nicht beenden kann. In Silveroaks muss sie nirgends hinfahren, um Lebensmittel zu kaufen. Emma hat alles in ihrem Laden. Der macht samstags allerdings erst um elf auf.

Nate nickt, auch wenn ich keine Frage gestellt habe. »Ja, sie war in dem überfallenen Geschäft.«

Kapitel 19

Wir sitzen auf der Tribüne des collegeeigenen Stadions und sehen den *Silveroaks Snakes* beim Aufwärmen zu. Eliza, Connor und Ethan sind rechts von mir. Mein linker Platz, den Maddie sonst besetzt, ist leer.

»Fühlt sich nicht richtig an, das Spiel ohne Maddies Kommentare anzuschauen, oder?« Eliza sieht mich an. Genau wie ich ist sie dick eingemummelt, denn jetzt, Ende November, kühlt es sich am frühen Abend schnell ab.

»Mindestens genauso merkwürdig, wie ohne sie in der Wohnung zu schlafen, ja«, erwidere ich und drehe den Stab des kleinen Fähnchens zwischen meinen Fingern.

In etwa zwanzig Metern Entfernung laufen die Spieler unseres Footballteams von einer Seite des Platzes auf die andere. Automatisch finden meine Augen Dex, als würde die Nummer auf seinem Rücken mich magisch anziehen.

»Hat Nate sich bei dir gemeldet?«

Ich schüttle den Kopf. Mein Wissensstand ist noch immer derselbe wie am Vormittag nach der Party im *Murphy's,* und das ist Tage her.

»Hat er dich angerufen?«

Eliza verneint ebenfalls. Ich hatte zumindest den Funken Hoffnung, dass wenigstens seine Mitbewohner auf dem aktuellen Stand sind.

»Schon merkwürdig, oder? Maddie geht nichts ahnend einkaufen, gerät in einen Raubüberfall und muss mitansehen, wie ein Mensch stirbt.« Elizas Stimme ist leise. Trotz der lärmenden Fans verstehe ich sie deutlich, als würde sie mir die Worte direkt ins Ohr flüstern.

»So was verändert dein Leben für immer«, bestätige ich. Inzwischen ist auch die gegnerische Mannschaft auf dem Feld und beginnt mit dem Aufwärmtraining.

»Ich denke, es ist gut, dass sie jetzt erst mal bei ihren Eltern ist und sich für das restliche Semester hat beurlauben lassen. Der Abstand wird ihr guttun.« Eliza klingt so überzeugt, dass ich ihr ungern widerspreche.

»Zu Hause rumsitzen wird nicht helfen. Da hast du viel zu viel Zeit, um über alles nachzudenken. Wäre sie am College, könnte sie sich mit den Vorlesungen ablenken.«

»Für mich war es auch undenkbar, nach Brandons Angriff einen Fuß vor die Tür zu setzen«

»Das war etwas anderes. Du musstest in der dauerhaften Angst leben, dass er dir auflauert. Wieso sollte der Täter Maddie erneut aufsuchen?«

Sie legt die Stirn in Falten, kommt aber nicht zum Antworten, weil sich plötzlich jemand aufs Maddies Stammplatz fallen lässt.

»Worüber diskutiert ihr?« Nate sieht uns mit hochgezogenen Augenbrauen an und für einen Moment denke ich, mir seine Anwesenheit nur einzubilden.

»Du siehst ihn auch, oder?«, wispere ich Eliza zu, die mit großen Augen nickt. Er hat nicht gesagt, dass er so bald zurückkommt.

»Was machst du hier?«

»Wie geht es Maddie?«

»Habt ihr Neuigkeiten von der Polizei?«

»Ist Maddie auch mitgekommen?« Wir reden so lange durcheinander, bis er die Hand hebt und uns dadurch zum Schweigen bringt. Mit einem knappen Nicken begrüßt er den Rest der Runde.

»Ich habe es zu Hause einfach nicht mehr ausgehalten. Mom benimmt sich Maddie gegenüber wie eine Glucke. Es wundert mich, dass sie sich das gefallen lässt.«

»Wie geht es ihr denn?« Auf meine Nachfrage in unserem Gruppenchat kam nur ein knappes »Okay« zurück. Den darauffolgenden Anruf hat sie gar nicht erst angenommen.

»Den Umständen entsprechend. Sie spricht kaum, ist generell sehr ruhig. Manchmal hat sie so Phasen, da ist sie wieder ganz die Alte, aber das hält nicht lange an.« Nate seufzt und fährt sich durch sein blondes Haar.

»Wahrscheinlich ist das vollkommen normal nach so einem Überfall«, wirft Polly ein.

»Hoffentlich redet sie wenigstens mit einem Therapeuten«, murmelt Eliza, woraufhin Connor ihr tröstend die Hand aufs Knie legt.

»Sag Bescheid, wenn du sie überzeugt hast, einen aufzusuchen.« Nate lehnt sich auf seinem Stuhl zurück und sieht uns der Reihe nach an.

»Sie hat keine professionelle Unterstützung?«, fragt Eliza schockiert, und ich verstehe ihre Bestürzung. Manchmal hilft es, sich mit Freunden über seine Probleme auszutauschen. In Maddies Fall werden wir allerdings nicht genug sein. Niemand von uns kann nachempfinden, wie sie sich fühlt, nachdem sie einen Menschen hat sterben sehen.

»Meine Eltern haben es ihr direkt angeboten, als wir nach Hause gekommen sind. Sie hat abgelehnt. Das ist es auch, was mich wütend macht. Dabei sehe ich mit eigenen Augen, wie dringend sie Hilfe braucht.« Nates Hände sind zu Fäusten geballt. Sanft lege ich meine darüber und lächle ihn beruhigend an.

»Eliza und ich reden mal mit ihr und schauen, ob wir zu ihr durchdringen. Ein Therapeut wäre gut, ja. Du kannst sie allerdings zu nichts zwingen. Sie muss von sich aus Hilfe wollen.« Er erwidert mein Lächeln dankbar.

Da ertönt ein lautes Tröten und erinnert mich daran, wo wir uns befinden. Ich war so in dieses sensible Thema verstrickt, dass ich die Geräuschkulisse um uns herum erst jetzt wieder wahrnehme.

Auf dem Spielfeld startet die Partie gegen die *Covington Chamäleons*. Beide Teams stehen sich an der Mittellinie gegenüber. Ein Pfiff ertönt. Der Wind trägt die Kommandos zu uns hoch und dann geht es los. Körper knallen hart aufeinander. Anfeuerungsrufe dröhnen von der Tribüne.

Die *Silveroaks Snakes* sind im Ballbesitz. Nummer Sechzehn, Ryan, sprintet übers Feld, während die Neunzehn und die Achtundzwanzig ihm Lücken in der Defense freiblocken. Sobald er durch ist, legt er noch einmal an Tempo zu und sprintet in die Endzone.

»Touchdown!« Die Stimme des Stadionsprechers halt durch die Lautsprecher und reißt die Fans der *Silveroaks Snakes* von ihren Stühlen.

Doch die *Covington Chamäleons* lassen diesen Fehltritt nicht auf sich sitzen. Wenn sie eben noch unkonzentriert waren, sind sie spätestens jetzt voll dabei.

In den kommenden dreißig Minuten blocken sie unsere Offense bei jeder sich bietenden Möglichkeit, weshalb wir keinen weiteren Punkt mehr holen. Allerdings geben wir ihnen auch keine Chance, in Field-Goal-Nähe zu kommen.

Kurz vor Ende des zweiten Quarters fahren die *Chamäleons* richtig hoch. Gebannt sehe ich dabei zu, wie Dex nach dem Snap seinen Quarterback vor den gegnerischen Spielern beschützt. Es knallt laut, als einer der Defense Tackle ihn umrennt und unter seinem massig aussehenden Körper begräbt.

Mein Herz setzt einen Schlag aus, als Dex ihn nicht von sich runterschiebt. Ihn anbrüllt oder sonst etwas tut. Er bleibt einfach liegen. Auch nachdem sich sein Gegner längst aufgerappelt hat.

»Was ist da los?« Ich stehe auf, um einen besseren Überblick zu bekommen. Meine Freunde geben mir keine Antwort. Inzwischen wurde das Spiel unterbrochen. Dex' Teammitglieder haben einen Kreis um ihn gebildet und schirmen ihn so von den Zuschauern ab. Sanitäter bahnen sich einen Weg in die Mitte.

Ich spüre eine Hand an meinem Arm. Eliza. »Es wird nichts Schlimmes sein«, wispert sie.

Ich nicke, auch wenn ihre Worte wie durch Watte an meine Ohren dringen. Entsetzt sehe ich zu, wie sie ihn auf eine Liege wuchten und vom Spielfeld tragen.

Sofort schüttle ich Elizas Hand ab und will mich an Nate vorbei Richtung Ausgang drängen. Er hält mich zurück.

»Was hast du vor?« Seine linke Augenbraue hüpft fragend nach oben.

»Ich muss nachsehen, ob es ihm gut geht«, entgegne ich. Trotzdem lässt er mich nicht los.

»Du kommst nicht in die Spielerkabinen. Warte erst mal ab. Zum dritten Quarter steht er sicher wieder auf dem Platz.« Nate lächelt mich beruhigend an, doch es lindert den Aufruhr in meinem Inneren nicht im Geringsten.

»Er hat Recht. Du solltest nichts überstürzen.« Elizas sanfte Stimme bringt mich schließlich zur Vernunft. Und ich muss erkennen, dass ich wirklich nicht viel tun kann. Ich bin mir ja nicht einmal sicher, ob wir offiziell noch zusammen sind. Und was wir inoffiziell sind, weiß ich schon dreimal nicht.

Also setze ich mich wieder und warte. Nervös tippe ich mit den Fingern auf meinem Oberschenkel und wackle mit dem Bein. Die Pause zieht sich wie zähes Kaugummi.

»Wenn du nicht sofort damit aufhörst, bringe ich dich um, bevor Dex wieder auf dem Platz steht«, knurrt Connor, wobei er auf mein wippendes Bein deutet.

»Sei nicht so fies. Sie macht sich Sorgen«, rügt Eliza ihren Freund. Ich werfe ihr ein dankbares Lächeln zu und versuche, still zu halten. Auch wenn es mir schwerfällt.

Als das dritte Quarter beginnt, scanne ich das Feld, doch Nummer Neun ist nirgends zu sehen. Mir rutscht das Herz in die Hose. Dann war dieser Zusammenstoß genauso schlimm, wie er ausgesehen hat.

Die nächsten dreißig Minuten kann ich mich nicht aufs Spiel konzentrieren. Meine Gedanken rasen. Wo ist Dex? Wird er noch immer in der Kabine versorgt, oder haben sie ihn ins Krankenhaus gebracht? Viel zu häufig checke ich mein Handy in der Hoffnung, dass er mir geschrieben hat. Aber mein Telefon bleibt stumm.

Als der Schlusspfiff ertönt, springe ich auf. Jedoch nicht, um mit den anderen unseren noch erzielten Sieg zu feiern. Stattdessen kämpfe ich mich durch die Fanmassen, die aufs Feld stürmen. Meine Augen zucken von links nach rechts. Suchen systematisch das Spielfeld nach Nummer Sechzehn ab.

»Ryan!«, rufe ich atemlos, als ich ihn endlich entdecke. Dabei bin ich nicht mal gerannt. »Wo ist Dex?«

»Sie haben ihn vorsichtshalber ins Krankenhaus gebracht. Dieser Tackle war echt heftig.« Er knirscht mit den Zähnen, während sich sein Gesicht zunehmend verfinstert. Meine Welt bleibt einen Moment stehen.

»Es ist nichts Ernstes, oder?« Plötzlich fühlt sich meine Brust furchtbar eng an. Als wären rechts und links zwei Fäden angebracht, die jemand so stramm zieht, dass mein Innerstes abgeschnürt wird. Ryan kratzt sich am Kopf.

»Ich denke nicht, aber sie wollten weitere Untersuchungen machen. Soll ich dir Bescheid sagen, wenn ich Näheres weiß?«

Ich nicke mechanisch, während ich versuche, der immer stärker werdenden Angst entgegen zu atmen. Das ist einer der Gründe, weshalb ich mich auf niemanden mehr einlassen wollte: Der Gedanke, eine weitere, mir nahestehende Person zu verlieren, ist so schrecklich, dass ich lieber für den Rest meines Lebens allein bleibe.

»In welchem Krankenhaus ist er?«, frage ich, als ich mich schon wieder zum Gehen gewandt habe.

»Covington«, erwidert Ryan und wird direkt von einigen Teamkollegen weggezogen, die ihn zur Siegesfeier mitnehmen wollen.

Wie in Trance gehe ich zurück zur Tribüne. Weiche dabei gut gelaunten Kommilitonen aus und versuche, wenigstens einen Funken Freude über unseren Sieg zu empfinden. Oder Gerechtigkeit, weil Karma dafür gesorgt hat, dass die *Chamäleons* verlieren. Aber alles, was ich spüre, ist Sorge um Dex.

»Und? Wo ist er?«

Ich stoppe, als ich bei meinen Freunden ankomme. Sechs Augenpaare sehen mich teilweise abwartend, teilweise besorgt an.

»Im Krankenhaus. Sie wollen ihn weiter untersuchen.« Meine Stimme klingt fremd. Als wäre es nicht meine eigene.

»Fährst du hin?«

»Was?« Irritiert sehe ich Eliza an.

»Ob du dich auf den Weg ins Krankenhaus machst?«, wiederholt sie.

»Keine Ahnung.« Seufzend streiche ich mir durchs Haar. »Ich habe kein Auto und wer weiß, wann der nächste Bus fährt.« Ich beiße mir auf die Unterlippe. Es würde mich beruhigen, wenn ich sehe, dass es Dex gut geht. Außerdem muss ich mit ihm sprechen. Ihm sagen, was ich empfinde, denn dieser Schockmoment vorhin hat deutlich gemacht, dass er mir nicht so egal ist, wie gut für mich wäre. Meine Gefühle für ihn sind stark. Viel stärker als zu Beginn dieses Fake Datings angenommen.

»Mein Wagen steht auf dem Parkplatz. Ich kann dich fahren, wenn du willst.« Nate sieht mich aufmunternd an.

»Das wäre lieb, danke!« Ich unterdrücke den Drang, ihm um den Hals zu fallen, und lächle ihn stattdessen an. Wir verabschieden uns von den anderen und verlassen das Stadion.

Langsam löst sich das Engegefühl in meiner Brust. Der Marionettenspieler lässt die Strippen endlich lockerer. Ich atme noch einmal tief durch, bevor ich auf Nates Beifahrersitz sinke. In ungefähr dreißig Minuten ist die Ungewissheit vorbei. Dann hört mein Gedankenkarussell auf, sich zu drehen und ich weiß, wie es wirklich um Dex steht.

***

»Bist du sicher, dass ich nicht warten soll?« Nate lehnt sich über die Mittelkonsole zum Beifahrerfenster. Ich stütze meine Hände auf dem Dach seines Wagens ab und schüttle mit dem Kopf.

»Nein, danke. Wer weiß, wie lange es da drinnen dauert. Entweder ich fahre mit Dex zurück oder nehme den Bus.«

Nate schmunzelt.

»Dir ist klar, dass er ohne Auto hier ist?«

Ach ja. Daran habe ich tatsächlich nicht gedacht. »Dann nehmen wir wohl beide den Bus«, flöte ich und winke meinem Kumpel zu, bevor ich Richtung Krankenhaus gehe. Das übertrieben positive Denken hilft, meine Angst zu mildern. Immerhin habe ich keine Ahnung, in welchem Zustand ich Dex vorfinde. Außerdem weiß ich nicht, wie lange es dauert, bis ich ihn überhaupt sehen darf. Deshalb wäre es unsinnig, Nate warten zu lassen. Irgendwie kommen Dex und ich schon zurück nach Silveroaks und währenddessen haben wir genug Zeit, um ausführlich über alles zu sprechen.

Die Notaufnahme der Klinik kenne ich noch von dem Abend, als wir Eliza abgeholt haben. Genau wie damals schlägt mir der Geruch von Desinfektionsmittel entgegen.

Hinter dem Empfangstresen sitzt eine junge Frau in meinem Alter.

»Entschuldigung? Wo finde ich Dexter Malone? Er ist vor etwa zwei Stunden eingeliefert worden.« Sie schaut kurz auf und tippt dann etwas in ihren Computer ein.

»Und Sie sind?« Ihre Stimme könnte nicht gelangweilter klingen.

»Seine Freundin«, erwidere ich, wobei mein Herz beim Aussprechen dieser Worte aufgeregt hüpft. Die Augenbraue der jungen Krankenschwester zuckt nach oben. Auf einmal sieht sie gar nicht mehr so desinteressiert aus wie noch vor wenigen Sekunden.

»Das dürfte lustig werden«, murmelt sie, doch ich habe nicht die Möglichkeit, nachzufragen, was sie meint, denn da redet sie schon weiter. »Mit dem Aufzug in die erste Etage. Dann ist es das zweite Zimmer auf der rechten Seite.«

»Danke«, erwidere ich noch immer leicht verwirrt und folge ihren Anweisungen. Derweil kreisen ihre Worte noch immer in meinem Kopf. Auf was genau hat sie angespielt? Ist womöglich schon jemand anderes bei Dex und hat sich als seine Freundin ausgegeben? Ein Frösteln lässt mich schaudern. Ich hoffe inständig, nicht auf Bella zu treffen. Als ich den leeren Flur der ersten Etage betrete, bemerke ich direkt Dex' nur angelehnte Zimmertür. Leise Stimmen dringen daraus hervor. Eine davon klingt unverkennbar nach Bella. Ich werde langsamer und bleibe schließlich stehen.

»Was willst du hier, Bella?«

Möglichst lautlos schiebe ich mich näher an den geöffneten Spalt, um besser sehen und hören zu können. Normalerweise bin ich nicht der Typ Mensch, der andere belauscht. Aber wenn ich mich jetzt zu erkennen gebe, werden die beiden nicht so offen sprechen, wie wenn ich dabei bin. Und es interessiert mich brennend, weshalb ausgerechnet Bella hier ist. Und zwar noch vor mir.

»Ich bin dein Notfallkontakt. Sie haben mich angerufen und natürlich bin ich direkt losgefahren.« Dex liegt in einem Krankenhausbett. Auf seiner rechten Schläfe prangt ein Pflaster. Sonst sieht er unversehrt aus. Bella sitzt auf der Bettkante und ist ihm dadurch so nah, dass es nach meinem Geschmack schon *zu* nah ist.

»Ich muss die Kontaktdaten dringend ändern«, brummt er.

»Ach, hör auf. Wir sind verlobt und nur weil wir uns auf dem College ausleben, heißt das nicht, dass unsere Zukunft gefährdet ist.«

Was eben ein leichter Stich von Eifersucht war, entwickelt sich jetzt zu einem schmerzhaften Ziehen in der gesamten Brust.

»Ich finde ohnehin, dass wir dieses Spielchen langsam beenden sollten. Wir haben uns lange genug die Hörner abgestoßen.«

Dex lacht. Doch es klingt weder amüsiert noch freundlich. Eher hart und ungläubig. »Du hast dich vielleicht ausgelebt.«

Jetzt ist es Bella, die lacht. »Ich bitte dich. Was auch immer da mit Ruby läuft, ist ein Witz. Nichts, was nicht schnell beendet werden könnte.«

Ich knirsche mit den Zähnen, während Dex schweigt. Mir rutscht das Herz in die Hose.

»Ich kenne dich, seit wir klein sind. Ich liebe dich seit der High School, und ich weiß, dass du uns nicht einfach aufgibst. Nicht für eine kurzweilige College-Romanze. Ebenso wenig, wie ich das tue.«

Ich fühle mich, als hätte jemand hundert Steine in meinem Bauch versteckt. Zu hören, wie Bella ihm ihre Liebe gesteht, sich eine Zukunft mit ihm wünscht, macht alles so viel realer. Eben dachte ich noch, ich könnte über die verheimlichte Verlobung hinweg sehen, aber jetzt zweifle ich daran.

»In letzter Zeit hat es allerdings so ausgesehen, als wärst du an keiner gemeinsamen Zukunft interessiert.« Dex fährt sich mit der Hand übers Gesicht und zuckt zusammen, als seine Fingerspitzen das Pflaster berühren. Beinahe geben meine Beine unter mir nach. Warum sagt er das? Will er sich dadurch etwa vergewissern, dass sie immer noch eine Zukunft mit ihm will? Für mich hat seine Aussage einen bitteren Beigeschmack. Denn es klingt so, als würde er sich noch ein gemeinsames Leben wünschen.

Ich taumle einige Schritte zurück und sinke auf einen der dort stehenden Stühle. Meinen Blick starr auf den hässlichen, grauen Boden gerichtet, lausche ich dem Gespräch weiter.

»Das war nur ein letztes Auflehnen vor der Sesshaftigkeit. Hör zu, Dex. Wir sind aus demselben Holz geschnitzt. Wir kommen aus ähnlichen Kreisen, wollen unsere Eltern nicht enttäuschen und tief im Inneren wissen wir, dass unser Zusammensein schon immer vorbestimmt war. Vielleicht sollten wir uns jetzt diesem Schicksal beugen.«

Am liebsten hätte ich mich übergeben. Wie kann ein einzelner Mensch so viel gequirlte Scheiße labern? Seit ich in Silveroaks bin, führen die beiden eine On-off-Beziehung, von der jeder ein Schleudertrauma bekommt. Auf der einen Party knutschen sie noch wild miteinander, auf der nächsten sind sie mit anderen beschäftigt. Bella hat nie den Anschein gemacht, als wäre sie scharf darauf, dem Ganzen einen Stempel aufzudrücken.

»Woher kommt der Sinneswandel?« Eine Sekunde lang befürchte ich, es laut ausgesprochen zu haben, doch Dex scheinen dieselben Gedanken durch den Kopf zu gehen.

»Durch Ruby habe ich begriffen, dass ich die Frau an deiner Seite sein will. Ich will, dass du mich so ansiehst wie sie. Du sollst mich von den Vorlesungen abholen und küssen, als hättest du dich den ganzen Tag auf nichts anderes gefreut. Lass es uns erneut versuchen, Dex. Lass uns heute den Schritt in die Zukunft wagen, den wir uns als Teenager erträumt haben.«

Mein Handy vibriert in der Jackentasche, doch ich ignoriere es. Stattdessen stehe ich auf und gehe zum Fahrstuhl. Ich habe genug gehört. Bellas Worte waren die klassische *Pick Me, Choose Me, Love Me*-Rede von Meredith aus *Grey's Anatomy*. Derek hat sich damals zwar gegen sie entschieden, aber ich bin mir nicht sicher, ob Dex dieselbe Wahl trifft. Seine Antwort muss ich mir nicht anhören.

Was auch immer zwischen uns gewesen ist, war nie echt. Zumindest nicht von seiner Seite. Für mich klingt es, als wäre er noch nicht fertig, sich die Hörner abzustoßen. Es war nicht einmal die Rede davon, dass er nicht mit Bella zusammen sein kann, weil er in mich verliebt ist. Dex ist und bleibt ein Spieler, und ich war zu naiv, um das zu erkennen. Dabei war der Einsatz deutlich zu hoch: Es ging um mein Herz.

Dumm. Dumm. Dumm.

Wie konnte ich jemals denken, dass diese vorgetäuschte Beziehung etwas Wahres hervorbringt? Etwas Echtes?

Mein Handy klingelt wieder, aber auch diesmal gehe ich nicht ran. Ich habe nicht die Kraft, mich den Fragen meiner Freunde zu stellen, die wissen wollen, wie es Dex geht. Also verlasse ich das Krankenhaus und suche die nächste Bushaltestelle.

Hinter meinen Augen drückt es, allerdings findet keine Träne ihren Weg hinaus. Es vibriert erneut in meiner Jackentasche und jetzt ziehe ich das Handy hervor. Wer zur Hölle ist so hartnäckig?

Rachels Name leuchtet auf dem Display auf. Meine Mundwinkel heben sich leicht. Sie hatte schon immer einen sechsten Sinn dafür, wenn ich jemanden zum Reden brauche.

»Hey, Rachel. Gut, dass du anrufst.«

»Ruby.« Ihr Tonfall veranlasst mich zum Stehenbleiben. Sofort wird mir klar, dass sie aus einem anderen

Grund anruft. Aus einem, der meine Welt binnen Sekunden ein zweites Mal erschüttern könnte.

»Was ist los?« Meine Stimme ist kaum mehr als ein Krächzen.

»Du musst sofort nach Hause kommen. Deine Grams musste ins Krankenhaus.«

Kapitel 20

»Was ist mit ihr?« Ich zittere und lehne mich gegen das nächstbeste Auto, um nicht umzufallen.

»Weiß ich nicht genau. Billy hat Matt angerufen. Sie hat wohl schlecht Luft bekommen. Da hat er sie direkt ins Krankenhaus gebracht.«

Rachels Worte kreisen in meinem Kopf. Sie bekommt schlecht Luft. So ist es bei Mom damals auch gewesen. Kann es sein, dass sie ebenfalls ein Gerinnsel in der Lunge hat? Verliere ich jetzt mein letztes noch lebendes Familienmitglied? Meine Welt steht still. Plötzlich ist alles andere unwichtig. Ich weiß nicht, wo vorn und hinten ist. Unten und oben. Aber eine Sache steht fest: Ich muss nach Brookeland.

»Ich komme, so schnell ich kann.« Sofort setze ich mich in Bewegung. Diese verdammte Bushaltestelle muss doch irgendwo sein!

»Matt ist unterwegs zum Krankenhaus. Wir halten dich auf dem Laufenden.«

»Ich danke euch tausendmal! Bis später.« Wir legen auf, und ich schmeiße mein Navi auf dem Handy an, um nicht weiter ziellos durch die Gegend zu stolpern. Denn wie sich zeigt, laufe ich in die falsche Richtung. Bei der Haltestelle angekommen, erstickt der Fahrplan meine Hoffnung im Keim, schnell nach New Orleans zu kommen. Der nächste Bus fährt erst in einer Stunde.

»Verdammter Mist!« Fluchend sinke ich auf die Metallbank. Was habe ich für Alternativen? Ich könnte Nate anrufen und ihn bitten, mich abzuholen. Dann könnte ich zu Hause einige Sachen zusammensuchen und mit Maddies Wagen nach Brookeland fahren. Je nachdem, wie es um ihren Gesundheitszustand steht, bleibe ich sicher einige Tage. Allerdings verursacht allein die Vorstellung mir Bauchschmerzen. Ich habe kein Problem damit, kürzere Strecken mit dem Auto zurückzulegen, aber vier Stunden? Das wäre ein riesiger Schritt raus aus meiner Komfortzone. Das schaffe ich nicht. Nicht heute. Nicht in meiner momentanen Verfassung.

Ein Uber kann ich mir leider nicht leisten. Seufzend lehne ich den Kopf gegen die Plexiglasscheibe hinter mir.

Was für eine Woche! Erst der Überfall auf Maddie. Dann Dex' Zusammenstoß auf dem Spielfeld und jetzt Grandmas Zusammenbruch. Will mir das Universum etwas sagen? Habe ich mich in letzter Zeit zu sicher gefühlt und soll daran erinnert werden, dass alles vergänglich ist? Selbst die Personen um mich herum? Dabei müsste es wissen, dass ich diese Erkenntnis bereits hatte.

»Ruby?«

Ich hebe den Kopf. Ein schwarzer Wagen hat neben mir gehalten und das Beifahrerfenster wurde runtergelassen. Am Steuer sitzt Jack. Der hat mir gerade noch gefehlt.

»Jack.« Ich nicke ihm kurz zu, ignoriere ihn dann jedoch wieder.

»Soll ich dich mitnehmen? Ich bin zwar auf dem Weg zu meinen Eltern nach Brookeland, aber ich könnte einen Schlenker über Silveroaks machen.«

»Du fährst nach Hause?« Im Nu bin ich auf den Beinen und trete näher an den Wagen heran. Er nickt. In meinem Kopf beginnt es zu arbeiten. Ich könnte ihn bitten, mich mitzunehmen. Das wäre der schnellste Weg, um nach Texas zu kommen. Andererseits ... will ich vier Stunden auf engstem Raum mit meinem Ex-Freund verbringen?

»Also?« Jack sieht mich abwartend an. Ich bin hin- und hergerissen. Vor ein paar Tagen habe ich ihn noch angeschrien und jetzt soll er mein Retter in der Not sein?

Nachdenklich kaue ich auf meiner Unterlippe, bis Jack mir die Entscheidung abnimmt. Er beugt sich rüber und öffnet die Beifahrertür von innen.

»Steig schon ein. Unterwegs erzählst du mir, was los ist.«

Seufzend gebe ich nach. Jack konnte mir fast immer an der Nasenspitze ablesen, wenn etwas nicht stimmte. Das scheint sich nicht geändert zu haben.

»Danke«, meine ich leise und steige ein. »Aber ich muss nicht nach Silveroaks, sondern nach Brookeland.«

Aus den Augenwinkeln bemerke ich seinen schnellen Seitenblick, bevor er losfährt. »Ist was passiert?«

»Grandma wurde ins Krankenhaus gebracht«, entgegne ich.

»Scheiße.«

Ich nicke und ziehe mein Handy hervor, um Eliza zu schreiben, dass ich einige Tage weg sein werde. Doch noch bevor ich mein Display entsperre, blinkt eine Nachricht von Dex auf. Ein dumpfer Schmerz breitet sich in meiner Magengrube aus.

Dex: *Mir gefällt deine Sorge um mich! Es ist alles in Ordnung. Melde dich, sobald du kannst. Ich möchte mit dir reden.*

Ich schlucke und wische die Nachricht beiseite. Mir ist klar, worüber er sprechen will. Aber dieses Gespräch muss warten.

»Alles okay?« Jack biegt auf die Interstate ab, und ich nicke zaghaft.

»Dex hatte beim Spiel heute einen heftigen Zusammenstoß. Er hat gerade getextet, dass es ihm gut geht.« Ich zwinge mich zu einem kurzen Lächeln, auch wenn mir nach Weinen zumute ist. Normale Freundinnen würden bei so einer Nachricht erleichtert klingen. Aber Dex und ich sind kein typisches Pärchen. Wir sind genau genommen gar kein Paar. »Ihr beide wirkt sehr glücklich. Ich bin froh, dass du jemanden gefunden hast, der dir guttut.«

»Hm«, murmle ich und lenke den Blick aus dem Fenster. Ergibt es noch Sinn, diese Lüge aufrechtzuerhalten? Dex hat sich entschieden, und seine Wahl ist nicht auf mich gefallen. Da kann ich dieses Spiel jetzt auch beenden.

»Dex und ich, wir waren nie zusammen«, gestehe ich leise, während ich meine Finger knete.

»Dachte ich mir.« Es dauert einen Augenblick, bis Jacks Worte bei mir ankommen.

»Was?« Ich starre ihn an. Mein ganzer Körper kribbelt vom Adrenalin, das durch meine Adern schießt.

»Ich habe vermutet, dass ihr kein richtiges Paar wart.« Er wirft mir einen kurzen, wissenden Blick zu, ehe er seine Aufmerksamkeit wieder der Straße widmet.

»Woher?«

Er zuckt mit den Schultern.

»War so ein Gefühl. Beim Essen der Malones habe ich es schon bezweifelt, obwohl ihr wirklich gut geschauspielert habt. Aber in Silveroaks war ich mir plötzlich nicht mehr sicher. Je länger ich da war, desto mehr hatte es den Anschein, dass ihr vielleicht doch die Wahrheit gesagt habt. Euer Umgang war so innig, und du warst losgelöster als je zuvor. Das habe ich in unserer Beziehung nie erlebt.«

Wenn ich gewusst hätte, dass Jack uns den Großteil der Zeit durchschaut hat, hätte ich mich und mein Herz viel früher geschützt. Das hätte mir viel Kummer erspart.

»Wusste Cece es auch?«

Jack schüttelt den Kopf.

»Nein. Du ahnst nicht, wie oft sie zu Hause von euch geschwärmt hat. Das ging mir furchtbar auf den Sack.«

Ich grinse. Geschieht ihm recht.

»Keine Ahnung, ob es dir aufgefallen ist, aber sie versucht immer das Positive in der Welt zu sehen und blendet alle negativen Schwingungen aus.«

»Habe ich bemerkt, ja. Wenn ich es nicht besser wüsste, würde ich meinen, dass sie Regenbögen pupst und erfolgreich Einhörner züchtet.«

Jack lacht, und ich bemerke, dass ich langsam lockerer werde. Seine Nähe ist nicht so furchtbar, wie zuerst angenommen. Womöglich hätte ich doch früher über meinen Schatten springen und auf ihn zugehen sollen.

»Sie ist charakterlich das komplette Gegenteil von dir, stimmt.« Er schmunzelt, und ich verkneife mir die Anmerkung darüber, dass sie rein äußerlich jedoch mein Ebenbild sein könnte. Stattdessen verfallen wir in Schweigen. Niemand will den Elefanten im Raum ansprechen, dabei hätten wir während dieser Fahrt jede Menge Zeit dafür. Außerdem müsste ich Jack nicht zwangsläufig in die Augen sehen. Immerhin muss er sich weiterhin auf die Straße konzentrieren. Ob wir jemals eine bessere Gelegenheit bekommen?

Eliza antwortet mir und wünscht Grams gute Besserung. Dex ruft an. Ich drücke ihn weg. Nate fragt, wie es im Krankenhaus gewesen ist. Ihn ignoriere ich ebenfalls. Gerade habe ich nicht den Kopf, um mich mit anderen Dingen auseinanderzusetzen. Meine Gedanken kreisen einzig und allein um das Thema, das Jack und ich seit einem Jahr totschweigen.

»Was hat sich geändert?«, frage ich plötzlich, als ich die Stille nicht mehr aushalte. Jack sieht mich fragend an, allerdings erkenne ich in seinen Augen, dass er genau weiß, wovon ich spreche. Er will, dass ich es laut sage, und ich merke, dass ich es endlich loswerden muss.

»Was hat sich in zwölf Monaten verändert, dass du plötzlich bereit bist, Vater zu sein.«

Er schluckt und richtet seinen Blick wieder auf die Straße.

»Nichts. Aber ich habe mich dir gegenüber damals wie ein Arsch benommen, und wir haben gesehen, wohin es geführt hat. Diesen Fehler wollte ich kein zweites Mal machen.«

»Das hat Dex auch vermutet«, entgegne ich und erinnere mich an unser Gespräch. An seine Arme, die mich gehalten haben. Seine Stimme, die mir leise tröstende Worte ins Ohr geflüstert hat. An die gemeinsamen Stunden, die wir so nicht mehr erleben werden.

Just in diesem Moment ruft er erneut an, doch ich leite ihn direkt zu meiner Mailbox.

»Du hast mit ihm darüber gesprochen?«, fragt Jack überrascht. Ich nicke, während ich das Smartphone zwischen meinen Fingern drehe.

»In der Nacht, nachdem wir im *Murphy's* waren.«

Er schweigt und seufzt schließlich.

»Es tut mir leid, Ruby. So unendlich leid, und ich weiß jetzt, dass ich diese vier Worte schon viel früher hätte sagen müssen. Es tut mir leid, dass du diesen Unfall hattest und dass ich der Grund war, weshalb du überhaupt in den Wagen gestiegen bist. Es tut mir leid, dass du unser Kind verloren hast, denn wenn jemand keine Verluste mehr in seinem Leben erleiden sollte, dann du.« Er holt kurz Luft. Ich will dazwischen grätschen, doch er hindert mich mit erhobener Hand daran.

»Ich hätte nach unserem Zusammentreffen in New Orleans anrufen sollen, um dir zu sagen, dass wir nach Silveroaks kommen. Es war nicht fair, wieder in dein Leben einzudringen. Ich bin ein Idiot und habe viele Fehler gemacht. Wir waren nur kurze Zeit Freunde, bis wir ein Paar wurden, aber ich hoffe, dass du mir eines Tages verzeihst, damit wir genau das wieder werden:

Freunde.« Er beendet seine Rede, und ich sehe ihn lange schweigend an. Unruhig rutscht er auf seinem Sitz hin und her.

»Ich verzeihe dir«, erwidere ich schließlich leise. Alles, was ich wollte, war eine aufrichtige Entschuldigung. Eine Erklärung, weshalb er sich so verhalten hat, und die habe ich bekommen. Brutal ehrlich und ohne Verschleierung. Jetzt fühle ich mich leichter. Unbeschwerter. Jack hat mir eine Last abgenommen, von der ich nicht wusste, wie schwer sie auf meinen Schultern lag.

»Echt?« Auch er wirkt erleichtert. Losgelöster.

»Ja, wirklich«, bestätige ich. Jack atmet beruhigt auf, während ich mein Display betrachte und sehe, dass Dex zum dritten Mal versucht, mich zu erreichen.

»Entschuldige, da muss ich kurz rangehen.« Ich befürchte, dass er sonst keine Ruhe gibt. Mein Herz flattert, als ich den grünen Hörer zur Seite wische.

»Ja?« Ich versuche, neutral zu klingen, doch das Zittern in meiner Stimme ist unüberhörbar. Zumindest für mich.

»Hey, ich bin inzwischen zu Hause. Falls du vorbeikommen möchtest, um meine Wunden zu pflegen, hätte ich nichts dagegen.« Der Klang seiner Stimme lässt mein Herz vor Sehnsucht beinahe zergehen. Ich will lachen, weil sein Anruf so dreist ist, dass ich nur mit Absurdität darauf reagieren kann. Stattdessen füllen sich meine Augen mit ungeweinten Tränen.

»Ich komme nicht«, entgegne ich. Stolz darauf, wie fest meine Stimme ist.

»Okay, dann vielleicht morgen? Ich muss dringend mit dir sprechen, und das will ich nicht am Telefon klären.«

»Nein.« Mit der freien Hand kneife ich mir in den Oberschenkel, um mich auf den physischen Schmerz zu konzentrieren. Denn der emotionale würde mich zerbrechen.

Inzwischen sind wir nicht mehr auf der Autobahn, sondern auf einer Landstraße, die uns Brookeland immer näherbringt. Während des Gesprächs mit Jack ist die Zeit rasend schnell verflogen. Mit Dex steht sie gerade still.

»Willst du direkt ins Krankenhaus oder erst nach Hause?«, fragt Jack. Ich halte zwei Finger in die Höhe, um ihm zu signalisieren, dass er mich nach Hause bringen soll.

»Wer ist da bei dir?« Dex' Stimme ist dunkler geworden, und ich könnte schwören, dass er die Zähne aufeinanderbeißt. Es scheint ihm nicht zu gefallen, dass ein anderer Mann in meiner Nähe ist. Tja, ich hätte auch darauf verzichten können Bella bei ihm im Krankenhaus anzutreffen.

»Jack«, erwidere ich schlicht.

»Was machst du bei ihm?« Am liebsten würde ich sagen, dass ihn das nichts angeht. Aber dann kommt mir eine bessere Idee.

»Wir sprechen uns aus. So wie du und Bella im Krankenhaus.« Am anderen Ende der Leitung herrscht Stille.

»Du warst da?«

»War ich und ich habe genug gehört.« Eine einzelne Träne rinnt meine Wange hinab.

»Hör zu, Ruby ...«, beginnt Dex, doch ich schüttle den Kopf. Auch wenn er das nicht sieht.

»Nein, nicht mehr. Mach's gut, Dex.« Ich lege auf und hindere die Tränen diesmal nicht daran zu fließen. Jack schweigt, aber ich ahne, wie unangenehm ihm die Situation ist. Er konnte noch nie gut mit weinenden Menschen umgehen.

»Wer ist Bella?«, fragt er schließlich zögerlich.

»Seine Ex-Freundin«, schluchze ich. Trotz meines tränenverhangenen Blicks sehe ich, dass wir inzwischen zu Hause angekommen sind. Jack hält den Wagen vor Grandmas Haus.

»Und was ist mit ihr?«

»Er hat sich für sie entschieden.« Ich schnäuze laut und klinge dabei wie ein trötender Elefant. Glücklicherweise ist niemand hier, der sich darüber lustig machen könnte.

»Hat er das eben gesagt?«

Ich schüttle den Kopf und sehe zu ihm rüber.

»Im Krankenhaus. Explizit gesagt hat er es zwar nicht, aber … er hat auch nicht gesagt, dass er mich liebt oder lieber mit mir zusammen sein will.«

»Dann ist er nicht so klug, wie ich dachte, und ich weiß, wovon ich rede.«

Obwohl ich immer noch weine, muss ich lachen. »Danke fürs Mitnehmen.« Ich steige aus und bin fast am Haus, als Jack erneut meinen Namen ruft.

»So, wie ich das sehe, war eure Beziehung echter, als ihr es euch beide eingestehen wollt. Und es wäre blöd, wenn ein Missverständnis dir eine glückliche Zukunft verwehrt!«

Er winkt und fährt davon. Ich blicke seinen Rücklichtern nach, bis sie verschwunden sind. Von drinnen ist das Gebell von Jumper zu hören. Grandmas Schäferhund. Er hat mitbekommen, dass jemand gekommen ist, um ihn zu füttern. Seufzend fahre ich mir durchs Haar und mache mich auf den Weg zur Tür. Dank dieses Denkanstoßes wird meine Nacht sicherlich unruhig und schlaflos. Aber vielleicht hat Jack Recht, und ich sollte Dex eine Chance geben, sich zu erklären.

Kapitel 21

»Grams, du sollst dich schonen!« Ich verdrehe die Augen, als Grandma versucht, wie ein geölter Blitz vom Auto zum Haus zu kommen.

»Quatsch! Das gehört nicht zu meinem Wortschatz!«

»Dann füg es hinzu. Der Arzt im Krankenhaus meinte, dass du großes Glück hattest. Viele ältere Leute erholen sich nicht so schnell von einer verschleppten Lungenentzündung. Das hätte böse enden können.« Sie ignoriert meine Einwände und lässt sich im Wohnzimmer auf ihren Lieblingssessel fallen. Immerhin sitzt sie jetzt.

»Mach dir keine Sorgen, Ruby. Ich bin im Nu wieder fit.«

Seufzend sinke ich auf das gegenüberstehende Sofa.

»Nimm das bitte nicht auf die leichte Schulter. Ich bin froh, dass ich dich so schnell aus dem Krankenhaus abholen konnte. Es ist jetzt allerdings an der Zeit, dass du dir mehr Hilfe suchst. Zumindest so lange, bis ich mit dem Studium fertig bin.«

»Das brauche ich nicht«, grummelt sie und verschränkt die Arme vor der Brust.

Mit Daumen und Zeigefinger massiere ich mir die Nasenwurzel. Sie reagiert genauso wie erwartet.

»Grams, ich weiß, dass du nach Dads Tod wunderbar allein auf dem Hof klargekommen bist. Aber es ist keine Schande, dass das inzwischen nicht mehr so ist.

Du wirst nicht jünger und dein Immunsystem auch nicht.«

»Willst du damit sagen, ich sei zu halt für körperliche Arbeit?« Sie zieht eine Augenbraue nach oben und plötzlich bewege ich mich auf ganz dünnem Eis.

»Ich bitte dich nur darüber nachzudenken, kürzerzutreten. Billy könnte seine Stunden aufstocken. Rachel geht für dich einkaufen, wenn sie in die Stadt fährt.« Je länger ich rede, desto besser gefällt mir mein Vorschlag. Grams hingegen sieht mich zweifelnd an. Ihre Lippen sind zu einem schmalen Strich zusammengepresst.

»Ich hatte eine Lungenentzündung und kein gebrochenes Bein. Rachel und Matt sollen sich um ihr eigenes Leben kümmern, statt einer alten Frau zu helfen. So kurz vor ihrer Hochzeit haben sie sicher Besseres zu tun. Mit Billy können wir morgen reden. Der wollte ohnehin mehr Geld, dann soll er was dafür tun.«

Mich durchflutet ein Gefühl des Sieges, auch wenn es nur ein kleiner ist.

»Wie lange bleibst du?« Grams drapiert sich ein Kissen im Nacken und sieht mich neugierig an. Ihr neugieriger Unterton entgeht mir dabei nicht.

»Noch ein bisschen«, erwidere ich ausweichend. Im Seniorenheim habe ich bereits Bescheid gesagt, dass die nächsten Tanzstunden ausfallen und ich sie schnellstmöglich nachhole.

»Hast du keine Klausuren mehr?«

Ich räuspere mich. »Nein.«

Sie erwidert daraufhin nichts. Ihren stechenden Blick spüre ich trotzdem. Schon zu High School Zeiten hat sie mir an der Nasenspitze angesehen, wenn etwas nicht in Ordnung gewesen ist, und das hat sich nicht geändert.

»Kommt Dex am Wochenende vorbei, um dich zu besuchen?«

Ich erstarre. Mein Herz macht bei der Erwähnung seines Namens einen kleinen Sprung, den ich zu ignorieren versuche. Sofort fallen mir Jacks Worte wieder ein. Es sind anderthalb Wochen vergangen, seit wir zuletzt miteinander gesprochen haben. Bisher habe ich mich nicht dazu durchringen können, ihn anzurufen. Ich weiß nicht mal, ob ich dieses Gespräch überhaupt führen will.

»Warum sollte er?« Eine Frage mit einer Gegenfrage zu beantworten, habe ich schon immer für klug gehalten.

»Ich dachte, zwischen euch hätte sich was entwickelt.«

Irritiert ziehe ich die Augenbrauen zusammen.

»Wie kommst du denn darauf?« Fieberhaft durchforste ich mein Hirn nach unseren Telefonaten und überlege, ob ich jemals etwas Derartiges erwähnt habe. Erinnere mich jedoch an nichts.

»Zum einen hat er dich auf ein Date entführt und den Anruf, der dadurch unterbrochen wurde, haben wir erst zwei Tage später fortgesetzt.« Sie wackelt mit den Augenbrauen. Meine Wangen werden prompt heiß, und ich senke den Blick. Diese Nacht war etwas Besonderes, und ich bereue nichts davon. Höchstens, dass ich ihm am Vorabend nicht zuhören wollte, als er versucht hat, mich über die Verlobung mit Bella aufzuklären.

»Ach das«, murmle ich und zucke mit den Schultern, als wäre es keine große Sache. Ich werde mit meiner Grams sicher nicht *diese* Art von Gespräch führen.

»Außerdem hat mir Jacks Mom beim Einkaufen erzählt, dass sie von der Mutter seiner Freundin weiß, die von Cece gehört hat, dass du einen charmanten Südstaatler datest und sehr glücklich bist.« Das war ich. Die Zeit, die ich mit Dex verbracht habe, war schön. Diese Wochen gehören eindeutig zu den besten meines Lebens. Durch ihn habe ich gelernt, dass ich noch dazu fähig bin zu lieben. Eine Eigenschaft, die ich nach dem Drama mit Jack für verloren gehalten habe. Trotzdem hat unser Höhenflug kein glückliches Ende gefunden. Ich beginne Jumper zu kraulen, der sich neben mich aufs Sofa geschmissen hat.

»Grams, so was ist wie stille Post. Bis diese Info bei dir ankam, hat sie sich hundertmal verändert.« Die Lüge stößt mir bitter auf, und mein Lächeln wirkt nicht überzeugend. Zumindest schließe ich das aus dem Gesichtsausdruck meiner Grandma.

»Ruby West! Du warst schon immer verflucht schlecht darin, mich zu belügen. Also … willst du darüber reden?« Ihre Stimme wird von Wort zu Wort sanfter, doch ich schaue sie nicht an. Denn dann ist die Wahrscheinlichkeit zu groß, dass ich in Tränen ausbreche und nicht mehr aufhöre zu weinen. Allein bei dem Gedanken an Dex und Bella blutet mein Herz. Die beiden tun einander nicht gut. Beziehungsweise Bella ihm. Bevor wir angefangen haben, unsere Beziehung vorzutäuschen, habe ich ihn für einen oberflächlichen Footballer gehalten, dessen einziger Lebensinhalt es ist,

Frauen aufzureißen. Diese Wahrnehmung ist sicherlich auch dadurch entstanden, dass Bella und er diese ständige On-off-Beziehung hatten. In den letzten Wochen wurde ich eines Besseren belehrt und habe eine andere Seite von Dex kennengelernt. Eine, die er viel öfter zeigen sollte. Auch wenn Jacks Stimme unaufhörlich in meinem Kopf darauf beharrt, dass es sich um ein Missverständnis handelt.

Ich schüttle den Kopf und werfe einen schnellen Blick in ihre Richtung. Kurz genug, um nicht von meinen Emotionen überwältigt zu werden, aber ausreichend lang, damit sie mein beruhigendes Lächeln sieht.

»Nicht jetzt. Vielleicht in ein paar Tagen.« Mit Jumper an meiner Seite stehe ich auf, um nach draußen zu gehen. Zumindest heute konnte ich Grams überreden, sich auszuruhen. Im Umkehrschluss bedeutet das, dass die Arbeit an mir hängen bleibt. Allerdings ist sie eine willkommene Abwechslung. Denn wenn ich damit beschäftigt bin, habe ich keine Zeit an Dex zu denken.

***

In den kommenden Tagen stehe ich früh auf und gehe spät ins Bett. Mein Ablauf ist komplett getaktet: Pferde raus, Boxen ausmisten, die Tränken bei den Rindern schrubben, Eier von den Hühnern einsammeln, deren Stall säubern.

Dann frühstücke ich gemeinsam mit Grams, und wir diskutieren darüber, wie viel sie heute erledigen darf. Dieser Teil ist der anstrengendste des Tages, weil Grandma stur wie ein Esel ist. Glücklicherweise bin ich mindestens genauso beharrlich, weshalb ich die Debatte jedes Mal gewinne. Sehr zu Grandmas Frustration. Denn solange ich da bin, darf sie nicht körperlich aktiv sein.

Anschließend pflüge ich die Felder um. An anderen Tagen mache mich mit der Buchhaltung vertraut. Kümmere mich ums Essen. Abends bin ich meistens bei Matt und Rachel. Manchmal gesellen sich noch einige unserer anderen High School Freunde dazu, aber das Beste ist, dass ich keine Zeit habe, an Dex zu denken. Hier ist Dexter-freie Zone, und das hilft mir ungemein, meine Gedanken zu klären. Denn mit Abstand sehe ich die Dinge meist deutlicher. Zu einem Entschluss bin ich trotzdem nicht gekommen. Normalerweise kann ich mich schneller entscheiden, aber diesmal ist es anders. Vielleicht, weil die Situation bedeutsamer ist. Über meine Zukunft entscheiden könnte.

Am heutigen Abend bin ich zu Hause. Grandma liegt im Wohnzimmer und schaut eine Quizsendung, während ich dick eingemummelt mit einer Tasse heißem Kakao auf der Hollywoodschaukel unserer Veranda sitze. Es ist so still um ich herum, dass ich sogar das Schnauben der Pferde im Stall höre. Diese Ruhe habe ich früher immer genossen, doch jetzt bereitet sie mir Unbehagen.

Ich spüre meinen Herzschlag übertrieben stark in der Brust. Mein Blut rauscht in den Ohren. Das Gedankenkarussell im Kopf nimmt an Fahrt auf, und ich habe Angst vor dem, was es zutage bringt. Ich will mich nicht mit dem befassen, was in Silveroaks auf mich wartet. Mein geschützter Kokon soll noch eine Weile bestehen, bevor ich mich meinem Kummer und den Problemen widme.

Das Vibrieren meines Handys ist so laut, dass ich zusammenzucke. Maddies Gesicht leuchtet auf dem Display auf.

»Hallo Fremde! Wie geht es dir?« Jegliche negativen Gedanken sind wie weggeblasen. Maddies Anruf ist das Highlight meines Tages. Mit Eliza telefoniere ich täglich, aber von Maddie habe ich seit dem Abend im *Murphy's* nichts mehr gehört. Zumindest nicht persönlich.

»Ich bin seit nicht mal zwei Wochen zu Hause, und Mom macht mich mit ihrer überfürsorglichen Art fertig.«

Ich unterdrücke ein erleichtertes Seufzen. Sie klingt nicht, wie Nate sie beschrieben hat, sondern eher wie unsere normale Maddie mit ihrem üblichen Hang zur Dramatik.

»Dann komm zurück nach Silveroaks, wenn dir zu Hause die Decke auf den Kopf fällt«, schlage ich gut gelaunt vor. Am anderen Ende der Leitung bleibt es still. So still, dass ich mich frage, ob der Anruf aus Versehen beendet wurde.

»Maddie?« Ich umklammere die Tasse in meiner Hand fester. Sie schweigt weiter. Nur durch ihr kurzes, abgehacktes Atmen weiß ich, dass sie noch am Telefon ist.

»Wahrscheinlich werde ich erst zum Frühjahr zurückkommen.«

Sie spricht leise, weshalb ich mich anstrengen muss, um sie zu verstehen. Das hat Nate also gemeint. Binnen Sekunden hat sich ihre Stimmung derart verändert, dass ich es selbst durch die Leitung spüre.

»Wieso? Silveroaks und New Orleans sind doch gleich weit von Covington entfernt.« Meine Lautstärke hat sich ihrer angepasst.

»Ich weiß es nicht. Silveroaks verbinde ich durch unsere Ausflüge intensiver damit.«

Ich schlucke aufsteigende Tränen hinunter. Sie klingt gebrochen. Mein Herz splittert in tausend Teile. Seit ich Maddie kenne, habe ich sie nie so erlebt.

»Nate meinte, du willst nicht zu einem Therapeuten gehen.« Sie brummt etwas Unverständliches, aber ich meine »Petze« herauszuhören. »Sich Hilfe zu suchen, ist nichts Schlimmes. Eliza hat ihr Trauma dadurch aufgearbeitet und mir hat es auch geholfen.«

»Dir?« Ein Funken Neugier schwingt in ihrer Frage mit.

»Mein Dad ist während meiner Zeit auf der High School gestorben. Diesen Verlust konnte ich nicht allein bewältigen. Also habe ich mir jemanden gesucht, der die berufliche Qualifikation und Expertise hat, anderen zu helfen, damit umzugehen. Ohne meine Therapeutin wäre ich verzweifelt. Trotzdem habe ich es geschafft, mich da durchzukämpfen. Weil ich Hilfe hatte. Professionelle Hilfe.«

Mein Magen dreht sich beim Erzählen beinahe um. Ich spreche nicht gern darüber, doch wenn es Maddie hilft, den richtigen Weg zu psychischer Gesundheit einzuschlagen, ist die Offenbarung dieser Wahrheit es absolut wert.

»Wieso hast du mir nie von deinem Dad erzählt?«

Ich zucke mit den Schultern, obwohl sie es nicht sieht.

»Ich spreche nicht gern darüber. Außer Dex weiß niemand davon. Der Punkt ist, dass ich versucht habe, mit meinem Schmerz allein klarzukommen. Daran bin ich kläglich gescheitert. Mach nicht denselben Fehler wie ich. Pack dein Trauma an den Hörnern und sag ihm den Kampf an.« Es sind vielleicht nicht die Worte, die Therapeuten benutzen würden, aber manchmal ist Direktheit angebracht.

»Ich denke darüber nach, in Ordnung?« Meine Lippen verziehen sich zu einem Lächeln.

»Das ist alles, was ich erreichen wollte.«

Einen Augenblick schweigen wir gemeinsam. Ich nippe an meinem inzwischen erkalteten Kakao und bemerke ein Paar Scheinwerfer, die sich dem Haus nähern.

»Also... du und Dex, hm?« Maddie hat den Schalter umgelegt und klingt jetzt wieder wie immer. Nach einer vor Neugier beinahe sterbenden Freundin.

»Genau genommen gibt es kein *wir*«, entgegne ich abwesend. Das Auto ist inzwischen fast bei mir angekommen. »Maddie, bleib mal kurz dran. Hier hat sich jemand verfahren.«

Ich lege das Handy beiseite und stehe auf. Manchmal passiert es, dass Touristen unsere Einfahrt mit der der Nachbarn verwechseln, die ein gut laufendes B&B führen.

Der Wagen hält. Es ist ein schwarzer SUV, der mir bekannt vorkommt. Mit verschränkten Armen lehne ich mich gegen einen der Verandapfosten. Die Fahrertür geht auf.

»Wenn Sie zum B&B wollen, fahren Sie zurück und ...« Beim Rest des Satzes versagt mir die Stimme. Das Zuschlagen der Autotür dröhnt unfassbar laut in meine Ohren. Die Welt bleibt stehen. Durch den leichten

Wind wird der vertraute Geruch von Karamell zu mir getragen.

»Was willst du hier?«, frage ich fast tonlos. Dex nimmt die Cap ab, fährt sich durchs Haar und setzt sie dann verkehrt herum auf.

»Ich möchte reden, Ruby.« Er kommt langsam auf mich zu. Mein Herz erinnert sich wieder daran, wie es schlägt, doch ich bin unfähig, mich zu bewegen. Niemals hätte ich damit gerechnet, dass Dex hier auftaucht. Mein Plan war, die Sache auszusitzen und mich erst wieder damit zu befassen, wenn ich zurück in Silveroaks bin. Da hat er mir jetzt allerdings einen Strich durch die Rechnung gemacht. Trotzdem bin ich nicht wütend deswegen. Sondern insgeheim erfreut ihn zu sehen. Er hat mir mehr gefehlt, als ich zugeben will.

»Ich wüsste nicht, was wir zu besprechen haben.«

»Mir fällt da einiges ein. Angefangen damit, weshalb du mit Jack unterwegs warst.« Er stützt seinen Unterarm oberhalb meines Kopfes am Pfosten ab. Unsere Blicke treffen sich. In seinen grünen Augen erkenne ich verschiedenste Emotionen. Ärger. Schmerz. Verletzlichkeit. Dabei bin ich diejenige, die sich damit in den letzten Tagen herumgequält hat. Meine Gefühle fahren Achterbahn.

»Er hat mich mitgenommen, als Grandma ins Krankenhaus gebracht wurde. Auf der Fahrt hatten wir ausreichend Zeit zum Reden.«

Dex' Gesichtszüge werden weicher.

»Wie geht es ihr? Eliza hat mir davon erzählt.«

»Soweit gut. Die Lungenentzündung ist zwar abgeklungen, aber ich lasse sie trotzdem noch nicht viel arbeiten. Das nervt sie sehr.«

Er lacht kurz, und ich werde wieder daran erinnert, wie sehr mir dieses Geräusch gefehlt hat. Wie sehr *er* mir gefehlt hat.

»Sind Jack und du wieder ein Paar?«

Mit offenem Mund starre ich ihn an. Meine Arme fallen schlaff zu beiden Seiten des Körpers hinab.

»Wie kommst du denn darauf? Jack und ich haben uns ausgesprochen. Mehr nicht.« Meine Wangen werden heiß, und mein Puls beschleunigt sich. Dex nickt zufrieden, was meine Wut noch mehr anfeuert. Ich habe vorher schon deutlich gemacht, kein Interesse an einer erneuten Beziehung mit ihm zu haben. Wieso sollte ich meine Meinung plötzlich ändern? Immerhin bin ich nicht diejenige, die ihm schöne Augen gemacht hat, um dann zu ihrem Ex zurückzugehen.

»Und selbst wenn es so wäre, wärst du der Letzte, der sich ein Urteil darüber bilden dürfte. Jetzt, wo du wieder mit Bella zusammen bist.« Ich verschränke die Arme erneut vor der Brust. Ein Schutzmechanismus, der mir nichts bringt. Denn mein Herz liegt bereits offen vor ihm.

»Ich bin nicht mit Bella zusammen.« Dex runzelt die Stirn.

»Lüg mich nicht an. Ich habe ihr Gesäusel im Krankenhaus gehört. Die großen Liebesbekundungen und das Ausmalen einer gemeinsamen Zukunft.« Allein die Erinnerung daran verursacht mir Übelkeit.

Dex beugt sich vor. Auf einmal ist er mir wieder nah. Zu nah. Er sucht meinen Blick und hält ihn fest.

Ich schlucke.

Mein Herz stolpert.

»Hast du denn auch gehört, dass ich es erwidert habe?«

Ich schüttle den Kopf und weiche seinem Blick aus. In Gedanken gehe ich noch einmal das Gespräch im Krankenhaus durch. Genau genommen hat er gar nichts darauf gesagt. Zumindest nicht in meinem Beisein. Anschließend hat er mich angerufen. Mich darum gebeten, vorbeizukommen. Kann es sein, dass nicht nur er derjenige ist, der voreilige Schlüsse zieht? Denn offensichtlich stehe ich ihm da in nichts nach.

»Du hast nichts Gegenteiliges gesagt«, erwidere ich schwach. Wohl wissend, dass ich zu viel in die Situation an seinem Krankenbett hineininterpretiert habe. Dex seufzt und legt zwei Finger an mein Kinn, damit ich ihn ansehe.

»Das habe ich, aber da warst du vermutlich schon weg. Es gibt nur eine Frau, mit der ich zusammen sein will und für die bin ich gerade vier Stunden nach Texas gefahren, um ihr das zu sagen.«

In meinem Bauch rumort es. Tausende Schmetterlinge und Flugzeuge starten gleichzeitig und fliegen wild durcheinander. Es herrscht ein einziges Chaos. Genau wie in meinem Kopf und meinem Herzen. Freude wird von Scham überschattet. Am liebsten würde ich die Hände vor dem Gesicht zusammenschlagen und im nächsten Erdboden versinken. Ich habe gesehen, was ich wollte. Meine Schutzmechanismen wieder aktiviert und Dinge in ihr Gespräch hineininterpretiert, die gar nicht so gemeint waren. Trotzdem ruft mir eine immer lauter werdende Stimme einen wichtigen Punkt ins Gedächtnis.

»Du bist verlobt«, wispere ich, woraufhin er den Kopf schüttelt. Er lässt mein Kinn los und löst sanft meine verschränkten Arme, um meine Hände in seine zu nehmen.

»Das habe ich beendet. Mir war schon länger klar, dass Bella und ich keine gemeinsame Zukunft haben. Inzwischen bin ich mir dessen absolut sicher.«

Ich sollte mich darüber freuen, aber es gelingt mir nicht. Stattdessen habe ich Angst vor dem, was passiert, wenn ich mich auf ihn einlasse. Angst vor einer weiteren Enttäuschung, vor einem weiteren Verlust.

»Es war immer ein Spiel mit einem gefährlichen Einsatz. Wir ... das mit uns hatte nie eine Zukunft«, flüstere ich.

»Das ist gelogen. Der Moment im Badezimmer in New Orleans hat alles besiegelt.« Seine Worte schnüren mir die Kehle zu. So viele Emotionen durchfluten mich. Kein Gefühl ist mehr greifbar.

Eine einzelne Träne löst sich aus meinem Augenwinkel und läuft meine Wange hinab. Ich bin unfähig, etwas zu sagen. Dex' hebt seine Hand und wischt sie mit dem Daumen sanft beiseite.

»Ich will dich nicht unter Druck setzen, Ruby. Ich weiß, dass Jack deine erste große Liebe war. Aber ich bin bereit, deine Letzte zu sein.« Er senkt den Kopf und drückt mir einen zärtlichen Kuss auf die Schläfe. Ich schließe die Augen und genieße das Gefühl seiner Lippen auf meiner Haut.

»Nächste Woche ist unser finales Spiel für dieses Jahr. Danach ist die Siegesfeier bei Ryan und mir. Ich würde mich freuen, wenn du kommst.« Sein warmer Atem kitzelt mich, bevor er sich von mir löst und langsam rückwärts zum Auto geht.

»Warte! Willst du jetzt etwa wieder nach Hause fahren?«

»Ich habe gehört, hier soll es ein B&B in der Nähe geben«, entgegnet er gut gelaunt. Ein letztes Lächeln. Ein langer Blick. Ein Zwinkern, bevor er in den Wagen steigt und davonfährt.

Ich blicke ihm nach, bis seine Rücklichter in der Dunkelheit verschwunden sind. Mit zittrigen Beinen gehe ich zur Hollywoodschaukel und sinke in die weichen Kissen.

»Was war das denn?«, murmle ich und fahre mir mit der Hand durchs Haar.

»Die schönste Liebeserklärung der Welt!«, erwidert eine Stimme aus dem Nichts. Erschrocken springe ich auf und stoße dabei die halb volle Tasse Kakao um, die zu meinen Füßen stand.

»Wer ist da?« Suchend sehe ich mich um.

»Ich bin's. Du hast mich doch beiseitegelegt.« Langsam realisiere ich, dass es Maddie ist, die da spricht. Dex' Auftauchen hat mich so durcheinandergebracht, dass ich sie komplett vergessen habe.

»Warum hast du nicht aufgelegt?« Ich schnappe mir das Handy, während ich in die Küche laufe, um einen Lappen zu holen. Die braune, süße Flüssigkeit muss dringend weg von der Veranda, sonst bekommt Grams Morgen einen Herzinfarkt wegen einer Ameiseninvasion.

»Um dieses Gespräch zu verpassen? Niemals! Ich glaube es nicht! Dexter Malone hat dir seine Liebe gestanden!« Maddie quietscht so hoch, dass ich das Telefon einige Zentimeter von meinem Ohr weghalte, um keine nachhaltigen Schäden davonzutragen.

»Er hat es wirklich getan, oder?« Ich bin noch immer etwas benommen.

»Ja-ha! Dafür ist er vier Stunden zu dir gefahren. Romantischer geht es nicht.« Sie seufzt verzückt, während ich schweige. Immer wieder spule ich das Gespräch vor meinem inneren Auge ab. Wie die Sequenz aus meiner Lieblingsserie, die ich sicher schon einhundert Mal geschaut habe.

»Ruby?« Maddies Stimme ist sanfter geworden. Von ihrer aufgekratzten Art ist nichts mehr zu hören.

»Hm?« Gedankenverloren schrubbe ich über den Kakaofleck.

»Wieso hast du nicht gesagt, dass du auch mit ihm zusammen sein willst?«

»Keine Ahnung«, erwidere ich leise, obwohl ich den Grund dafür genau kenne.

»Möchtest du es denn? Seine Freundin sein?«

Mein Herz macht einen Satz, und mein Bauch beginnt aufgeregt zu kribbeln. »Ja.« Seufzend falle ich in die Hollywoodschaukel, die beim Schwingen quietscht.

»Wo ist dann das Problem?« Maddie scheint die Welt nicht mehr zu verstehen.

»Ich habe Angst«, gestehe ich leise. Angst davor, wieder jemanden zu verlieren, der mir wichtig ist.

»Wegen der Verlobung mit Bella. Glaubst du, dass er noch weitere Geheimnisse hat?« Manchmal ist es gruselig, wie gut Maddie mich kennt.

»Was, wenn es nur ein Trick ist? Wenn er mit mir seine restliche Collegezeit verbringen will und sich danach doch für sie entscheidet?«

»Kann ich mir nicht vorstellen. Zum einen würde Bella da nicht mitmachen, denn ich glaube, diese Abfuhr hat sie in ihrem Ego ziemlich gekränkt. Außerdem ... wieso sollte er so was tun? Du bist diejenige, die mit der Fake-Beziehung angefangen hat. Wenn überhaupt, müsste er Angst haben, dass du dich nicht binden willst.«

Ertappt beiße ich mir auf die Unterlippe. Sie hat Recht. Abgesehen von der Sache mit der Verlobung war er immer aufrichtig mir gegenüber.

»Er hat dir doch Zeit gegeben, Ruby. Nutz sie und fahr nächste Woche nach Silveroaks, wenn du dich entschieden hast. Oder früher. Je nachdem, was sich richtig anfühlt.« Ich lehne mich zurück und schaue in den funkelnden Sternenhimmel.

»Wann bist du so weise geworden?«, schmunzle ich, woraufhin Maddie lacht.

»War ich schon immer. Das lasse ich allerdings nur in besonderen Momenten raushängen.«

»Danke, dass du nicht aufgelegt hast.«

»Danke, dass du mich normal behandelst und nicht mit Samthandschuhen anfasst«, entgegnet sie.

»Würde mir nie einfallen. Gute Nacht, Maddie.«

»Schlaf gut, Ruby und mach dir nicht zu viele Gedanken. Dein Herz weiß, was es will, und Dex wird so lange auf dich warten, bis dein Kopf es auch versteht.«

Wir beenden das Gespräch, und ich werde wieder von Stille umhüllt. Inzwischen ist es kühler geworden, doch die Erinnerungen an mein Gespräch mit Dex wärmen mich von innen. Sie entfachen ein Feuer in meiner Brust, was sich durch meine Venen im kompletten Körper ausbreitet. Da erkenne ich, dass ich keine Zeit brauche, um mir über etwas klar zu werden. Denn Maddie hat Recht: Mein Herz weiß längst, wohin es gehört.

Kapitel 22

Trotzdem dauert es fünf Tage, bis ich nach Silveroaks zurückkehre. Nicht, weil ich mir meiner Gefühle nicht sicher wäre, sondern vielmehr, um sicherzustellen, dass Grams sich nicht überanstrengt.

»Bitte lass Billy die schweren Arbeiten erledigen. Du wirkst zwar schon deutlich erholter, aber ich will kein Risiko eingehen. Bevor du nicht hundertprozentig fit bist, überanstreng dich nicht.« Grandma verdreht die Augen.

»Ich kann nichts versprechen. Immerhin fühle ich mich fit wie ein Turnschuh! Wenn du mich lassen würdest, könnte ich Bäume ausreißen.«

Ich stemme die Hände in die Hüften und hole bereits Luft, um ihr einen weiteren Vortrag über die fatalen Folgen von Lungenentzündungen zu halten, als Billy sich einschaltet. Er hat uns freundlicherweise zur Bushaltestelle gebracht.

»Keine Sorge, Ruby. Ich passe auf, dass sie keinen Quatsch macht.« Er zwinkert mir zu, und ich entspanne mich ein wenig. Billy arbeitet schon so lange für uns, dass ich weiß, dass auf sein Wort Verlass ist. Also spare ich mir den Atem und nehme Grandma stattdessen fest in die Arme.

»Ich komme dich, so schnell ich kann, wieder besuchen. Mach in der Zwischenzeit nichts Unüberlegtes. Es ist keine Schwäche, um Hilfe zu bitten.«

Sie lacht und drückt mich noch einmal fest, bevor sie mich loslässt und mir großmütterlich die Wange tätschelt.

»Ich passe auf mich auf und werde ganz brav den Anordnungen meiner Aufpasser folgen, versprochen.« Grams zwinkert mir zu, und ich kann mir ein Lachen nicht verkneifen.

»Komm gut zurück und mach dir um mich keine Sorgen. Konzentriere dich darauf, dir deinen Mann zu angeln.« Grandma winkt mir zu, als ich in den Bus steige. Und sie hört auch nicht damit auf, als wir längst losgefahren sind. Billys und ihr Körper werden immer kleiner, je weiter wir uns von ihnen entfernen und sobald ich sie nicht mehr sehe, sinke ich in meinen Sitz und drehe mein Handy zwischen den Fingern.

In den letzten Tagen bin ich das bevorstehende Gespräch tausendmal durchgegangen. Habe mir genau zurechtgelegt, was ich sagen will und mir ausgemalt, was Dex darauf antwortet. Doch jetzt, da ich Texas verlasse, habe ich das Gefühl, jedes geplante Wort zu vergessen. Als würde es immer weiter verblassen, je näher wir Silveroaks kommen.

Ein paar Mal bin ich versucht, ihn einfach anzurufen. Es direkt zu klären, ohne ihm dabei ins Gesicht zu sehen. Allerdings ist das kein Thema, das man am Telefon bespricht. Immerhin ist er bis zu mir nach Brookeland gefahren, um persönlich mit mir zu reden. Also sollte ich dasselbe tun. Außerdem möchte ich jede kleine Regung seines Gesichts in mir aufnehmen, wenn ich ihm sage, dass ich nicht nur mit ihm zusammen sein will, sondern ihn liebe. Verdammt. Ich liebe Dexter Malone. Einen Mann, von dem ich als Letztes erwartet hätte, dass er derartige Gefühlsstürme in mir auslöst. Damals, an dem Abend in New Orleans, war er lediglich ein Mittel zum Zweck. Ein gut aussehender junger Mann, den ich als meinen Freund vorführen konnte. Wenn ich gewusst hätte, was noch alles hinter der Fassade des beliebten Frauenschwarms steckt, wären wir einander womöglich schon viel früher näher gekommen. Hätten eine andere Ausgangslage gehabt. So mussten wir einige Hürden überwinden, um zueinanderzufinden. Vor ein paar Wochen war mir dieser steinige Weg noch zu mühsam, um ihn zu wählen. Jetzt weiß ich, dass jede Unebenheit es wert ist darüberzusteigen, um an mein Ziel zu kommen.

***

Als ich zu Hause ankomme, ist es ruhig. Die Straßen sind leer gefegt. Offensichtlich sind alle im Stadion, um das letzte Spiel der Saison zu sehen, das die *Silveroaks Snakes* dominieren. Über die Collegewebsite habe ich während der Fahrt den Liveticker verfolgt. Aktuell liegen wir in Führung.

Am liebsten würde ich direkt zum Stadion rennen und Dex beim Siegen zusehen, aufgrund eines Unfalls auf der Interstate standen wir allerdings zwei Stunden im Stau. Statt sechs Stunden war ich acht unterwegs. Da das Spiel nur noch wenige Minuten läuft, ergibt es keinen Sinn, zum Campus zu eilen.

Stattdessen schlage ich den Weg zum Wohnheim ein. Weil ich damals ohne Gepäck nach Brookeland aufgebrochen bin, gibt es nichts, was ich ablegen könnte. Nach dieser langen Fahrt würde ich mich trotzdem gern umziehen, bevor ich bei der Siegesfeier in der WG auftauche.

In der Wohnung angekommen, mache ich mich frisch, schlüpfe in enge Jeans und eines der Trikots, die ich im Laufe unserer gemeinsamen Zeit von Dex geliehen und nie zurückgegeben habe. Sein vertrauter Duft umhüllt mich. Sofort beginnt mein Herz schneller zu schlagen. Die Vorfreude darauf, ihn endlich zu sehen, wächst ins Unermessliche.

Mit meiner Jacke in der Hand verlasse ich das kleine Appartement, das sich ohne Maddie kalt und leer anfühlt. Der Großteil ihrer Sachen ist weg, was ihren Rückzug nach New Orleans realer macht. Unser letztes Telefonat hat sich so normal angefühlt, so vertraut, dass ich mir keine Gedanken darüber gemacht habe, sie heute nicht zu sehen. Weder zu Hause noch auf der Party, deren laute Musik mich bereits am Anfang der Straße begrüßt.

Überall tummeln sich Studierende in grün-silbernen Trikots, die lautstarke Lobeshymnen auf unsere Footballmannschaft singen oder klirrend mit ihren Bieren anstoßen. Es wirkt fast, als hätte sich die komplette *Silveroaks Park* hier eingefunden, um heute diesen Sieg zu feiern. Dementsprechend schwierig ist es, überhaupt in die Wohnung zu gelangen. Ich komme nur langsam voran, weil zu viele Menschen auf einem Fleck stehen.

Mich beschleicht das Gefühl eines Déjà-vus. Die Party, auf der unsere Geschichte ins Rollen kam, war ähnlich gut besucht. Und ebenso wie damals finde ich meine Freunde auf der Sofagarnitur im Wohnzimmer. Bevor ich zu ihnen durchdringe, stoße ich mit jemandem zusammen. Der Inhalt des Glases schwappt über mein Shirt und verursacht mir eine Gänsehaut. Es ist eiskalt.

Ich hebe den Blick und schaue in ein Paar blauer Augen, die mich abschätzig anschauen.

»Ich würde ja sagen, dass es mir leidtut, aber das wäre gelogen.«

»Da Entschuldigungen bei dir schon immer Mangelware waren, wundert mich das nicht«, entgegne ich und erwidere Bellas Blick fest. Wir waren uns noch nie grün, haben uns lediglich toleriert. Diesmal spiegelt sich in ihren Augen eine Feindseligkeit wider, die vorher nicht da gewesen ist.

»Lass dir eins gesagt sein, Ruby. Du hast diese Runde vielleicht gewonnen, trotzdem bist und bleibst du nur eine Phase. Dex' scheint aktuell nicht klar zu denken. Irgendwann wird er erkennen, dass ich die Richtige für ihn bin.« Bella lächelt siegessicher. Ich hingegen seufze und unterdrücke ein Augenrollen.

»Wenn es dir durch diesen Gedanken besser geht, dann bitte. Ich habe nicht vor, mit dir darüber zu diskutieren, und ich lasse mich von dir auch nicht verunsichern. Dex hat sich für mich entschieden.«

Ich will mich an ihr vorbeischieben, denn für mich ist dieses Gespräch beendet. Unvermittelt greift sie nach meinem Handgelenk. Für den Bruchteil einer Sekunde meine ich, einen Anflug von Schmerz in ihrem Blick aufblitzen zu sehen, doch das ist so schnell wieder verschwunden, dass ich mich vermutlich geirrt habe. Denn als ich sie ein weiteres Mal ansehe, erkenne ich darin nur Trotz und Arroganz.

»Rede es dir nur schön, Ruby. Du bist nichts Besonderes. Irgendwann wird er sich langweilen. Du wirst schon sehen.« Sie lässt mich los und verschwindet im Getümmel. Für einen Moment verharre ich an Ort und Stelle, bevor ich die negativen Gedanken und Gefühle abschüttele und zu meinen Freunden gehe. Leider ist Dex nicht bei ihnen.

»Ruby! Du kommst absolut richtig für eine Partie *Truth or Dare extrem*.« Ethan zwinkert mir zu, während ich mich zwischen Connor und Nate aufs Sofa quetsche. Eliza sitzt bei ihrem Freund auf dem Schoß und beugt sich zu mir runter, um mich kurz zu umarmen.

»Wie geht es deiner Grandma?«, fragt sie, bevor sie sich wieder an Connor schmiegt. Ein sehnsüchtiger Stich durchzuckt meine Brust. Das ist es, was ich will. Öffentliche Zuneigungsbekundungen mit dem Mann, den ich liebe. Wo ist Dex nur?

»Hervorragend. Wenn sie könnte, würde sie den Hof noch immer allein schmeißen, aber zumindest habe ich sie mittlerweile so weit, dass sie sich mit dem Gedanken anfreundet, in Zukunft mehr Hilfe anzunehmen.« Ich hoffe, dass Billy sich ihr gegenüber durchsetzt. Er mag eine gute Seele sein, jedoch mangelt es ihm manchmal an Willenskraft. Eliza lacht, als Ethan in die Hände klatscht, um unsere Aufmerksamkeit zu bekommen.

»Stellt die Gespräche ein, Ladys. Es geht los!«

Eliza und ich wechseln einen amüsierten Blick. Ethan liebt dieses Spiel eindeutig zu sehr.

»Flynni-Boy, Truth or Dare?«

Flynn lehnt sich auf dem Sofa zurück und legt einen Arm um Pollys Schultern. »Heute fange ich mit Wahrheit an.«

Ethan tippt sich nachdenklich mit dem Zeigefinger gegen das Kinn. Weil ich weiß, dass er für die Auswahl seiner Fragen immer ewig braucht, lasse ich den Blick über die Gäste schweifen, in der Hoffnung, Dex endlich zu finden.

So schön es auch ist, Zeit mit meinen Freunden zu verbringen, mir brennt etwas Wichtiges unter den Nägeln. Mein Herz stolpert, als ich ihn entdecke.

Er lehnt im Türrahmen zur Küche, hält einen Drink in der freien Hand und unterhält sich mit einer Blondine. Sie lacht über das, was er gesagt hat, und schlägt ihm spielerisch gegen die Brust, wobei ihre Hand für meinen Geschmack einen Augenblick zu lange dort verweilt.

Ich schlucke. Das kleine grüne Monster namens Eifersucht erwacht in mir. Früher hatte ich nie Probleme damit. Bei Jack gab es keine weibliche Konkurrenz, aber bei Dex ist das anders. Ihm lagen die Frauen schon zu Füßen, bevor wir angefangen haben, unsere Fake-Beziehung aufzubauen.

Sie wirft ihr Haar über die Schulter und ermöglicht mir dadurch einen besseren Blick auf ihr Gesicht. Sie ist hübsch. Und sehr attraktiv. Plötzlich frage ich mich, weshalb Dex ausgerechnet an mir interessiert ist. Bella ist blond, diese junge Frau ebenfalls. Wenn ich mich zurückerinnere, waren seine Eroberungen bisher immer Blondinen. Was will er jetzt mit einer Brünetten? Es ärgert mich, dass Bellas Worte anscheinend doch einen tieferen Eindruck hinterlassen haben, als sie sollten.

Und es gefällt mir nicht, dass Dex auf die Flirtversuche dieser Unbekannten eingeht. Denn es sieht nicht so aus, als würde er sie in irgendeiner Form abblocken.

Ich bin kurz davor, aufzustehen und ihn zur Rede zu stellen, als Eliza neben mir plötzlich quietscht. Erschrocken zucke ich zusammen.

»Was ist los? Was habe ich verpasst?« Verwirrt sehe ich von einem zum anderen.

»Ich bin schwanger«, erklärt Polly und lächelt dabei so breit, dass mir die Tränen kommen.

»Herzlichen Glückwunsch!« Ich springe auf und nehme Flynn und Polly fest in die Arme. Vergessen sind die negativen Gedanken, die durch meinen Kopf gegeistert sind. Die beiden werden sicher großartige Eltern!

Nachdem ich mich wieder gesetzt habe, wandert mein Blick automatisch zurück zur Küche. Dex und die Blondine sind weg. Mir wird schlecht. Er würde doch nicht … Denkt er, dass ich mich gegen ihn entschieden habe, weil ich nicht beim Spiel gewesen bin? Hätte ich ihm schreiben sollen, dass ich auf dem Weg bin und wir uns hier auf der Party sehen?

Meine Brust wird eng. Das Atmen fällt mir immer schwerer. Ich greife nach Elizas Arm. Brauche etwas, das mich in der Realität hält, damit ich nicht in der drohenden Panikattacke versinke.

»Dex! Truth or Dare?«

Ruckartig hebe ich den Kopf. Hinter Polly und Flynn steht Dex. Ohne seine Gesprächspartnerin aus der Küche.

Unsere Blicke treffen sich. Ein winziges Lächeln umspielt seine Lippen. Sofort habe ich das Gefühl, wieder anständig Luft zu bekommen.

»Truth. Zum ersten und einzigen Mal«, erwidert er, ohne den Blick von mir zu lösen. Er lächelt immer noch. Ein kleines, unscheinbares Lächeln, das nur für mich bestimmt ist. Mir ist so schwindelig, dass ich Angst habe, gleich ohnmächtig zu werden.

»Was war das Romantischste, was du als bekanntester Frauenschwarm der *Silveroaks Park* je getan hast?« Ryan spricht und sieht seinen Mitbewohner abwartend an, und auch alle anderen hängen an Dex' Lippen.

»Ich habe einen Vertrag auf einem Bon unterschrieben, damit jeder denkt, Ruby und ich wären ein echtes Paar. Dabei wäre das gar nicht nötig gewesen, weil ich zu dem Zeitpunkt auch ohne offizielles Schriftstück alles für sie getan hätte. Und dann bin ich vor ein paar Tagen vier Stunden nach Texas gefahren, um ihr zu sagen, dass ich mit ihr zusammen sein will. Ich habe meine Verlobung gelöst, weil ich mir meine Zukunft nur noch mit einer Frau vorstellen kann, und die sitzt mir gegenüber.«

Unsere Freunde verstummen. Ich spüre jeden einzelnen Blick auf mir, habe jedoch nur Augen für Dex.

»Hat er nicht getan«, flüstert Eliza verblüfft.

»Hat er«, wispere ich und lächle.

»Ruby, Truth or Dare?« Dex sieht mich immer noch an. Der Geräuschpegel der Party ist in den Hintergrund gerückt. Ich nehme nur seine Stimme und meinen Herzschlag wahr, der so laut ist, dass ich sicher bin, alle anderen hören ihn ebenfalls.

»Dare«, entgegne ich.

»Dann komm und küss mich.«

Ich bin schneller auf den Beinen, als ich es für möglich gehalten habe. Binnen Sekunden stehe ich vor ihm, nehme sein Gesicht in die Hände und küsse ihn. In mir explodiert ein Feuerwerk, als unsere Lippen endlich wieder aufeinandertreffen. Nur am Rande höre ich die Pfiffe unserer Freunde.

Dex zieht mich näher an sich heran. Seine Zunge erobert meinen Mund.

»Nehmt euch ein Zimmer!«, ruft jemand. Grinsend löse ich mich von ihm, doch er lässt mich nicht los.

»Du trägst mein Trikot von damals.« Seine Lippen streifen beim Sprechen erneut meinen Mund.

»Da du es nicht geschafft hast, es dir zurückzuholen, ist es inzwischen in meinen Besitz übergegangen.«

Er lacht, und ich spüre die Vibration seines Körpers an meinem. »Du kannst es behalten. Alles von mir.« Mein Bauch kribbelt. Sanft streiche ich ihm mit dem Daumen über die Wange.

»Seit wann bist du denn zu einem Süßholzraspler mutiert?« Seine Lippen zucken belustigt.

»Seit mich ein Cowgirl aus Texas während einer Fake-Beziehung um den Finger gewickelt hat.«

Ich küsse ihn erneut.

»Liebst du mich?«, murmelt er an meinen Lippen.

»Ja. Mit allem, was ich habe«, erwidere ich und sehe ihm in die Augen.

»Das ist eine gute Voraussetzung für den Start in unser restliches gemeinsames Leben.«

Lachend rücke ich ein Stück von ihm ab. »War das gerade ein subtiler Heiratsantrag?«

Dex zuckt mit den Schultern, doch ich bemerke das geheimnisvolle Funkeln in seinen Augen. »Vielleicht ein Vorgeschmack darauf.«

»Ich werde nicht heiraten. Niemals.«

»Das sehen wir dann«, schmunzelt er und hebt mich hoch. Instinktiv schlinge ich meine Beine und Arme um ihn und lache.

So glücklich und befreit habe ich mich noch nie gefühlt und während Dex mich durch die Partygäste in sein Zimmer trägt, weiß ich, dass das der Beginn von etwas Großem ist. Etwas Echtem, das ich mit niemand anderem erleben will.

Kapitel 23

Vier Monate später
Brookeland, Texas

Kies knirscht unter meinen Sohlen, als wir aus Dex' Wagen steigen und die vielen Autos hinter uns lassen, die bereits am Straßenrand stehen. Aus Kostengründen haben Rachel und Matt beschlossen, auf der Farm von Rachels Eltern zu heiraten. Aber weil ich die kreative Ader meiner Freundin kenne, bin ich sicher, dass sie etwas ganz Besonderes daraus gemacht hat. Dex nimmt meine Hand und verschränkt unsere Finger miteinander, während wir den Schildern folgen, die uns hinters Haupthaus führen, wo die Trauung stattfindet.

»Das ist ja unglaublich.« Seine Augen weiten sich bei dem Anblick, der vor uns liegt. Ein Weg aus Brettern führt von der Veranda runter an den kleinen See, in dem wir als Kinder gebadet haben. Dort ist ein Bogen aufgestellt worden, der mit verschiedenen Blumen verziert wurde. Rechts und links vom Weg stehen Stühle mit weißer Polsterung. Rachel hat sich selbst übertroffen. Meine Absätze klackern über das Holz, während wir weiter nach unten gehen und auf einen sehr nervösen Bräutigam treffen.

»Ruby!« Matt nimmt mich fest in die Arme. »Ich freue mich, dich zu sehen.«

»Denkst du etwa, ich lasse mir dieses Spektakel entgehen?« Lachend richtet er seine Fliege, die verloren um seinen Hals hängt. »Es sieht wunderschön aus«, lobe ich und schaue mich erneut um.

»Warte ab, bis du im alten Gewächshaus bist. Die Vorbereitungen haben mich Nerven und Rachel die ein oder andere Träne gekostet, aber es hat sich gelohnt.«

»Du erinnerst dich an Dex?« Matt nickt, und die beiden schütteln einander die Hand.

»Dunkel, allerdings hat Rachel in letzter Zeit so viel von euch gesprochen, dass mir zumindest dein Name ein Begriff ist.« Matt zwinkert uns zu, woraufhin wir alle drei zu lachen beginnen. Rachel war ganz aus dem Häuschen, als ich ihr berichtet habe, dass Dex jetzt offiziell mein Freund ist.

»Setzt euch hier vorn hin. Gleich geht es los.« Er tupft sich einige Schweißperlen von der Stirn und sieht nervöser aus, als ich es von ihm erwartet hätte. Wir nehmen hinter Rachels Familie Platz, die mich herzlich begrüßen und Dex neugierig betrachten.

»Er sieht verflucht aufgeregt, aber auch sehr glücklich aus«, raunt Dex, kurz bevor die Trauung beginnt.

»Das ist er. Immerhin heiratet er heute die Liebe seines Lebens.«

»Hast du deine Meinung diesbezüglich geändert?«

Ich drehe mein Gesicht in seine Richtung. »Wozu?«, wispere ich, während wir aufstehen, weil die Musik für den Brauteinzug einsetzt.

»Heiraten«, antwortet er und sieht mich noch immer an.

Ich schüttle den Kopf.

»Nein, das ist kein Ziel mehr in meinem Leben.« Ich wende den Blick von ihm ab und beobachte Rachels Nichten dabei, wie sie fröhlich hüpfend Blumen auf den Boden werfen.

»Nicht mehr?« Dex' Stimme trieft vor Neugier, und ich nicke knapp.

»Du weißt, dass ich immer davon ausgegangen bin, Jack zu heiraten. Aber nachdem das in die Brüche gegangen ist ... habe ich ... den Glauben an die Liebe verloren.«

»Bis du mich getroffen hast.« Er schmunzelt und entlockt mir damit ein kleines Lächeln.

»Bis ich dich getroffen habe.« Seine Lippen streifen meine Wangen und verpassen mir dadurch eine Gänsehaut.

»Irgendwann heiratest du mich.« Er knabbert sanft an meinem Ohrläppchen. Ich greife nach seiner Hand und drücke sie kurz. Eine subtile Warnung, dass er damit nicht weitermachen sollte, ansonsten müssten wir die Zeremonie noch vor dem Ja-Wort verlassen.

»Darauf kannst du lange warten«, erwidere ich atemlos.

»Ich weiß schon, wie ich dich überzeuge.« Er erwidert meinen Blick, und meine Welt gerät ins Wanken. Wie immer, wenn er mich einen Moment zu lang ansieht. Dem Blick eines Spielers, der bereit ist, alles dafür zu tun, um zu gewinnen. Doch inzwischen weiß ich, dass sein oberstes Ziel ist, mich glücklich zu machen.

Leider bleibt mir keine Möglichkeit darauf zu antworten, denn die ersten Gäste um uns herum seufzen verzückt auf. Ich folge ihren Blicken und sehe Rachel, die

die Veranda betritt. Sie trägt ein Fit and Flare mit ausladender Schleppe und sieht wunderschön aus. Je näher sie kommt, desto besser kann ich die Spitzenapplikationen erkennen, die überall auf ihrem Kleid zu finden sind. Als sie mich erkennt, lächelt sie mir kurz zu, bevor ihre Aufmerksamkeit wieder ihrem zukünftigen Ehemann gilt. Der wischt sich verstohlen einige Tränen aus den Augenwinkeln und scheint überwältigt vom Anblick seiner Frau zu sein. Rachels Dad übergibt ihm seine Tochter und nimmt ihn kurz in den Arm, bevor er zur restlichen Familie stößt.

Gerührt verfolge ich die Trauung. Die Standesbeamtin findet die perfekten Worte, um Rachels und Matts Geschichte zu erzählen und als die beiden ihre selbst geschriebenen Eheversprechen vortragen, hilft kein Blinzeln mehr, um die Tränen am Laufen zu hindern. Unauffällig wische ich sie weg, doch Dex hält mir bereits ein Taschentuch hin. Überrascht sehe ich ihn an.

»Ich wusste, dass du weinst«, flüstert er, während sie sich gegenseitig die Ringe anstecken.

»Woher?«

»Weil jede Frau bei Hochzeiten emotional wird.« Rachel und Matt küssen sich, woraufhin begeisterter Applaus ertönt. Ich falle mit ein und vergesse dadurch, Dex zu antworten. Aber das ist egal, denn Rachels glückliches Lächeln stellt alles andere in den Schatten. Sie laufen Hand in Hand den hölzernen Weg zum Haupthaus zurück, als ihr Dad das Mikrofon ergreift.

»Folgt bitte den Schildern zum Gewächshaus, wo die restliche Feier stattfindet.« Wir erheben uns und gehen hinter den anderen Gästen her. Immer wieder werde ich begrüßt, in ein kurzes Gespräch verwickelt und gefragt, wie es meiner Grandma geht, weshalb wir fast die Letzten sind, die die Partylocation erreichen. Ich umarme Rachel fest.

»Du siehst wunderschön aus.« Rachel drückt meine Hand und lächelt.

»Hast du dich mal angesehen? Das Kleid ist der Wahnsinn! Genau wie deine Begleitung. Ich hatte ihn gar nicht so gut aussehend in Erinnerung.« Sie wirft einen Blick zu Dex, der sich angeregt mit Matt unterhält. In meinem Bauch flattert es, und ich versuche, diese Reaktion auf ihn zu ignorieren. Hört das jemals auf? Werde ich eines Tages aufwachen und nicht mehr die Empfindungen einer frisch Verliebten spüren? Ich hoffe nicht. Denn aktuell kann ich mir nichts Schöneres vorstellen, als mich jedes Mal so beflügelt zu fühlen, wenn ich ihn anschaue.

»Lass ihn das nicht hören. Sonst wächst sein Ego ins Unermessliche.«

»Zu spät.« Dex tritt neben mich und reicht Rachel die Hand. »Freut mich, dich wiederzusehen, Rachel. Du siehst großartig aus!«

»Die Freude ist ganz meinerseits«, erwidert sie und scannt ihn unverhohlen von oben bis unten ab. Ich werfe einen Blick zu Matt, der die Situation gelassen beobachtet. Eifersucht war noch nie ein Thema für ihn, und immerhin hat er ihr eben erst einen Ring an den Finger gesteckt.

»Wir unterhalten uns später. Ich freue mich so, dass ihr da seid!« Rachel drückt mich ein weiteres Mal, bevor wir ins Innere des riesigen Gewächshauses gehen.

»Wow.« Ich bleibe stehen und lasse den atemberaubenden Anblick auf mich wirken. Mehrere runde Tische mit weißen Decken sind überall im Raum verteilt, an denen mindestens acht Leute Platz finden. Von der Decke hängen grüne Pflanzen mit weißen Blüten und Lichterketten. Ein leicht erdiger Geruch hängt in der Luft und erinnert daran, dass hier früher Gemüse angebaut wurde. Es ist unglaublich schön. Kaum vorstellbar, dass Rachel und ich hier als Kinder Tomaten direkt von der Staude geklaut haben. Hinter dem Brauttisch geht es weiter in ein großes, weißes Zelt, wo wir später hoffentlich tanzen.

»Ich muss mal kurz wohin.« Dex berührt mich sachte am Ellenbogen. Das allein reicht, um einen gewaltigen Stromschlag durch meinen Körper zu schicken. Auch wenn ich mich eben noch gefragt habe, ob meine Reaktionen auf seine Berührungen jemals enden, denke ich jetzt, dass es gern für immer so weitergehen kann. Dadurch fühle ich mich lebendig. Geliebt und werde immer wieder daran erinnert, dass er der Einzige ist, der jemals so etwas in mir ausgelöst hat.

»Alles klar, ich suche in der Zeit unseren Tisch.« Er verschwindet, und ich gehe zu der großen Tafel, wo jede Tischnummer samt Namen der daran sitzenden Gäste geschrieben steht. Es dauert, bis ich mich nach vorn durchgekämpft und unsere Namen gefunden habe. Tisch Nummer neun. Das wird Dex gefallen, immerhin ist das auch die Nummer seines Trikots bei den *Silveroaks Snakes*.

»Sieht so aus, als verbringen wir den Abend gemeinsam.«

Ich versteife mich kurz, als Jacks Stimme neben mir ertönt. Lächelnd drehe ich mich in seine Richtung und begrüße ihn mit einer Umarmung, die ihn sichtlich aus dem Konzept bringt.

»Ich habe Rachel gesagt, dass sie uns zusammen an einen Tisch setzen soll. Immerhin wolltest du doch, dass wir wieder Freunde werden. Da bietet sich eine Hochzeit bestens für an.«

An seinen Mundwinkeln zupft ein kleines Lächeln, und ich erkenne, wie viel ihm diese Geste bedeutet. Nach unserer gemeinsamen Autofahrt habe ich lange über seine Worte nachgedacht. Auch darüber, dass wir früher – vor unserer Beziehung – über alles reden konnten. Jack war mein bester Freund. Zwar werden wir dorthin niemals zurückkehren, aber es spricht nichts dagegen, zumindest einen kleinen Schritt in Richtung Freundschaft zu wagen.

Von hinten schließen sich zwei starke Arme um mich. Der Duft von Karamell verrät, dass es Dex ist, der mich an seine Brust zieht.

»Jack. Ich habe gehört, dass ihr unsere Tischpartner seid.« Seine Stimme klingt kühl, jedoch bei Weitem nicht so feindlich wie noch vor einigen Monaten. Mein Ex-Freund nickt. Ein wissendes Lächeln umspielt seine Lippen.

»Cece wird außer sich sein vor Freude.«

Epilog

Fünf Jahre später

Es ist inzwischen eine Tradition, dass wir uns zweimal im Jahr mit der alten Clique aus Silveroaks treffen. Dabei rotiert der Austragungsort jedes Mal. Manchmal sind wir bei Maddie in New York oder bei Dex und mir in Brookeland. Dieses Wochenende wären wir bei Eliza und Connor in Chicago, aber da ihr Haus wegen Renovierungsarbeiten nicht betretbar ist, hat Polly angeboten, dass wir uns bei ihr in Silveroaks treffen. Da, wo alles begonnen hat.

Gemeinsam mit Maddie und Eliza sitze ich auf der großen Sofagarnitur im Wohnzimmer. Polly beschäftigt einige Meter entfernt die Kinder, während sich die Männer um den Abwasch kümmern. Ethan und seine Freundin haben sich kurz zurückgezogen. Kein Wunder, denn ihr Sohn Elay ist ein richtiges Kraftpaket und braucht durchweg Aufmerksamkeit. Da hat Polly es mit ihrem Sohn Finley leichter.

»Wie läuft es auf der Farm?« Eliza legt ihre Beine auf einem Kissen auf dem Couchtisch ab und streicht mit der Hand über ihre Babykugel. Seit der Stress mit der Verhandlung um ihren Ex-Freund Brandon vorbei ist, sieht sie entspannter aus. Als hätte ihr jemand eine Last von den Schultern genommen, die sie so viele Jahre tragen musste. Vielleicht ist es aber auch die Schwangerschaft, die ihr guttut. Sie ist eine der Frauen, denen ein Babybauch super steht.

»Klasse. Allerdings muss ich Grandma inzwischen regelrecht zwingen, kürzerzutreten. Wenn sie die ganze Arbeit macht, bin ich doch überflüssig. Dabei hat sie mir die Leitung der Farm übertragen.« Ich verdrehe die Augen. Grams ist noch immer so arbeitsfreudig wie eh und je. Meine Hoffnung, dass sie nach der Ausheilung ihrer Lungenentzündung merkt, wie schön es ist, weniger zu arbeiten, wurde im Keim erstickt. Kaum hatte der Arzt sein Okay gegeben, war sie wieder voll dabei.

»Du solltest ihr einen Mann suchen, mit dem sie ihre freie Zeit verbringen kann«, schlägt Maddie vor und nippt an ihrem Kaffee.

»Wäre es eine Option, schwanger zu werden? Dann konzentriert sie ihre Aufmerksamkeit in neun Monaten auf ihren Enkel. Dadurch vergisst sie die Arbeit sofort, glaub mir.« Eliza zwinkert mir zu, und ich lache. Da hätte Grams sicher ihre Freude dran.

»Sie trifft sich neuerdings mit einem alleinstehenden Mann aus ihrem Bingo-Club. Ich glaube, da bahnt sich etwas an«, berichte ich Maddie, die sich daraufhin neugierig vorbeugt. Seit sie in New York lebt, ist ihr Durst nach Klatsch und Tratsch noch größer geworden.

»Was die Kinder angeht ... Dex und ich haben bisher kein Gespräch hinsichtlich dieses Themas geführt.«

»Immer noch nicht?«, fragt Polly überrascht, die sich neben Maddie aufs Sofa setzt, sodass sie Elay und Finley im Auge hat.

Ich schüttle den Kopf. »Wir bauen Grandma gerade einen Bungalow aus, damit sie alles ebenerdig erreicht.

Dann hätten wir das Haus für uns und da ist genug Platz für jede Menge Kinder. Aber bisher hat es sich noch nicht ergeben.«

»Hat er dir denn noch mal einen Antrag gemacht?« Meine drei Freundinnen sehen mich erwartungsvoll an.

»Einen? Mindestens vier«, erwidere ich grinsend.

»Und du hast jedes Mal Nein gesagt? Der arme Mann.« Maddie seufzt theatralisch.

»Nicht direkt. Genau genommen habe ich nie mit etwas Konkretem geantwortet.«

Maddie und Polly tauschen einen kurzen Blick.

»Hast du denn gar nicht das Bedürfnis zu heiraten?«, fragt Eliza und dreht dabei gedankenverloren an ihrem Ehering.

»Nach meiner Trennung von Jack habe ich mit dem Wunsch einer Hochzeit abgeschlossen. Aber Dex ist so ehrgeizig und gibt nicht auf, dass ich meine Meinung diesbezüglich langsam ändere.«

»Das heißt, wenn er dich noch mal fragt, würdest du Ja sagen?« Polly sieht mich aufmerksam an.

»Vielleicht. Vielleicht frage aber auch ich ihn, wenn der richtige Zeitpunkt gekommen ist. Wer weiß.« Ich zucke mit den Schultern.

»Du willst ihm einen Antrag machen?« Maddie spricht so laut, dass ich Angst habe, er könnte es gehört haben. Glücklicherweise ist Dex nirgends zu sehen.

»Sehr romantisch«, ächzt Eliza, die gerade versucht, aufzustehen.

»Brauchst du Hilfe?«

»Bitte«, stöhnt sie, weshalb ich sie an den Händen packe und hochziehe. »Meine Blase bringt mich noch um.«

Ich lache, während ich ihr dabei zusehe, wie sie Richtung Badezimmer watschelt. Polly steht auf, um nach den Jungs zu sehen. An ihrer Stelle fällt Maddies Freund aufs Sofa und verwickelt sie in einen so innigen Kuss, dass ich wegschauen muss. Das ist ein guter Zeitpunkt, um nach Dex zu suchen.

Ich finde ihn draußen auf der Veranda, wo er die letzten Strahlen der Abendsonne genießt.

»Hey, du.« Von hinten schlinge ich meine Arme um seine Mitte und schmiege mich an seinen Rücken.

»Hast du mich vermisst?«, schmunzelt er und löst meine Hände, damit wir uns gemeinsam auf die Bank auf der Terrasse setzen. Dabei zieht er mich auf seinen Schoß und fährt mit den Lippen über meinen Hals.

»Ich vermisse dich immer, wenn du zu lange weg bist«, erwidere ich leise und küsse ihn sanft. Durch seinen Job als Footballspieler bei den *Texas Longhorns* ist er viel unterwegs. Gerade deshalb ist unsere gemeinsame Zeit so kostbar.

»Ich höre jederzeit auf, wenn du mich öfter sehen willst. Auf der Farm gäbe es genug zu erledigen.«

Ich nicke, weil ich weiß, dass ich nur ein Wort sagen bräuchte, damit er seinen Job an den Nagel hängt. Aber ich möchte nicht der Grund sein, weshalb er seine Träume aufgibt. Er unterstützt mich bei meinen, deshalb tue ich dasselbe für ihn.

»Irgendwann kommt der Tag, an dem du deine Karriere selbst beendest, und bis es so weit ist, genießen wir die Zeit, die wir zusammen haben.«

»Ich liebe dich«, wispert er leise und jagt mir damit eine Gänsehaut über den Körper. Selbst nach fünf Jahren kann ich mich daran nicht satthören.

»Ich dich auch«, erwidere ich und richte mich etwas auf. »Du weißt ja, dass unsere Beziehung nicht gerade den klassischen Weg genommen hat.«

Er nickt, während er mit den Spitzen meines Haares spielt. »Deshalb will ich sie auch auf eine untypische Weise auf die nächste Ebene heben.«

Seine Finger erstarren. »Was meinst du damit?« Mit zusammengezogenen Augenbrauen sieht er mich an. Ich schlucke. Mein Magen flattert aufgeregt. Mit der Zungenspitze befeuchte ich meine Lippen. Mein Mund ist plötzlich staubtrocken. Ich hatte nicht geplant, ihn heute zu fragen. Das vorherige Gespräch mit meinen Freundinnen hat mich jedoch mutiger werden lassen. Wir sind alle hier. In Silveroaks. Dem Ort, wo wir zusammengefunden haben. Gäbe es eine bessere Gelegenheit?

»Dexter Malone, willst du mich heiraten?«

Seine Augen weiten sich kaum merklich. »Darum ging es dir die ganze Zeit? Du wolltest mir den Antrag selbst machen?«

Ich schüttle den Kopf.

»Das ist es nicht. Seit deiner letzten Frage habe ich viel darüber nachgedacht. Und ich bin zu dem Schluss gekommen: Wenn ich heirate, dann dich.«

Unsicher rutsche ich auf seinem Schoß herum. Die Tatsache, dass er eine Gegenfrage gestellt hat, statt direkt »Ja« zu sagen, macht mich nervös. So muss er sich jedes Mal gefühlt haben, während er auf meine Antwort gewartet hat. Das ist schrecklich!

Seine Lippen verziehen sich zu einem kleinen Lächeln, bevor er mich auf der Bank absetzt. »Warte hier.«

Verdattert sehe ich ihm hinterher. Was soll das denn? Ich habe es verdient, dass er mich zappeln lässt, keine Frage. Aber einfach zu verschwinden?

Ich stehe auf und tigere unruhig vor der Bank auf und ab.

»Ruby?« Sobald Dex' Stimme ertönt, wirble ich herum und sehe ihn vor mir knien. In der Hand den Ring, mit dem er mir schon mehrere Anträge gemacht hat.

»Natürlich werde ich dein Mann. Wenn du Mrs. Malone wirst.«

»West Malone«, entgegne ich und strecke ihm die Hand entgegen, damit er mir den Ring ansteckt.

»Darüber reden wir noch.« Das kühle Metall fühlt sich angenehm auf meiner Haut an. Der Ring passt perfekt.

»Ist nicht verhandelbar.«

Er seufzt, steht auf und zieht mich in seine Arme.

»Mit dir war es noch nie einfach«, murmelt er.

»Das wäre doch langweilig«, entgegne ich lächelnd.

»Wir machen das also? Es ist keine Einbildung?« Er sieht aus, als könne er nicht fassen, was hier gerade passiert.

»Ja. Wir werden heiraten«, bestätige ich. Dex' Grinsen reicht von einem Ohr zum anderen. Seine Augen funkeln dabei so begeistert, dass mein Herz vor Glück beinahe zerspringt.

»Sie hat endlich Ja gesagt!«, ruft er, bevor er mich unter dem Jubel unserer Freunde küsst.

»Genau genommen haben wir es beide getan«, verbessere ich ihn neckend, woraufhin er mir spielerisch in die Unterlippe beißt.

»Kannst du versuchen, den Moment nicht mit Kleinigkeiten zu ruinieren?«, murmelt er.

»Entschuldige. Falls jemand fragt, hast du mich natürlich hochoffiziell gefragt.« Ich zwinkere ihm zu, weshalb er die Augen verdreht und mich erneut in einen Kuss verwickelt.

Ich habe tatsächlich »Ja« gesagt. Vor fünf Jahren zu einer Fake-Beziehung und heute zum Rest meines Lebens mit ihm an seiner Seite. Wer hätte das damals gedacht?

Ende

Danksagung

Nach Silveroaks zurückzukehren, hat sich ein bisschen wie nach Hause kommen angefühlt. Und ich denke, dass es vielen von euch genauso gegangen ist.

Mein erster Dank gilt diesmal all meinen Leserinnen und Lesern. Wenn es euch nicht gäbe, könnte ich keine Bücher mehr schreiben. Ihr habt *Flirting With Frost* geliebt, weshalb ich hoffe, dass euch Dex' und Rubys Geschichte genauso in den Bann ziehen konnte.

Liebe Stephanie und lieber *dp Verlag* ich danke euch von Herzen, dass ihr beschlossen habt, die Reihe mit mir weiterzuführen. Auch wenn uns nach Veröffentlichung von Band eins einige Steine in den Weg gelegt worden sind.

Cara, mit niemandem sonst hätte ich dieses Buch lieber überarbeitet. Durch dein letztes Lektorat konnte ich so vielen lernen und bin sehr dankbar, dass wir zusammengefunden haben. Auf hoffentlich noch viele weitere Bücher, die ich erschaffe und du zu etwas Besserem machst.

Viel Liebe geht raus an die Mädels aus meiner Autorengruppe, die sämtlich Up's and Down's mit mir zusammen durchstehen.

Und wie immer danke ich meinen Eltern, die mich immer noch bedingungslos bei meinem Vorhaben, Autorin zu werden, unterstützen. Auch wenn das bedeutet, dass das Privatleben zu kurz kommt und ihr mich während der Lektoratsphase nur selten zu Gesicht bekommt.

Lasst uns *Flirting in the Endzone* wieder zu einem Amazon-Bestseller machen!

Ich hoffe, euch bald wieder mit nach Silveroaks nehmen zu können.

Bis dahin, fühlt euch herzlichst umarmt.

Eure Marina

Triggerwarnung (Achtung Spoiler!)

In diesem Buch spielen folgende Themen eine Rolle:

Schwangerschaft,
Fehlgeburt,
körperliche Behinderung durch Unfall,
Schwangerschaftsabbruch.

Außerdem werden folgende Themen erwähnt:

Tod eines Familienmitglieds,
Überfall.

Lest dieses Buch nur, wenn ihr dazu momentan emotional in der Lage seid. Falls ihr bei einem dieser (oder anderer) Themen eine negative Reaktion bemerkt, sprecht mit jemandem darüber. Hier findet ihr hier kostenlose und anonyme Hilfe. Telefon Seelsorge Deutschland: 0800–1 110 111 oder
0800–1 110 222 oder
https://www.telefonseelsorge.de/